I am so glad [that]
some of my books [are coming]
into chinese, and I would
like to come back and meet
some readers sometime.
In the meantime -
ride your bike and be
happy . Erland

EXPEDITION L

A novel by

-ERLEND LOE-

我的人生空虚，
我想干票大的

［挪威］阿澜·卢——著　宁蒙——译

南方出版传媒
花城出版社
中国·广州

图书在版编目（CIP）数据

我的人生空虚，我想干票大的 /（挪威）阿澜·卢著；
宁蒙译.—广州：花城出版社，2022.3
ISBN 978-7-5360-9518-2

Ⅰ.①我… Ⅱ.①阿…②宁… Ⅲ.①长篇小说—挪
威—现代 Ⅳ.①I533.45

中国版本图书馆 CIP 数据核字（2021）第 211554 号

合同版权登记号：图字：19-2021-198 号

出 版 人：肖延兵
责任编辑：欧阳佳子　詹燕纯
特约监制：冯倩
产品经理：魏凡
特约编辑：刘倩
技术编辑：薛伟民　林佳莹
封面插图：卤猫
装帧设计：TOPIC DESIGN
版权支持：高蕙　侯瑞雪

书　　名　我的人生空虚，我想干票大的
　　　　　WO DE RENSHENG KONGXU, WO XIANG GAN PIAO DA DE
出版发行　花城出版社
　　　　　（广州市环市东路水荫路 11 号）
经　　销　全国新华书店
印　　刷　河北鹏润印刷有限公司
地　　址　河北省沧州市肃宁县工业聚集区
开　　本　840 毫米 × 1194 毫米　32 开
印　　张　11.875　12 插页
字　　数　220,000 字
版　　次　2022 年 3 月第 1 版　2022 年 3 月第 1 次印刷
定　　价　68.00 元

你们说宏伟的叙事已经消亡？

你们想听小故事？

那你们给我听好了。

序

　　可能差那么几天，就在写下这段话的整整 700 年前，热那亚人和威尼斯人为了地中海的贸易权卷入了一场残酷的海战。热那亚人赢了，获俘虏七千人。其中一人就是刚从远东漫游 24 年辗转归来的马可·波罗。他为忽必烈工作过，发了大财，见了在他之前从没有任何欧洲人见过的人、事，去了在他之前从没有任何欧洲人去过的地方。这可不是盖的。

　　热那亚人捉了他，把他和童话作家鲁斯蒂谦关在了一起。这让马可·波罗的事迹得以付诸笔尖，有人认为这直接促成了一本书的诞生，全面拓展了欧洲人的地平线。前无古人，后无来者。有人揣测，如果不是鲁斯蒂谦的介入，马可·波罗的故事很可能丧失可信度。

我从来没有参加过任何战争，不管是陆战还是海战，不管是为了贸易权还是别的什么原因。我对贸易不感兴趣。

我独自待在一个小地方，人生地不熟。我得在这儿待上一段时间，因为签了协议。上午我得在附近的学校工作一会儿。之后我就闲着，受无所事事的罪。我坐在自己的酒店房间里，望着窗外：一条河、一条路、一个秋色山坡。

我去药房买了些薄荷桉油含片，含在嘴里来缓解困扰我多日的咳嗽。

我有些无聊。我刚刚去国家石油的加油站洗了车，因为翻山越岭沿砾石路艰难地开下来，车都脏了。我选择了最彻底的清洗——高压冲洗、底盘和轮胎清洁、打蜡和烘干。洗车的时候，我就坐在车内。旋转着的巨大毛刷——这次是红蓝相间的，看上去总是很过瘾。

白天，我在当地的购物中心自我安慰地买了一双篮球鞋。原价1000克朗，打折卖400克朗。鞋是好鞋，虽然有点儿花哨，但很耐穿。我试穿了一下。我还看到了海报，说本周晚些时候会在当地的电影院举办艾嘉的演唱会。听到"我要感谢生活，给了我那么多……"的机会还挺大。但演唱会跟冠军杯的一场重要比赛撞车了。我只好选择看球。罗森博格在欧洲跟别人比赛。罗森博格是我的球队。我房间里有电视机。

我年轻一点儿的时候瞎胡闹，想过申请用"马可·波"作为我的中间名。我觉得这个名字跟我的姓很配。但这当然只是瞎胡闹，一个玩笑，没有实现的根基。我从没真的申请过。我也没有把自己比作马可·波罗。他和我鲜有共同点。他肯定比我厉害。而且他和我分别处于不同的世界。他的世界尚未开发，神秘而开放。

　　在我的世界里，地图上已经没有空白之处。要是我建个木筏沿着窗外的河水漂流，我应该会到瑞典的霍利耶湖、克拉尔河和维纳恩湖。虽然我从没这么做过，但我已经知道。现在有很多好地图、精确的地图。大家都知道是怎么回事。霍利耶湖一定是个大湖。我并不是说它不好，但吸引力很小，引不起我的兴趣。

　　发现别人还没发现的东西，这种可能性对我比对马可·波罗来说小得多。反正在地球范围内是这样的。不管怎么说，我都是在这些范围内生活。但有两件事我和马可·波罗一样：我也去过遥远的地方，去的时间不像他的旅程那么久，但同样圆满；另外，像他一样，我被困在了他乡的一个房间里。我当然不是在坐牢，我的行动是自由的。但哪怕我出门，显而易见的目的地也只有一个汉堡小店。那儿的汉堡包很贵，还有点儿难吃。

夜晚对我来说很漫长。我已厌倦了闲坐，并下定决心尝试写下那个故事。如果没人这么做，这个故事日后一定会失传。身边也没人可以为我做笔录，没有什么童话作家能让我的故事付诸笔尖。因此我必须亲力亲为。我有这样的幻觉：这本书会全面拓展欧洲人的地平线，前无古人，但这无济于事。地平线不是一切。

阿澜（马可·波）卢，
特吕西尔－克努特酒店
特吕西尔，1998年9月

第一部分

让孩子跑得更快

应该要求我们的青少年在申请高中的时候百米速度都能达到12秒以内。对那些达不到要求的孩子，应该不惜一切代价帮助他们达标。这当然是老师和家长都必须共同面对的问题，但我们的政府官员更应该为我们青少年的这一弱点承担最大的责任。

12秒是我们成为有用的公民来应对未来的飞速发展所必须达到的最低标准。没有什么其他能力和素质比速度更重要，那达标到底需要怎样的资源投入？

首先当然是钱，我们的政府官员应该拿出钱来，而这个领域的研究工作需要更多投入，这样我们才能知道为什么有那么多人无法达标。

（今日新闻读者点评，1998）

我们这些没有建造挪威的人

我坐在这里，29 岁，在挪威，巨人的故乡。

我风华正茂，高大强壮，身体健康。我问自己：我建设了什么？我，阿澜，29 岁，在挪威，到底建造了什么？

没什么大不了的。

我建过一堵墙，挺大一堵墙，3.4 米乘 5 米，17 平方米大的一堵墙。我先在地板和屋顶之间固定了两根坚实的 2 乘 4 英寸的龙骨。活儿不轻，得在硬邦邦的混凝土上打洞。之后我用木材敲个框架，用石棉填充，装上门，再用石膏板覆盖框架。我打磨了石膏板之间的缝隙，最后把整堵墙刷成白色。

好一堵墙，一天天就这么立着。它在我住的公寓里分隔出了厨房和客厅。建这堵墙让我吃了一惊。它有点歪，但还能用。

这是我建的第一堵墙。

我还做过什么？

我做过一辆自行车。有点儿良心的就能说我做过一辆自行车。几年前我从警察局买过一辆自行车。我把它一个零件一个零件地拆了，然后全都清洗了一遍。买了点儿新辐条。我把车架漆成金色和黑色，最后全部组装起来。我不能夸口说全是我亲手做的。有人在我之前已经做过一回。我又做了一遍。一年后它坏了，牙盘坏了。我只做过这么一辆自行车，也是我的车里唯一一辆坏掉的。

我还做过什么别的呢？

小时候我建过一些树屋，两座，可能有三座。

木工课上还做过一些小东西，一些可以用来切面包的砧板，上面装饰性地烫了我的名字。还有一个水滴形的木杯，我花了半年时间用铁凿出来的，最后把底凿穿了。像山一样有耐心的老师也绝望了，在杯底贴了一块木头，这样我就可以继续凿。我在这个木杯上花了太长的时间，以至于没能像大家一样开始制作台灯柱。我从来没能车出一个台灯柱来。我没赶上上车床。让铁凿见鬼去吧。

还有飞机模型。我建造过飞机模型，用木片和玻璃纤维。

这就是我建造过的一切，没别的了。这些够不够？我觉得不够。我感到某种压力，得再建造点儿什么。

我所建造的东西没有一件对这个社会有意义，经济上更是惨不忍睹。我建造的一切从未给国民生产总值贡献过一分一厘，从来谈不上"贡献"二字。但这些东西对我和我身边的至亲当然是有些意义的。那个水滴形的木杯成了一件很好的礼物，但社会并没有受益于此。

那挪威呢？谁建造了挪威？

有人可能会回答说是上帝。我不相信。现在还有谁相信上帝？肯定没有几个。我当然承认还存在我无法理解的事，让我们摸不着头脑的现象和我们永远无法解释的情况。然而上帝？只是从俗就简罢了。挪威，作为国家，地理上是自然形成的。冰雪、海洋和时间造就了挪威，还有风。这个进程仍在继续。我们也做不了什么，无往不复。

那建筑物呢？体系呢？

这些背后就是人类了。男人和女人。在我们之前千千万万的人，其中一定有许多人今天还活着。人们提问、思考、尝试并失败。借助时间，人们不断探索、发现。伐木、搭建、挤奶、播种、捕鱼，日积月累，规矩乃成。思想来自四面八方，来自欧洲大陆，来自早期文明，来自许多地方。但还有许多思想是人们灵光一闪自己摸索出来的。一个幸运的巧合。别无所求，一切足矣。有些思想诚然最后被证明是没用的、糟糕的思想，遭到摒弃。但那些好的思想被人们提炼出来了。就是这种提炼，取其精华，去其糟粕。蒸馏出来的思想得以传承，知识得以传承，代代相传。我传授给你，你用上个五六十年再传授给你的孩子。途中要是有什么新发现，也不是什么坏事。这是主旋律的副歌。前辈拍拍年轻人的肩膀，然后悄然隐退、消失。知道一切一直在向前发展，慢慢地、慢慢地，但永远在前进。

人们日复一日地建造，一楼更比一楼高。还建造道路，上千英里的道路，破土动工，一破再破。漂流运木，建造大坝、铁轨、工厂、船只。人们划船，猛划。横七竖八拉满了电线。挖了许多该死的隧道。培养医生，总是医生。这样其他人就可以保持健康地继续建造。还有工程师，支起高压电缆塔，测量称重。公募基金，人们发明了公募基金。统一格式。耕地播种。每年人们都要播种，小麦、大麦、土豆。人们顺应天气。总是天气，天有不测风云。人们收获，然后再播种。石油，人们发现了石油，再把钱存进银行。

有人为了这个国家的富强而努力工作。这是显而易见的。

有人玩命地工作。

我刚去楼下酒店的酒吧买了一杯皮尔森啤酒。楼下歌舞升平。一周刚过半。来自特伦德拉格地区的退休老人，穿着得体。有人演奏手风琴，退休老人们载歌载舞。我看着他们。老年人总是那么美好。他们以一种优雅的方式轻松生活着。我看得出来，他们已经完成了自己的建造事业。现在他们可以平静下来，坦然地庆祝一番。他们建造了自己的房子。他们分享着面包和咖啡代用饮品，采摘自己那份蓝莓和云莓。齐心协力。

而我，阿澜，29岁，在挪威，巨人的故乡，我并没有出力。我无法平静。我得建造，应该由我建造的那部分还没有建成。

放眼望去都是公共设施，而我的贡献只有一堵墙。

一堵17平方米的挪威墙。

从奥斯陆到特吕西尔接受这个协议绑定的任务或者工作——我喜欢这么叫它，一路上我有过相同的经历。我不得不在破晓时就起床。五点一刻我就起床了。一切都很好。六点钟，我从奥斯陆出发。我以为自己可以霸占整条马路，但事实不是这样。车流如潮水向我涌来。六点钟，车流如潮。我坐在车里想：他们要去哪儿？老天爷，大清早这么多人都要去哪儿？然后我突然悟到了，这些人一定是运货的。挪威货运，国民生产总货物。他们清早起床四处奔波运货。我不相信这是个特殊的日子。这只是寻常的一天，一个周一。他们平时就这么早起床上路的概率非常大。

这个说法当然需要进一步检验论证才能定论，但至少请允许我这么说：我不排除这些人周二以及其余我们称为工作日的三天也会在这条路上行驶的可能性。我从来没有固定工作。我肯定能找到这样的工作，这不是问题。我接受过教育，并且或多或少有些知识。但我喜欢自行其是、自得其乐。我就是这样。我有五六点退休金积分。别人可能更多一点儿，我不知道。但看到那么多人那么早起床，我还是大吃了一惊。七点或七点半也算挺早，但六点……我觉得这是疯了。我一年也就两三回起这么早，还得是我要赶火车什么的。但当我习惯了这个想法之后，我就开始喜欢它。我也起床了。我，醒着。我和别人一样开着车。没错，我开的的确是反方向，因为他们只知道另一个方向也有需要运送的东西。有那么一瞬间，我是他们中的一员。

我不敢肯定自己是不是继承了我的先辈的一切。如果现在轮到我了，我也不知道我该做什么。但是不是轮到我了呢？我又怎么知道是轮到我了？没人请我出力。如果我病了，国民生产总值几乎纹丝不动。这不是由我决定的。我只是在这儿，努力做好我自己，寻找建造的机会。我该建造些什么？之前什么都有了。

我的朋友们都建造了什么？

我恐怕值得一提的不多。有个我认识的人在南挪威建了个小木屋。他花了一整个夏天。另一个人建立了一个电影俱乐部，还挺有用的，人们喜欢去那儿看电影。有一个在圈外相识的女孩开了家咖啡馆。据我所知，她开得挺辛苦。

我和我的。

我们是读着这样的文字长大的：

四是四，

十是十，

十四是十四，

四十是四十。

我也不知道这和我们有什么关系。我们不服。我们去聚会，我们聊天，我们笑，我们上大学，我们觉得房市没救了。我们的想法挺多。我们有许多共同的朋友。我们没有敌人。

我想过我们或许应该有个敌人。一个无耻之徒时不时破坏我们的财产，威胁我们的生命。一个真正的恶魔、一个阴险的魔鬼，藏身于密林。我们想要敲他。大家一起，去林子里敲他。

大家在林子里过夜，好像少了什么。流弹四射，有人受伤，大家互相帮助。

互相帮助。

花一两年时间将他绳之以法，再从林子里出来。大家又瘦又憔悴，但高兴。有人披头散发，或许还留着胡子。大家走街串巷，还喊。有人随机拥抱几个过路人。而我或许写首关于母亲的诗，还有父亲的。

这个想法很危险。我只是偶尔想想。

巴赫为了上帝创作音乐。

如果是我们创作音乐，肯定是为了性或类似的理由。

我们这些没有建造挪威的人。

就是我们。

我过得很好，在挪威。

说我应有尽有也不为过。没有任何外部力量威胁着我。银行利率忽上忽下，但我并不觉得这和我有什么关系。我没有贷款。我没有成家，没有以这种方式成家。我在首都租的房子，既便宜又好。白天我看到新闻里说，挪威，甚至全世界股票在几个小时内跌得比几年内都厉害。我能想象股票经纪人腋窝流汗的样子。我们趴在自己的办公桌上怀疑人生。他们悲天悯人。新闻播音员说这是黑暗的一天。我完全没有感觉。我没有比平时流更多汗。对我来说，这一天很美好。美好的一天。

我觉得挪威是个挺好的国家。我出生在这里，在这里上学，学了些跟别人打交道必备的技能。也跟全班同学一起去过森林和草原上郊游。见过勤劳的蚂蚁，以及花开花落。我心存感激，但也不知道感激谁，或许是所有人。当然还可以更好，总可以更好，但很难做到纵观全局。我会给我认为最能代表我的想法和主张的政党投票。这种体制不错。以这种方式，我也有那么一点儿参与感。

但我能做什么贡献？我要建造什么？我读到过这样一个组织，自称"我们建造了瑞典"。它由自认为建造了瑞典的人组成，如果议会通过了什么他们不喜欢的议案，他们就炸点儿什么。他们觉得自己拥有瑞典。他们建造了它，所以也有权力炸掉它。实际上，我从这种态度中几乎看到了一种让人着迷的逻辑。但我反正没有建造过什么值得一提的东西，不管是在瑞典，还是在挪威，所以我也炸不了什么。看到该管的事没人管，我都没有资格发脾气。我没有做什么贡献，所以我必须行事低调。就是这种感觉，一切井井有条，不是因为我，哪怕有我在。这样不好。我想付出有回报，为了挪威。作为一种姿态，作为感谢，这是我应该做的。我安全而富足地生活在这里。当我生病的时候，我会得到救助。向医疗机构支付医疗费的自费部分我并没有意见。自费这个、自费那个的，我还是付得起。在丹麦，他们的确交更少的医疗费，但他们要缴更多税。我并不反对缴税，完全不反对。别误会我，我总是微笑着缴税。我提丹麦只是为了证明我理解别的国家有别的做法。我关心、了解一下别的国家发生的事，以及外国文化。没人拦着我不让我搬去丹麦。如果我在那儿住得够久，我甚至可以换丹麦国籍。这样我就可以享受更低的医疗费，但我当然对此不感兴趣。我更喜欢挪威。丹麦太规整、太平坦，所有女孩都有肺癌。

我要为挪威做点儿什么。

最好我能有新发现。新发现对我来说是一件光荣优秀的事。有人生来就是为了建造，另一些人生来就是为了发现。既然我除了一堵墙之外还没有建造过什么大不了的东西，那我大概更适合去发现。我不排除这种可能性，我现在就能一口咬定，不用满嘴跑火车。我不排除这种可能性，但还剩什么可以发现的呢？

不是美洲，绝对不是美洲。

维京人，那些蠢货，发现了美洲都不知道自己发现的是美洲。他们偏离了航向来到一个名为纽芬兰的地方，觉得这里看上去不错，于是他们在那儿短期定居下来，造了些房子自得其乐，最后回到格陵兰和冰岛。那里发生的事情更多，可以做的事情也更多。500 年后，又有人发现了美洲，那人以为自己到了印度。大家死活都想去印度。

我没法发现美洲。

已经有人去过了。

哪儿都有人去过了。

丝绸之路、好望角、东北航道、南美洲、非洲、各个国家，还有利文斯通博士，我没猜错的话[1]。还有去印度的瓦斯科·达·伽马。还有白令，以及在北美洲和亚洲之间的那一小

---

[1] 戴维·利文斯通（1813—1873），英国探险家、传教士，非洲探险的最伟大人物之一。他与外界失去联络 6 年之后，《纽约先驱报》记者亨利·莫顿·斯坦利获得资助前往非洲寻找他。两人见面时，斯坦利说了这句相当著名的话。这句话带有半开玩笑的幽默成分，因为利文斯通大概是这方圆几百千米内唯一的白人了。

条水域。他用自己的名字给这片水域命了名，尽管他原来是丹麦人。麦哲伦、刘易斯与克拉克，还有皮西亚斯——那个狡猾的家伙，在耶稣诞生几百年之前就沿欧洲海岸线北上了。登月的阿姆斯特朗，阿蒙森以及他的南极点和西北航线，还有南森。总是南森。他们从没想过停一停，留一点儿，停一下让后代们也爽一把，没有。他们一往无前，认为是我的就是我的。

那我们还剩什么呢？

一个已经被发现了的完完全全的世界。这是迟早的事，只是时间问题。因为世界的范围怎么说也是有限的。多年以后，人们就能画出地图来。这是不言自明的。这和人口数量以及科技发展有关，肯定可以用公式表达。

我们的祖先让我们很难做，让我们这些没有建造挪威的人很难做。

要想做贡献，我现在必须求助于科学，或者艺术。但我不是艺术家，我的想法不那么原创。我看不到大多数人眼里普通事物之间的关联和并列关系。我觉得自己发表不了任何一件作品。另外，我喜欢早睡，而且我对莫名其妙地撑别人也没有兴趣。大家的麻烦已经够多了。那就只有科学了。一项科学事业、一场壮举，这样最好。但哪怕是在科学领域也很难看出还有什么可以做，不知道还有什么要做。怎么可能知道，不可能全面了解还有什么不知道。我们只能希望一些幸运的巧合可以随着时间的推移带领我们继续前进。个人认为我唯一的希望就是有机会遇上这种巧合。我也不知道有没有这样的机会，目前看来希望渺茫。

在我看来，人类在地球上的生活就像一场无穷无尽的集体工作。自古以来就已定下的任务如下：拓展你们目及的一切，找到自我组织并利用自然的最佳方法，用你们自己的语言描述什么叫作人，弄清事物之间的关系以及你们在这里的理由。需要多少时间就用多少时间。

没有哪个人能单枪匹马地完成这个任务。我们希望的最佳情况就是可以提出一丁点儿小想法让别人继续，一代又一代，祖祖辈辈一脉相承，到时候也会轮到我们……许多人想走捷径。我们在宗教中走了弯路，收获甚微，希望再过个1000年，它们就消失了，到那时可能会发生新的可能。我期待着有一天全世界的宗教组织发表集体声明，承认它们已经无法袒护那些古老经文里的内容。它们无法对最近几千年里说过的话自圆其说。它们的想法是好的，觉得人们可能受不了孤身一人，但弥天大谎已经揭穿，从头到尾都是虚构的。让大家蒙在鼓里，他们很抱歉。从现在开始，大家都只能独善其身。这时候，大规模的集体工作才能迈出一大步。集体工作的意义在于没有捷径。人们无法像独自工作时那样掩人耳目，必须听取所有人的意见，说瞎话就会被抓起来。这是系统的安全性。说话，说话，再评估，利其长，广开言路。还有一些不着边际的话，也要在集体中说出来。总有一天，好的建议终将胜出。

　　上学的时候，我就讨厌集体工作。我跟人合作的经历糟透了。我觉得这么做太慢了，别人都是蠢货，要是我不亲自动手就会一事无成。这就造成我有些敷衍了事。估计跟我分在一组是件很倒霉的事。现在遇上大型的集体项目，我就会这样敷衍了事。我想做点儿贡献，但又认定许多人已经走在了我的前头，相对而言，在人类的发展进程中我的人生看起来完了，要想有力地影响社会的结构已经来不及了，要想发现新大陆或者核心自然现象也已经来不及了。在这个时代，像我这个年龄的人，在我身处的这部分世界，在一个不需要我们做任何投入就已经运转得挺好的社会里，我们已经应有尽有，这让我们得以一天到晚把心思都花到别的事情上，比如滑雪，或者性爱。

　　当然肯定还剩一两个科学之谜没有解开，比如一切定律还没有被发现。解释一切的超级公式，总有我可以研究研究的。要是我福星高照的话，其他大案都已经结得差不多了。

轮子、火药、原子，我们能看见原子，能把它分离出来，还能摆弄它。医药，我们都有了，还不断出新的。地球绕着太阳转。历法、数学，塞麦尔维斯[1]建议我们验尸以后要洗手，特别是在接生之前。测量工具，各种测量工具，我们什么都能测量，还能称重。细菌，我们知道它们的存在，也知道它们怎么打发时间。灯泡、进化论、电灯泡、微处理器、试管婴儿、飞机，我的天，差点儿忘了飞机。显然能做的事有很多。思辩矫枉，但需要一种不让我厌烦的专业精神。专业精神很缺乏吸引力。我宁可什么都略知一二。文艺复兴人，全才，天南地北，纵观全局，我希望给别人这样的印象。

但我没有耐心。

我要让挪威登上世界地图。有人可能会争辩说我们已经在地图上了，但这是错觉。我们确实有些名人，这是没错的。极地探险家、滑雪运动员、丽芙·乌曼[2]和这个那个著名作家，

---

[1] 塞麦尔维斯·伊格纳兹·菲利普（1818 — 1865），匈牙利产科医师，现代产科消毒法的倡导者之一，被尊称为"母亲们的救星"。

[2] 丽芙·乌曼（1938 — ），挪威电影演员、作家与导演，曾获得金球奖，并入围过两次奥斯卡最佳女主角奖。

很长时间我们都以为回形针是挪威人发明的，但结果发现不是这么回事。我们确实被福特收购了一辆电动车，还有特隆赫姆技术学院的某个教授据说发明了最圆的球，也就是说完完全全圆的球，并不只是看起来圆，而是彻底的圆，并且好像引起了一些国际上的反响。但怎么说呢，总觉得还是不够，总之还没有做到轰动。利勒哈默尔冬季奥运会怎么样？值得一提，但还不够。那是一场盛会，民众的盛会，形式、行动，记一次功，但不是那种一举成名的丰功伟业。它是一场不错的盛会，但并没有达到某种科学高度或突破某种极限。利勒哈默尔冬季奥运会是挪威的一大进步，但很可惜对人类的进步而言微不足道。这是不争的事实。要是我们有什么异议，那也只是自欺欺人。我们必须做得更好。

挪威必须登上世界地图，一举平天下，并且赶早不赶晚。

我必须创造一条理论，然后证明它。

这就是当务之急。

一个煞有介事的理论，以及一场熠熠生辉的验证。

我想要有所发现，那就得有所发现。

舍我其谁？

一条理论

　　那是两年前的冬天，我住在特隆赫姆，并回家看望了我的父母。圣诞节，我收到了一双溜冰鞋，还有一本让我颇受启发的书叫《孤筏重洋》。我花了一个晚上把整本书看完。这本书讲的是托尔·海尔达尔和几个同伴乘坐轻木筏横渡太平洋的事。航程很凶险，但他们勇气可嘉。最后他们成功了。海尔达尔还证明了他提出的一条理论：太平洋地区的原住民——波利尼西亚人，有可能是从南美洲渡海而来的。很久很久以前，海尔达尔是仍然在世的、最著名的挪威人。他很有名，并且还活着。反正写下这段话的时候，他还活着。他是世纪挪威人、20世纪挪威人。人们这么称呼他。他游历过许多大洋，证明的理论一条接一条。他的理论都极富争议，但都很有名。海尔达尔也曾年轻过，他也曾和我一样，所以他29岁的时候是不是也像我这样？他是不是也没建造过什么超越一堵墙的东西？

在特隆赫姆森林中的丽岸湖上，我穿上溜冰鞋。那天天气很好，冬日的空气灼灼地凛冽着，冰面蓝而亮。风很大，载着我穿过冰面，从湖的一端到另一端。我顶着风回来，转身让风载着我又滑行了一遍。同样的事再次发生，我毫不费力地跨过湖面。我只是滑行过去，溜冰鞋上的金属与冰面相撞时轻轻发出单调的声音。

我是这样想的：海尔达尔写到，太平洋上最盛行的风是从东向西的，从南美洲吹向波利尼西亚群岛。风影响着洋流，所以轻木筏才可以顺风而行。既然人们知道世界上曾经覆盖着许多冰，难道不能设想一群勇敢的南美原住民趁当时太平洋还封冻着的时候踩着冰面渡海来到波利尼西亚群岛吗？或许，他们甚至弄到了简易的溜冰鞋——某种原始溜冰鞋。然后他们就可以借着风——跟我现在的做法也差不多，在海面上滑个上万千米，直到棕榈群岛出现在视线内。

这突发奇想的理论还不错。我换上鞋，把溜冰鞋放进包里步行回家，我的理论已将我点燃。我读到过，我们现有知识的发现，很多都是无心插柳，最好是无所求的时候。比如现在，我出门本来是想在结了冰的丽岸湖上找乐子，我从小就在这片湖里游泳，它一直是我认知的一部分。我根本就无所求。结果呢？没错，我突然就得到了一条理论。据我所知，这条理论很可能开疆辟土，但并不意味着海尔达尔的理论被比下去了。恰恰相反，这分明是同一篇论文的两页。海尔达尔追随自己的思想，而我必须追随我自己的。其他人也可以在冰雪消融之后用轻木筏漂洋过海。这也没什么不可能的。那时候，他们已经可以去探亲了。那些溜冰出征的先驱留下的传奇不胫而走，口口相传许多年，有人想出海看看他们过得怎么样。有什么比造个木筏更自然的吗？没有。这么看起来故事非常连贯。

我继续琢磨，那些穿着原始溜冰鞋朝西滑行的人，肯定得花上几个月，听着单调的风声和铁打的冰刀发出的声音。我估计他们应该能弄到铁，他们又不是一帮丧气鬼，这声音让他们觉得意义非凡不是一件很自然的事情吗？他们很可能还创作了一首歌来模仿这种声音，然后一定还排练了原始的、别具风味的戏剧，来向后人讲述海面上单调漫长的旅程。我敢肯定，如今的波利尼西亚音乐里能听到这种冰刀声。那种音乐一定具备鲜明的特征。我一定要追踪一下这种响彻着铁刀割冰声音的特征鲜明的民歌。

但为什么没人发现遗留下来的溜冰鞋？有人会质疑。而且为什么这种特征鲜明的歌从未被反推出冰刀的声音？嗯，我能设想反对的声音。我当然会。其余一切可能都不自然，但我已经准备好了答案，好几个答案。首先，我估计是在我们的时代到来以前很久，由波利尼西亚的潮湿气候造成的。铁放久了，都锈蚀了，锈空蚀尽。其次的可能性更大，当这些英勇的先驱终于看到陆地的时候，当他们接近当时还局部覆盖冰雪的潟湖和珊瑚礁的时候，他们自然而然地脱下了溜冰鞋，把它们留在了冰上。然后他们登陆造木屋取暖，殖民周边岛屿，日复一日。时光飞逝，他们定居了下来，因事务繁忙，忘记了要捡回那些在冰上一放就是多年的溜冰鞋，直到气候变暖、冰雪消融。那时候，溜冰鞋肯定沉入了海底。它们很可能现在还在那儿，可能被珊瑚和贝壳覆盖。我能想象它们静躺的地方，肯定不好找。得先知道要找的是什么，还得有一双训练有素的眼睛。

而民歌从来没有和铁制冰刀发出的声音联系在一起仅仅是因为没人知道应该听出点儿什么来。肯定有很多人为这种传统民歌中夹杂的声音打动，但他们没有完全想清楚这种声音是从哪里来的。我很可能是第一个想通的。我是新思维的媒介。幸运的巧合在我的身体中绽放，恰恰是我。有谁会相信？

找到溜冰鞋，我就离证明这个理论不远了。

理论受到了妈妈的质疑，但并非完全被推翻。我回家跟妈妈讲了这条理论。我的声音里充满激情。她的表情显示出一丝怀疑，我能看出来。她说她从没听说过南半球结过冰。不过妈妈在学校上地理课已经是很久以前的事了，这点是我提出来的，她也承认自己并不是很确定。假如呢，我说，假如我的理论真金不怕火炼，这可是非同小可的发现呀。她同意。"我不应该被保守的想法牵制。"她说。但她很怕我会失望，我明白。她怕自己的儿子贻笑大方。哪位母亲不是这样呢？

尽管出师不利，小受挫折，但我还是觉得自己走在正确的道路上。

我坐电车进城去图书馆。《辞海》，我在图书馆里读《辞海》，查冰川期。《辞海》里的地图不包括太平洋。我看到冰川覆盖了大部分欧洲，以及大约整个北美洲和格陵兰。但地图正好到太平洋开始的地方就切断了。《辞海》的作者选择不把太平洋包括在内，是因为不确定？我猜想，把世界的这一部分从冰川期的地图上切掉是因为没人知道。根据经验，我知道有时候研究人员会保留一些信息，比如他们会选择保留自己不知道的信息。这样他们面子上就会好看一些。只说知道的那些能把人们的注意力从不知道的地方转移掉。我听说有个研究员即将发表他在老鼠身上进行的植皮实验的结果。最后一刻，他发现实验不成功，绝望中他用油性记号笔把小白鼠涂黑了。他是个骗子，他被揭穿了，没能如愿以偿地拿到博士学位。这张地图很可能也是这么回事。有人绘制了一张很好看的地图，色标什么的应有尽有，极尽所能地让读者眼花缭乱、情不自已，从而不再过问为什么世界的一部分不在图上。

这张地图有猫腻。这是不祥之兆。

我期待有一天大摇大摆地走进《辞海》编辑部，走到冰川期主编和他的同事面前，把证据往他们桌子上一拍，说游戏结束了，伙计们。但我得先研究研究。

读到冰川期大约发生的时间点，让人有些泄气。早在元古宙就已经发现了大冰期的踪迹，那可是大约 23 亿年前。那时候应该还没什么南美人。估计 4.5 亿年前奥陶纪和志留纪之间也没有什么南美人。但第四纪（新生代的第三个纪）的时候，也就是 200 万年前，南美人可能开始冒出来了。我能想象，他们有足够的时间。他们慢慢探索森林和安第斯山脉，吃吃肉，和家人共度时光，但他们肯定开始感到有些无聊。他们开始烦躁不安，漂洋过海的念头开始绽放出花朵。夜晚，在他们平静下来之前，他们围着篝火讨论。烦躁是人类的褓褓。而威赫塞尔冰期就发生在不久前，也就几万年前，那时候他们的想法大约已经成熟，可以付诸实施了。当他们中第一个最勇敢的人踏上太平洋小心翼翼地试滑一圈的时候，一个古老的梦想渐渐圆满。很可能是位于现在的秘鲁海岸之外。他将向西前进，朝着希望之地。他们肯定有什么由传奇与神话等构成的宗教，暗示着西方有希望之地。宗教就是这么回事，古今一如。并且凭借三寸不烂之舌，第一个勇敢的溜冰者最终说服了足够数量的同伴，跟他一起远涉重洋。

哪怕最后证明太平洋没有长期冰冻——我很怀疑——我是说哪怕，但也有可能有那么一段很短的寒冷时期与研究人员失之交臂。一两个非常寒冷的冬天就够了。我是说难以置信地冷，巨冷。冰封大洋，让英勇的原住民趁机溜冰渡海。好吧，可能性或许不大，但我们能把它完全排除吗？我们有权利排除这件事发生的可能性吗？我认为不能。

我坐电车回家，坐在那儿想，我忘了查一下传统冰刀的音乐，以后再查。我对自己很满意。这么说总可以吧。我的理论并不一定正确，但到目前为止尚无懈可击，也没有直接的反证。哪怕最后证明这条理论很糟糕，我估计也可以很快提出一条新的，重要的是现在得乘胜追击。我觉得新的理论随时可能出现。事情都需要被论证，需要被发现。电车只是我的征途上许多交通工具中的一种。就是这种感觉。

我回家的时候，妈妈已经从阁楼上拿出我小学的学生手册。她也在我面对巨大挑战时为我建立自信心。她真是个好妈妈。我的自信不可撼动。

她还留着学生手册，这让我很感动，上面记载着我的特长，可以说我已经都淡忘了。小学时光一定是我的光辉岁月，现在又回归了。谁都得坚持做自己擅长的事。

我需要特别强调一下老师对我在野外课中的表现做出的评价。这可是重要的课。所有自然科学和社会学都融合到一种优雅而丰富的学习方法中。如今课程可能已经改名了，教育部给它取了个新名字，但我觉得应该沿用"野外课"这个名字。我非常投入地读着我的野外课评语。

纸页的最上方写着：在校学习与发展情况汇报，特隆赫姆市政府，小学。还写着我的老师——斯万-奥托·谢尔沃——我很喜欢的老师，就是他坐在那儿点评了我的能力，回想起来甚至有些感动。他曾坐在那儿想着我，想着我说过的话、我怎么组织的语言，以及所有的一切。我引用一下五年级期末我收到的点评。日期是1981年6月8日，野外课，阿澜学习非常出色，态度积极，能独立解决问题，有活力，有激情。

第二年，1982年6月8日，野外课，非常努力，成绩优秀，无论书面还是口头上都非常积极投入。

上面还写到我很有礼貌，全面发展。

这些评语使用了非常清晰的语言。我特别喜欢"独立解决问题"那句。我不排除自己能让挪威一举登上世界地图的可能。

来一场探险

　　我该怎么着手，我等着灵光乍现。天知道我该怎么着手。等待期间，我读书。我读到个别科学家并不完全接受海尔达尔的迁移理论。科学家们质疑他的海上孤筏。他们并不怀疑他这么干了，但他们怀疑这与当年人类移居太平洋诸岛的场面不相符。他们觉得这不合理。其中有一个英国女人正在研究波利尼西亚人的基因是不是更接近亚洲人而非南美洲人。如果假设成立，对海尔达尔来说可谓当头棒喝。我得祝他一臂之力。要想挽回挪威的尊严，我就得助海尔达尔一臂之力，别人也做过类似的尝试。有人滑着雪去过南极，一个人，还去过北极。但在我看来他们只是证明了这些事可行。这自然也是种成就。这是我抹不掉的。但他们并没有以惊人的科学成果造福人类。他们首先造福的是他们自己。或许还造福了一部分挪威的商业，我怎么知道？

我得为此做点儿什么。

但得先把一切安排妥当，得拿到钱，得按计划进行——看上去错综复杂。我怀疑让我来做组织者只能算中规中矩。我有理论，但理论得被证明。这需要感染力。我记不起来自己有这样的能力。能力我有一些，但能感染人吗？有，也是特例了。

而且我已经有了出行前的惶恐，还不知道我到底要去哪儿，什么时候去，甚至不知道到底能不能成行。但我已经开始惶恐了，我是既害怕又期待。

我养成了没事跑机场的习惯。我在练习。我站在出国旅行的人要走的那扇门门口。我不能进去，因为我没有机票。但我站在那儿假装旅客。我还会去咖啡馆坐坐，喝喝茶，其间喝瓶汽水，一个一个店铺逛逛看看。我会在胳膊下面夹一张外国报纸，研究飞机的起落。飞机的动力多么强大，喷气机的声音，声势浩大；飞机的重量上千千克，但它们却能飞起来，还能降落，轻若鸿毛。

这事我每周都干两三次。

我背上总背着个包——旅行包。别人可能以为我外出旅行，而且经常旅行，或者转机路过，可能还是班机延误的受害者。我看上去有些绝望。天气大雾，总有些这样或那样的意外。"你上回坐不出岔子的飞机是什么时候？"我问买热狗的队伍中排在我前面的那个人。他激动地摇头表示同意。总出错，错了就得纠正，就得等。像我们这样整天旅行的人就得学会有耐心。他要去巴黎。我们聊了聊巴黎。还好我看了够多关于巴黎的文章，所以他看不出我从来没去过。旅途中的我们，随时分享经验。"你去哪儿？"他问。我说我要去南美洲的秘鲁。他吹吹口哨表示他觉得挺远的。"不像巴黎，没错。"我说。但不管怎么说，巴黎也挺不错的。我表现出长途旅行很无聊的样子。在巴黎度个周末更吸引人，逛逛香榭丽舍，看看卢浮宫。我懂什么，优哉游哉地就好。看看女孩，啊哈，法国女孩。他知道我在说什么。

　　然后我坐机场大巴回特隆赫姆市区。在皇家花园饭店下车，然后踱步直到看见一家卖旅行箱包的店铺。我走进去展开一场对话，大谈我的旅行计划。很远，我要出远门，并且有危险。店员给我看了带密码锁和全套装备的行李箱，价格不菲。我说我得回家考虑一下，于是就回家考虑去了。

　　我知道我害怕坐飞机，非常害怕。飞机是会掉下来的，几个星期前刚发生过，砰！直接掉海里了。

　　我听广播里的趣闻，随时捕捉有趣的事，总会派上用场的。这次是广播。一个心理学家多年来一直在研究我们在兄弟姐妹中的位置如何影响我们的性格特征，比如我们是老大，还是老小。他在广播里娓娓道来。他声称自己调查的对象有一万人，已故的、在世的，有科学家、政治家、艺术家等，有极端的、保守的。他说兄弟姐妹中的老大往往比之后出生的弟弟妹妹们智商高一点。与之相对应，年纪越小越容易接受新想法。他们甚至会自己创造新想法，而老大更倾向于拥抱现状——那些父母一辈人所代表的一切。革新都是由兄弟姐妹中最小的那个创造的。他们更开放，更极端，更反叛。老大可能会成为自己行业中的佼佼者，能拿诺贝尔奖什么的，但只会在已经建立的安全框架之内。老小自行其道，标新立异，绝不为传统止步。他们总能发现别人都不相信存在的事物，做别人认为不可能做的事。最重大的发现都是弟弟妹妹们干的。

虽然我是老大。换句话说，我的智商可能比我的弟弟高一些，但根据心理学家的理论，他会走上新的道路，看到我看不到的东西。我忙着讨好父母，心理学家说，我弟弟不会。如果真是这样，这显然是我成为开拓者的障碍。我又不是想出来证明什么既存的观点。相反，我要有新发现。干革命，至少是科学上的革新。问题是我能不能独立完成。不远万里跑去地球的另一端，就因为我是兄弟姐妹中的老大，眼力见儿不对，结果跟显而易见的重大发现失之交臂，这也太可惜了。去太平洋转一圈，结果只证明了什么既存的观点，我不能冒这个险。这样的话，既可惜又屈辱，地图上也不会多一个字。

或许我应该把我弟弟也计划进这次旅行。他和我一起应该是智慧与发现新事物能力的完美结合。另外，他比我年轻得多，只要一点运气，他可能取得的发现就可以顺理成章地归功于我。他激进的态度和我的足智多谋，为我们打开了一条大道。未来诺贝尔奖归我，我弟弟也不会有什么微词。据我所知，他自己从来没有这方面的野心。

钱。

我需要钱，得找设备，买票。没有钱不可能完成探险。我自己没什么钱，只够维持生计，盈余不多，但肯定会有人想要赞助我这样的人——一个年轻的开拓者，视为祖先争光、为科学添彩为己任的人，钱应该会滚滚而来。我确实没什么建树。没什么可以拿得出手的东西，但关键是意愿。大家应该看得到我有美好的意愿，并不一定非得已经有所建树或屡次探险才能引人注目吧。不然的话，只会令人作呕地讨好到一批老年人。而我们小辈将永无出头之日，社会则将承担错失大量新想法的风险：我自己的新想法，我弟弟的，还有别人的。这样就太惨了。

我写了几封信，给政府，还有挪威社会大大小小的权力机关。我想问他们要小几十万块钱，只要够我和弟弟或许再加几个人买装备上路就成。看着办吧。我尽可能用吸引眼球的方式把我的理论写下来，并给自己塑造了一个知道自己在说什么的严肃青年形象。我对自己的理论有所保留。我照实解释，我也不完全确定太平洋曾冰封千里，但我同时指出当年海尔达尔也无法完全确定他的轻木木筏理论是正确的。他赌了一把，有钱人就投钱支持了他。我也愿意赌一把。我还补充说万一溜冰理论翻车了，我还存了点儿其他理论。最不缺的就是理论。我还暗示我有一种预感，我，或者我弟弟，会有新的发现，最好是某种新元素。我很愿意以那个为我们的探险出资最高的团体、机构或个人的名义为这种新元素冠名。我有意识地这样写，心知这样的措辞可以套到钱。以自己命名的东西，大家都喜欢。我觉得我的那些市场推广的小伎俩已经尽其用了。我说出了他们能听懂的语言。我还做了预算，自己看着还觉得挺专业的。预算配上漂亮的下划线和正确的符号。比如，我在申请总额下面画了两条线。

当然还附上了五年级、六年级野外课的评语。

然后，我就把信寄了。

只过了几天，我就收到了第一个回复，是来自国王的，通过他亲切得力的内阁秘书转达。国王祝这个刺激而有趣的项目好运。潜台词就是我得到了他的全力支持，不是经济上的，没错，是道义上的。我有他做靠山。这种感觉不错。国王都支持我，我觉得钱一定会滚滚而来。我把信复印了，给每个联系人都转发了一遍，作为补充附件。这样他们就知道事情的重要性了，让他们感觉一下分量。

但我并没有如愿以偿。

又过了一个礼拜，信挤爆了我的信箱，接踵而来的，都是标准的拒绝信。他们没有把我当回事。关于太平洋探险活动的资助申请回复如下：我们这个机构每天都收到各种活动的资助申请，其中很多我们都愿意批准，但是，等等。总是这些"但是"，就是这样的笔调。我这儿计划着一场光荣的探险，代表挪威的大行军，他们居然称之为活动，才不是什么活动。这是一场能让我们所有人光宗耀祖的探险。居委会搞的那才叫活动。大家决定一起耕耕公共区域的地，种种新草；打电话给邻居问问要不要一起上房顶补补落水管。这叫活动。我的项目是探险，说不定是丰功伟绩，谁知道呢？反正不是什么活动。

他们全都一口拒绝。我大概不需要一一点名，但他们都拒绝了。不管了，豁出去了。我来点个名。挪威石油、挪威水电、阿迪达斯、瑞玛1000连锁超市、法国航空、基洛伊旅游公司、北欧航空、布拉森航空、挪威电信、外交部，都拒绝了。另外，研究院还道歉说他们不可能以物资或其他任何形式来给予我支持。连拍拍肩膀说句鼓励的话都没有，什么都没有。这最后一条特别伤人。海尔达尔当年可是从美国国防部得到了设备和补给。他要为他们测试，比如测试一种驱赶鲨鱼的粉剂。他们肯定是研制了某种新型粉剂。50年前，鲨鱼粉剂研究前沿一定发生过什么重大突破。我也能测试粉剂，但他们说不用了。连我觉得很有把握的劳力士都从日内瓦发了一通沉闷的电报，上面说我项目的目的很有独创性，也很有意思，他们甚至感激我想到让他们来资助的壮举，然后他们插入了一段道歉的话，几乎就像个从句，一个很小但杀伤力很强的从句，直言他们不可能资助我，不管他们有多不情愿。写得就像他们还没有决定似的。就像劳力士也不能做劳力士的主，还另有他人拽着劳力士沉重的线绳——一个为所有重大决定敲板的人，劳力士只能言听计从，而劳力士登上《国家地理》杂志的机会自然也泡汤了。我本可以手腕上戴个劳力士站着，配上文字说明：力量和诚信是我最欣赏的品质，我独步天下，有国王撑腰，让全人类又前进了一小步，而我的蚝式恒动探险家二号一刻不停，丝毫不错。

然而没有。这让我很失望。要是有个劳力士，我至少可以随时知道时间。哪怕万念俱灰，至少我还能知道时间。作为报复，在考虑片刻之后我联系了造假劳力士的生产商。或许他们赞助基础研究的心态更健康，但还是有差别的。我见过这样的假劳力士。它们又丑又轻，而且秒针是一格一格移动的，不是流畅滑行的。我坐火车周游欧洲的时候有一个名叫埃格尔的同伴，他差点儿在比萨斜塔下从黑人手里买下这样的表。后来他还是放弃了，虽然那个黑人说："等等，等等，你来决定，想付多少钱？"我们只是看看塔，太斜了，然后埃格尔建议——谁搞得懂这个家伙：我们应该坐火车去波河河谷，因为他想在历史名胜区打个"飞机"，他是这么说的。另外我还得到了一个住在亚洲某地非常富有的挪威人寄来的拒绝信。一个勋爵，一个富有的挪威勋爵，他拒绝了我。这样一来，我的这场探险的经济基础看上去就单薄了。老实说，与我原来的希望背道而驰。

我得做点儿什么。怀着半绝望的心情，我投身到丰富的探险文学中，看看那些老家伙是怎么搞定资金的。我停在了麦哲伦这儿。他指了条明路。我明白，麦哲伦可不是什么泛泛之辈。他不仅是第一个穿越麦哲伦海峡和太平洋的人——他用了80天横渡大洋，没有经历一场风暴，这让他相信自己发现了一片太平的大洋，而且他还非常擅长组织和募资。当葡萄牙的资助捉襟见肘时，他就去了西班牙另辟蹊径。

他做的第一件事是娶了独掌西班牙赴印度舰队大权的人的女儿。这可是一步决胜的棋。然后他进一步得到来自势力集团的支持，包括教会和财政要员。最后他得到了自己的船队和钱，启程出发。许多人认为麦哲伦的功绩比瓦斯科·达·伽马和哥伦比亚的都大。无论从道德上、学术上，还是实质上来看，都是这样的。麦哲伦穿越的航道更凶险，横渡的大洋也超越了前人的想象。他比任何前人航行的都久。麦哲伦的不足在于，他没有回来。麦哲伦在关岛附近的小岛上，身上插着毒箭倒下了，英勇就义。

但想法是好的。麦哲伦自下而上地建立起了他的探险队。他高瞻远瞩，有条不紊，先建立起了自己的关系网。看来我得效仿一下。我得先建立一些有利的关系。这应该还挺快的。

我决定使用麦哲伦模式，现在我站在特隆赫姆的一所高中门口，等着他们打铃放学。今天是周五。我调查到某个集团大佬的女儿在这里上学，就在这所学校。她还挺可爱的。我已经在远处观察她好些日子了。她的父亲是某个总部在挪威的跨国集团的总经理。跟其他挪威相关的公司一样，这个集团的关键词是离岸。这个集团就是个钱仓，股票一直在涨。我给驰骋股市的人打过几个电话，对这家公司的总体印象相当乐观。要是有谁钱多得想找人分的话，那肯定就是他们没错。但写信不管用。我早就得出了这个结论。关键时刻靠私聊，面对面地。这是做交易的古老方式，或许也是最有效的方式。我拭目以待。

我等的女孩叫爱娃，19岁，比我小10岁。我还没有对她做自我介绍，现在就去做。我要让她喜欢上我，做我女朋友，然后嫁给我。这就是计划。礼物将从她父母那里源源不断地涌来。房子、车子，我想肯定少不了，还有家电，但这些我都会拒绝。或许早在婚礼上我就会提出我的唯一请求，在总经理和他的女儿——新娘跳过舞以后，当我们——我和他——坐在各自的椅子上时，手举干邑白兰地，或许还有雪茄，我会请他资助我的探险。资金总额对他来说不足挂齿，让他无法拒绝。他跟自己的女婿坐在一起，尽管我们第一次见面只是几个月前，但他已经学会像爱自己的亲儿子一样爱我。他的嘴里说不出"不"来。他会在我身上看到自己的影子，年轻，有冲劲，创意卓绝。他完全被感染了。他当然能看出来我是年轻气盛，但是他喜欢。他喜欢我远大的理想。他会说，他真想亲自参加，但是他做不到，他要操心的事太多，要是20年前他一定会毫不犹豫地加入，但是现在……他摇摇头。而且他也不排除这样的可能：我探险归来功成名就、声名显赫，对他的集团也是有好处的。尽管我的教育背景并不对路。"教育背景不是全部。"他说,"比起你读过的书,你是什么样的人、做过什么事更重要。"他这么说一小部分原因也是估计到马上会抱孙子,他也想为我和爱娃提供一点儿经济保障。然后他把他宗教界和金融界的朋友都介绍给我。这样就万事俱备了。

下课铃响了,学生们开始走出教学楼。他们下楼走向我守着的大门。爱娃就在其中。她和一些女同学走在一起。她经过的时候,我喊:"爱娃!"她转身停下脚步,以充满疑惑的口气说:"是我。"我自我介绍一番后说,这听上去可能有些奇怪,但我迷上了她,想认识她。幸好我的外形并不可怕。恰恰相反,我长得还可以。一个肤浅的 19 岁女孩很可能只因为我的长相就对我着迷。这是自然赐予我的天赋,对此我心存感激。我可以说从来没有利用过这个天赋,但现在算是派上用场了。在这种情况下,目标决定手段。其实我并不觉得这算处心积虑,这叫务实。我当然也会爱她、尊重她。我想不出任何我不会喜欢上她的理由,就像我会喜欢上任何其他人一样。

她想知道我是怎么知道她的,我扯了个很烂的谎,幸好她吃我这套。我时不时地会去她常去的那个骑术中心骑马。我见过她几次,我说,心里很清楚她喜欢骑马。这我是调查过的。

她有些受宠若惊。她的朋友们羡慕地偷笑起来,迟疑着走开了。爱娃和我单独站在校园边界。爱娃现在就要去骑术中心。我提出开车送她，并向她保证我的动机是真诚可靠的。她看着我的眼睛相信了我说的话。我们走到我的车跟前，车就停在一边，还闲聊了两句。

然后，我就开车送她去了骑术中心，看她骑马。她提出让我试骑一下她的马，但被我推辞了，我说我上次从一匹年轻的野马背上摔下来把膝盖摔伤了，我还画蛇添足地说那是一匹阉马，这个词到这一刻为止还从没在我嘴里出现过。她是个矫健的骑手，跳跃障碍易如反掌。之后我们去咖啡馆。她有些嘻嘻哈哈，但我开诚布公地把我的探险计划告诉了她。她觉得我志向远大，很了不起。她说，她想从医，这在她的能力范围之内。她在学校里成绩不错，而且很有同情心。她觉得自己很幸运，她想帮助那些生病的、不那么幸运的人。我没说出口，但心想娶个医生挺好的，她能在很早期的时候就发现症状，这样我就不用急着戒烟了。我自己的贴身医生，并且还是我能喜欢上的人。

我问她父母是做什么的，当她说到她总经理父亲的时候我假装很吃惊。"那是你父亲？"我问，"谁会想到？我以为所有这样的集团老总都住在奥斯陆呢。"但心里清楚他每周两地往返已经好多年了。

"他每周回来一次。"爱娃说。

一切如期顺利进行，我们约好再见面。

我觉得经济问题算是解决了，需要花点儿时间，但只要我把手上的牌打好了，钱基本上肯定会进口袋。现在我需要的是几个好用的人。我应该选谁？海尔达尔只带了男人，实打实的男人。但自那以后，性别社会学前沿已经发生了许多事。我是不是应该招几个女性探险队员？这在政治上是非常正确的，几乎有些矫枉过正。

我就这个问题思考了好几天，越来越倾向于只选择男孩同行，或者是小伙（也有这么叫的）。这个选择有许多原因。第一个原因是探险队从来都是由男人组成的；第二个原因是女人和男人混在一起通常会以不安与灾难告终；而第三个，也是最重要的原因是我还从没参加过只有男人组成的团体。我感觉自己缺乏这一经验。我对女人当然没有什么意见，我不觉得她们比男人差，根本没有。可能男人总体而言比女人强壮，纯粹就身体而言。男人举得重一些，跑得快一些。但我听说女人比男人更能吃苦忍痛。我也不知道这是好事还是坏事，但事实就是这样。我认为，如果选出一个只有女人参加的探险队来会给外界发出错误的信号。这会让人以为这是一次痛苦的探险。我完全没想过要让自己和我的探险队员们面对痛苦。这次探险跟大多数探险一样，痛苦适中，不多不少。

我并没有像缺男人那样缺女人。

比如，我没有服过兵役。征兵的时候，我拒绝了。同班同学都觉得我很奇怪。那时候，我已经五大三粗的了，为什么不愿意穿上国王的军装？我是反对武器和暴力的，我说。我是和平主义者。我相信和平的解决方式，相信谈判，相信只要尝试，理性终将胜利。面试的时候，我是这么跟警察说的，结果我就去做民事工作了。自我感觉非常正确，我的朋友们也这么做了。如今我看到世界远比我当时想象的要复杂，但原则上我的想法没有变。我不后悔自己没有学习开枪，但我有时会后悔没能和其他男生共度珍贵时光：躺在战壕里，朝官方指定的某些敌人拼命开枪；或者外出滑雪，在雪地里挖洞，再把自己藏进去，或许还有雪暴，听另一个北面来的士兵讲一段粗糙还带歧视的少数民族故事。这我从来没有体验过。

我要组建一个男子探险队。

海尔达尔的男人们都是从哪儿来的？

第一个，赫尔曼·沃辛格，是海尔达尔在纽约的"挪威海员之家"吃早饭的时候出现的。海尔达尔在纽约向几个杰出的民族志学者汇报自己的理论。他没有得到任何支持，没人相信他那危险的项目。沃辛格走进餐厅的时候，海尔达尔正一筹莫展。在海尔达尔的书中把沃辛格描述为一个衣着得体、体格矫健的年轻人，一个学院工程师，毕业于特隆赫姆的挪威技术高等学院。他来美国采购一些机械零件，并且实习学习制冷技术。他在"海员之家"吃早饭是因为那里有最可口的挪威菜。就在此刻已能看出沃辛格实足是一块探险的好料。他在美国纽约，一个能享用世界美食的城市，但他还是来"挪威海员之家"吃饭，因为他想吃挪威菜。他可以吃日本菜、印度菜、犹太菜、美国菜、阿尔巴尼亚菜。他想吃什么早餐就能吃什么早餐，但他却要吃挪威菜。这就是赫尔曼·沃辛格。这就是他与海尔达尔相遇的原因。

那天早上，海尔达尔对沃辛格提及了他的项目。他只是随口一提。除此之外，两人之间别无他话。但四天之后，在同一个地方，沃辛格表示他很愿意参加这个海上之旅。海尔达尔上下打量了他一番，认为他是条好汉。"好吧，"海尔达尔说，"那我们就一起。"

后来某一天，沃辛格和海尔达尔闯进了"探险家俱乐部"。他们和丹麦极地探险家彼得·弗洛兴聊了聊，弗洛兴觉得坐印第安木筏漂洋过海这个主意棒极了，他愿意全力支持他们，从此他们就一帆风顺起来。消息不胫而走，很快就有人承诺给予他们经济支持，只要他们愿意为报纸写文章，并答应在返程后巡游演讲。

"但还缺四个人，四个得力的人。"海尔达尔这样写道，"必须精心挑选，不然在海上与世隔绝地漂上几周后只会出现争吵和叛变。"得赶快找到他们，因为过不了几个月飓风季节就要开始了。他们必须在此之前离开秘鲁。怎么知道人得不得力？海尔达尔没有直截了当地写明。据我所知，政府也没有制订出一套指导方针来。所谓招贤纳士多少有点儿神秘色彩。尤尔·伯连纳在《豪勇七蛟龙》中对这一点就有所表达。一群墨西哥农民遇到了难题，他们的村庄常年被土匪肆无忌惮地劫掠，他们想寻求帮助。墨西哥人在电影里总是那么尿。说好听点儿，他们总是夹着尾巴落荒而逃。他们是一群尿货，所以他们去找尤尔·伯连纳，尤尔·伯连纳一点儿都不尿，恰恰相反，这个倒霉蛋是个浪迹天涯的枪手。他们想寻求帮助，于是就问尤尔能不能带一帮兄弟上街。他们都有枪，无一例外。"不是这样的，"尤尔说，"没有这么简单。我们得找对人。"对的人和错的人之间有天壤之别，如同昼夜。"那怎么决定一个人是对是错？"墨西哥人问。有办法的，尤尔熟悉，他有办法。之后他就让他们猜他说的是什么办法。首先，就是要看那人是用枪快还是用刀快，或刀枪齐快。最好是那条什么小河这一侧最快的。这是一件事。其次，这一点更含糊，好像是看那人的心性是不是有正气。这份差事的报酬少得可怜，跟没有差不多。但还是有得力的人选出现。那些人一开始都显得自以为是、肆意妄为，但都展现了胸襟和胆识。他们挺身而出，一小部分原因是那点儿象征性的钱，但实际上主要是因为他们路见不平。换句话说，这是个道德问题。最后，算是意外惊喜，我们得知农民才是勇敢的。据说，日复一日、勤勤恳恳耕地务农比整天策马扬鞭、舞枪弄刀更需要勇气。农民是大赢家。"输的总是我们这样的人。"尤尔最后说。不管他是什么意思，反正他是个好人。这是毋庸置疑的。海尔达尔也认真考虑过所谓得力和优秀的人到底需要具备哪些条件。最重要的应该是他们曾在野外熬过冬夜。他们得有某种实用的才能，并曾在野外熬过冬夜。但他不想要海员。他怕要是有能干的海员上了木筏，一旦他成功完成项目，有人会利用这一点来攻击他。你的木筏上有海员，不是吗？你们能做到是因为你们比古代秘鲁人更擅长航海。海尔达尔不想要任何这样的流言蜚语。我很理解。我，就我而言，也不想要什么溜冰运动员。我不想事后听人说起来我们发现了古代溜冰鞋是因为探险队里都是一群知道怎么脱冰鞋、扔冰鞋的人。探险队的队长要把好这个关。就这一点，我们很相像，海尔达尔和我。

但海尔达尔觉得无论如何，他还是需要一个会使用六分仪每天在地图上标注木筏航线的人，于是他想到了一个熟人——一个有趣的画家，一个会弹吉他的大块头，并且满肚子笑话。他上过航海学院，已经周游世界好几圈了。沃辛格和海尔达尔达成一致，决定给这个画家写封信。

他们还需要一个能摆弄无线电的人，海尔达尔是这么表达的。沃辛格觉得发发气象观察什么的还挺有意义的，只要不是发求救信号，装备一两台无线电对理论本身来说并没有什么影响。海尔达尔对在木筏上装备无线电这种如此先进的东西表示怀疑，但沃辛格说服了他，有意思的是，最后发现找个人来用小巧的设备进行长距离的无线电联络这事对海尔达尔来说易如反掌。他提到了托斯坦·罗比和克努特·海于格兰。

海尔达尔是1944年在伦敦第一次见到海于格兰的。那时，他已经因为作为电报员参与破坏德军尤坎重水厂行动获得了英国国王勋章，并且刚在挪威完成了另一个相当刺激的任务回来。用海尔达尔自己的话说："……当时他正端着藏有秘密电台的烟斗坐在奥斯陆妇女诊所里，盖世太保的到来让他吃了一惊。纳粹们找到了他的藏身之处，整幢楼被德国兵团团围住，每扇门门口都堵着一挺重机枪。盖世太保首领费默亲自站在院子里等着士兵把克努特抬出来。但抬出来的都是盖世太保的人。克努特用手枪开路从阁楼一直冲到地下室，然后从后院撤退，在枪林弹雨中消失在医院围墙背后。我在一座英式老城堡的秘密无线电站与他见面时，他刚回国，为了在德军占领的挪威全国布一个连接上百座发送站的地下无线电网。"

海于格兰一路开枪杀出了一条血路。

这就是那个时代的人干的事。必须这样，那是个残酷的时代，不是你死就是我活，只有开枪杀出一条血路。

我自己当然从没杀出过一条血路。我也不认识谁这么做过。学校里也从未将"杀出一条血路"作为动词短语的例句。杀出一条血路，正杀出一条血路，杀出了一条血路，杀出过一条血路。从来没有。

但海于格兰做到了。他杀出了一条血路。不仅如此，他还保住了无线电。

托斯坦·罗比也能做到。战争末期，海尔达尔在芬马克见过他，据说他是个有趣的家伙，蓝眼睛，乱蓬蓬的金发，从山顶的小木屋中爬出来。他在"提尔皮茨号"战列舰上躲了整整十个月，每天给英国发消息，汇报船上发生的一切。晚上，他会连上德军的天线。这肯定是件相当危险的事，甚至有生命危险。最后英国人得到了足够的信息来炸沉"提尔皮茨号"。之后罗比逃去了瑞典，辗转来到英国，最后回到挪威，从德军后方汇报敌情。德国人撤退的时候，他也带着自己的无线电出现了。他的出现正是时候，因为总是"刚刚踩了个地雷"，海尔达尔这么说。换句话说，在正确的时间出现在正确的地点这方面，罗比经验丰富。

海尔达尔给这三个人发了电报，非常简短，问他们有没有兴趣一起坐木筏横渡太平洋。他对沃辛格说，他愿意打赌，海于格兰和罗比现在正因为要回家而发愁呢。

"现在"指的是 1946 年深秋。战争结束后艰难的一年。他们都是杀出过一条血路的人，跳过伞，藏过无线电发射器，进过秘密英式城堡，但现在已经平静了整整一年。据海尔达尔估计，他们肯定很无聊，巴不得出现一个可以舍命一搏的任务。

三个人都毫不犹豫地答应了。

这样一来，他们加在一起就是五个得力的人。但海尔达尔想凑齐六个，因为这样一天 24 小时的轮值工作就很容易分配，一人 4 个小时。

第六个人很久以后才从丛林中撑着桨姗姗而来，当时海尔达尔已经到了秘鲁，在那里绷着弦要让木筏及时正确地完工。那个撑着桨留着大胡子从丛林里出来的人，是乌普萨拉大学的民族学家。他的名字叫本特·丹尼尔森，尽管海尔达尔对他几乎一无所知，只知道他在亚马孙地区研究丛林印第安人，但他就这么入了伙。胡子和撑桨这两项好像就够有说服力的了。

这就是海尔达尔的团队：赫尔曼·沃辛格、埃里克·赫塞尔伯格、克努特·海于格兰、托斯坦·罗比和本特·丹尼尔森。他们的年龄在 28 岁到 33 岁，都在野外度过冬夜。

值得注意的是，他们中没有一个人能担保木筏能把他们完好无损地送到波利尼西亚。专家和闲人几乎都异口同声地说，轻木制成的木筏不到中途就会沉没。毫无疑问会沉没。人们的确见过这种古老木筏的图片，所以它们不容置疑是存在过的，但大家都认为它们的用途只是沿着海岸线漂一漂，说主要是用于娱乐也不为过。除了海尔达尔本人之外，认为项目可行的人少之又少。我也不知道他的队员们是怎么想的。但是我们知道所有即将上筏的人都以平均的间隔时间一个接一个去检查了潮湿侵入轻木筏的程度。他们都是在自认为没人看见的情况下去检查的。换句话说，他们都不确定。据此，我们可以推断海尔达尔的队员们都是豁出了命去的。他们真是这么做的。内心最深处他们肯定都做好了最坏的打算，甚至可能正是这种危险的存在吸引并驱使他们加入项目的。

我听说在冲突地区工作过的记者很难再回到日常的新闻工作中。当一个人从战场上归来，并报道过极端事件，可能还冒过生命危险时，再让他写漫长黑暗的冬季过后迎春的母牛如何饥渴蠢动就没多大意思了。母牛是挺可爱的，但它们没法刺激内啡肽和肾上腺素的喷涌。我猜想海尔达尔的团队肯定有类似的感觉。

参加过战争以后可能就很难再平静度日了。

如果我想要参加战争，那我很可能就得主动去找一场。这是不可能发生的事。但我见过有人没有上过战场也会去做危险的事。或许正是因为他们没有上过战场，几乎是因为无仗可打。比如有人会从巨魔墙[1]上，或是高楼上，背着降落伞跳下来。他们当然清楚地知道这种运动有巨大的危险性，但他们还是会去做。他们这么做或许正是出于同样的原因。他们的太阳眼镜比海尔达尔和他的队员们的丑一些。他们没有经历过战争，但他们还是跳了下来。他们直接跳了下去。

我想我要的不是动不动就跳下去的男生。我的探险队里容不得跳脚的。我要实打实的家伙，可以和我一起成长、一起成熟的人。他们不是为了冒险而冒险，重要场合能临危不惧。我是这样认为的，我们要互相帮助，人人为我，我为人人。这是我之前没有经历过的事。我还想要话不多的人。很多人话都

---

1 挪威著名自然景观，欧洲最高垂直山面。

太多。我猜想过去的人可能话少一点儿，但可能只是胡思乱想。反正如今的人们，话多得要命，他们不安静下来，我根本无法思考。还不仅如此，因为他们制造的那么多词语会让我陷入无尽的愤懑中，我会变得非常冲动。我冲动的时候思维就会混乱，安静的时候思维才清晰。人都安静下来，一切都安静下来，我才能清晰地思考。

我想要可以激励我的男生，他拥有我没有的知识。我们一起迎接挑战，让挪威登上世界地图，然后友谊地久天长。这是我想要的。

跟阿汶讨论了一下这个项目——扔土豆。

我首先跟我的弟弟提起了这件事，感觉从他开始比较自然，不管怎么说他都是我最亲近的人之一。我没有什么酷炫的朋友圈。没办法挑挑拣拣整个优秀的探险队出来。但我的弟弟必须上。他很年轻，20岁。算很年轻吧。但他跟我一样高大强壮。而且聪明。

我们兄弟之间关系很好，向来如此。我比他大挺多，所以从来不会构成竞争关系。我是我，他是他。这样很好。他并不是撑着桨从丛林里出来进入我的生活的，但我对他的到来仍然记忆犹新，当时激动了好几个月。那时我刚上小学二年级，在上野外课，当天我醒过来的时候就知道这一天到了。天黑之前一定会发生。我坐在爷爷奶奶家的楼梯上，就在这时，爸爸从医院打电话来，说是男孩。一个弟弟，我有了个弟弟。这就是阿汶初次登场的画面。感觉好得令人难以置信。阿汶真棒。

我弟弟，他对危险也并不那么陌生。几年前，我们一起骑车，我和他，在仲夏夜傍晚的森林里钓鱼。天是完全亮着的。那天晚上棒极了。我们骑车深入特隆赫姆周边无尽的森林。阿汶当时十三四岁的样子。终于，我们来到一片很不错的鱼塘。我们把自行车靠在一棵树上，走到水边，穿过一片沼泽。我们踩着铺在沼泽上的木板走。我们根本预料不到任何危险，周围一片和谐宁静，附近没有任何人。突然，我们听到不远处一声惊心动魄的怒吼。我们看到几棵毛桦树在晃动。是一头熊。千真万确。我们从来没亲眼看见，但之后几天内从不同的来源得到的消息可以确信，在这个区域发现了熊的踪迹。我俩都在电影院看过让－雅克·阿诺的《熊的故事》，所以我们内心深处都深信不疑，那是熊的吼声。我们就站在那里，在渺无人烟的地方，还光着脚，为了蹚过沼泽我们都把鞋脱了。不穿鞋的人是脆弱的。我们很脆弱。熊在吼，吼声凶猛。谁都不会怀疑，它不是发情，也不是想交个新朋友，而是死亡与毁灭。我其实跟阿汶差不多害怕，但因为我是哥哥，所以我觉得自己应该沉着正确地做出反应。我赶着阿汶躲进了眼前的一座船屋里。门锁不上。我们坐到船屋里一艘手划船的横座上，开始穿袜子、穿鞋。阿汶都快哭了。我们包里有蜂蜜，本来打算泡蜂蜜茶，让夜晚更惬意。惬意的夜晚，我们就别做梦了。我们怕熊会闻到蜂蜜的味道找到船屋里来把我们逼到角落，然后结果了我们。但躲在船屋里比在外面更糟糕，我们什么都看不到。我们坐在那儿总觉得自己已经被包围了。我逼自己和阿汶冲出去直奔自行车。我们不得不朝吼声传来的方向跑出一段距离去取我们的自行车。我们使出全力狂奔。感觉草木皆"熊"，上百只熊。我们跳上自行车，撒腿骑走。过了很久，我们才放松下来。一个小时后，我们遇到了两个人，对他们讲了刚才发生的事。他们嘲笑我们，说肯定只是河狸。才不是什么河狸，我见过、听过的河狸多了，知道那个声音肯定不是河狸的。他们嘲笑我们。

等我们让挪威登上世界地图了，看他们还笑不笑得出来。

这是我经历过的最可怕的事。除非阿汶有什么事瞒着我，要不然这肯定也是他经历过的最可怕的事。或许算不上非常可怕。反正多年以后坐着沙发回想起来不能算，但已经够可怕了。虽然是仲夏夜，但从多方面考虑应该也能算是冬夜，应该称得上是在野外度过冬夜了。在这个探险队里由我决定什么算冬夜，什么不算。这肯定能算是冬夜。这就是冬夜。

　　阿汶和我去了趟森林，我们一边散步，我一边讲出了我详尽的理论。我谈到了冰川，谈到了远古时代。我自认为言之凿凿，但阿汶表示怀疑。连我的亲弟弟都表示怀疑，那在所有与我非亲非故的人中迎接我的会是怎样的非议？不敢设想。

　　波利尼西亚有上千个岛，他说。上千不至于吧，我说，"波利"是很多的意思，不等于上千。不管怎么说，假设，他强调假设，真有溜冰鞋这回事的话，我们怎么知道溜冰鞋会留在哪个岛上？问得好。我一边散步，一边沉默地斟词酌句。加油！我想，快想！想，想，想！我得想通它。我得理清思路，巩固理论。疑问越多越好，胜利也就越有价值。过了一会儿，阿汶问我有没有听到他的问题。听到了，我当然听到了。

　　我有一个答案。首先，我知道海尔达尔从哪里出发又从哪里登陆的。这是个起点。哦？阿汶点点头。其次，我们可以找张地图画出海尔达尔的航线，从中推测出如果他没有触礁搁浅的话最终会到哪里。

　　"换句话说，我们的探险完全基于海尔达尔的行程。"阿汶说。

　　"可以这么说，"我说，"但主要是基于风向。"

"风向？"阿汶问。

然后，我对他解释说我得到的所有信息都表明我们要去的那个区域的风向相对稳定。如果风可以带海尔达尔漂洋过海，那它也能带一队踩着溜冰鞋的原始人过去，也就是说它能带我们过去，只要我们愿意。

"我们愿意吗？"阿汶问。

我耸耸肩。"我们愿意呀！"我说。

我们在坡上停下来喘口气。阿汶跟我说他的新尝试。他开始扔土豆。只是偶尔，他说，在外面。有食用土豆和种植土豆两种土豆，他说，但还有用来扔的土豆，就是那种既不能种到地里又不能吃进嘴里的土豆，就得扔掉。他从包里拿出一个一直背在身上的土豆，用一把匕首一分为二，给我一半。然后他把他那半扔在石头上。土豆应声碎裂朝四面八方飞散。他鼓励我也这么做。疯了，我说。但我照他说的做了，很有满足感。破坏的乐趣，阿汶说。这可不容小觑。破坏。他不认为这是在浪费粮食。只要下次他烧土豆的时候少烧一个就行了。这样就扯平了。

"很好，很好，"我说，"不过，探险的事你到底是怎么想的？"

"我参加。"阿汶说。

事关建设而非破坏。

阿汶说他仍然想参加。那理论呢？他愿不愿意站在它背后，支持它？

还行吧。他说他得再想想，但他还说他认为我应该有些后备的理论，万一这条不靠谱，我们得准备两条理论当退路。"比如呢？"我问。"我们得带些石蕊试纸，"阿汶说，"这样我们就可以测一测东西的酸碱性。石蕊试纸可以快速拯救动摇的探险队。"

"好。"我说，"那你负责石蕊试纸。"阿汶得意地笑笑。我能看出来这个任务能让他成长起来。

"另外，我还有自己的睡眠实验。"他说，"研究一下温度和湿度对睡眠的影响也挺刺激的。"

睡眠实验？这个他之前没跟我说起过。

他给我讲解了一下原理。

阿汶的睡眠理论：每晚睡 6 ~ 8 个小时。当然这是因人而异的，但平均下来差不多是这样。有人自然醒，有人需要精密的机械和电子仪器来唤醒。阿汶提出的问题是：睡眠的极致是什么？如果就这么一直睡啊睡会发生什么情况？多年来，阿汶一直尝试突破他睡觉时长的极限。他深信会发生什么了不起的变化，只要他睡得足够久，并超过某个临界点，他称之为 K 点。到目前为止，他成功睡足过 17 个小时，但还是没有突破

K 点。他能感觉到已经离目标不远了。他几乎可以肯定，K 点在 17 ~ 20 个小时。但到目前为止，周遭条件阻碍了他睡得更久。电话、声音、环境，环境总是出问题。

或许 K 点能在波利尼西亚到达，那里的环境肯定更祥和安静。如果阿汶可以请假免除轮值工作的话，他或许可以努力睡一下，从基础抓起。

我觉得这个想法很有意思。这可能无法让挪威登上世界地图，但又如何。不积细流，无以成江海。

我握住阿汶的手，欢迎他加入探险队。

这下我们就是两个人了。

别假正经。[1]

我给爱娃 —— 我未来的内当家 —— 打了个电话，问她要不要见面。她觉得我们应该见面。我说我的膝盖好多了，但话一出口就后悔了，因为她提议我们一起去骑马。

我疯狂地翻阅起黄页来。姆 —— 阿，马。我飞快地检索到一个马农，求他给我上个速成课。我说其实并不是因为我有多想学骑马，实际上我对马还过敏，但这是为一场伟大光荣的

1　美国摇滚乐队传声头像（Talking heads）1984 年的演唱会电影及唱片的标题，原文为英语 Stop making sense。

探险拉钱引资所迈出的（许多步中的）第一步。我会在我的回忆录中提到他的，我说。马农说给他500克朗，也许他能在几个小时之内教会我一些基础，回忆录里提不提到他的名字根本无所谓。马农没心没肺，直截了当，我们国家就需要这样的人才。我们给一匹看上去壮硕漂亮的马配上马鞍。马是黑色的，几乎是黑色的。我们牵着缰绳走过来走过去。我尽可能地跟着学。马农解释说这是他儿子的成人礼礼物，已经是10多年前了。他给它起名为"别假正经"，这名字马农从来就没叫顺口过。但给马起名字也不能随随便便，该叫什么就叫什么，要是忽然有人叫它别的名字它会糊涂的，还会发疯。他后悔给了儿子一匹马作为成人礼礼物，因为不明智。他以为这会让儿子走上正途，从此拥有责任感什么的，但事与愿违，儿子很叛逆。很多年轻人都有这样的阶段，马农说。他们想证明自己与众不同，要和父母分道扬镳。他们反抗，偷偷抽烟，还给马起稀奇古怪的名字。那个孩子已经无药可救了。

然后我跨上马背，我要这样把握缰绳，把大约40%的体重放在跖球部上。马农聊起马，聊起动物：我们绝不能信任马，因为马并不特别聪明。它们很自我，还有点儿笨。那些骑马的人摔断了腿倒在天寒地冻的林场里，马搬来救兵的故事跟事实都没有太大关系，都是鸡汤，给孩子喝的。马一心就想休息、吃喝、时不时交配一下。这就是它们想要的生活。少女们喜欢给马的智商和情商加分，但真相是它们头脑相当简单。大多数少女也是一样，所以她们注意不到。对付马一定要坚决，千万别怕使劲。我现在坐在马上，就要问自己：我和马有联系吗？我与这匹马有没有联系？如果答案是否定的，那很快就会有危险。因为马很强壮，比我强壮得多，桀骜不驯，后患无穷。

我和马有联系吗？我拽一拽缰绳，马就向右或向左转，言听计从。马农说这可以比作打电话。先找到要拨的电话号码，然后拨号码等回答。要先等有人接电话才能开始说话。没人接就说话是没有意义的。那叫白费口舌，咬聋子耳朵。马也是一样，得先取得联系，再发出信息。我说我听明白了。我电话打得还挺多的，很清楚什么时候该说话，什么时候不该说。

我们开始做动作。我骑着"别假正经"。马农骑另一匹马跟在边上。他让我要找到节奏，摇摇脊背，手肘夹紧身体两侧，缰绳长长地垂下去，膝盖和大腿夹紧马身，跟上马的节奏。

比我想象的要轻松。慢慢地，我们小跑起来。开始我只是跟着上下蹦跶，很随意，很不雅观，但慢慢地我就明白了，我要双腿用力，这样就能形成波浪形运动。坐在高处指挥这么高大的动物真带劲，可以说是以自然的方式在自然中穿梭。我很快就尝到了甜头，味道好极了，感觉大权在握、八面威风。要是我活在中世纪，我一定会骑马横行乡里，拿小鞭子抽那些穷光蛋。马农说我表现不错，非常出色。少女起码得花上几个月、几年才能达到我这水平。教成年人就是爽，马农说，只要稍微成熟一点儿就行。但马场的经济基础都是靠那些少女支撑的。她们骑啊骑，怎么也骑不够。而且她们放眼望一望到处都是朋友。她们的朋友们也要骑。就这样财源滚滚了。

我跟这匹马有联系吗？

应该是算有吧。

马丁。

我坐着电车，身上都是马味儿。我对面坐着个跟我年龄相仿的家伙。我看到他在读某报上的体育版。在看关于罗森博格队的文章时，我们攀谈起来。说到一个踢飞的点球，太能扯了。他很好看，金发，高大，但看上去有点儿累，显得疲惫。我问他是干什么的。他紧张地四处张望一番，然后回答说他是学社会人类学的，主攻课题是聚会文化和泡妞，另外还捣鼓些电脑。

问他对南方文化有没有了解？他说有呀，这怎么跑得了。

比如他去过非洲，四处转转，跟土著聊聊天，学点儿东西。波利尼西亚怎么样，去过吗？他说没有，但他读过许多关于当地文化的文章，都存在脑子里了。我为什么要问？

他叫马丁。我们握了握手，找了家咖啡馆。我摆出了我的理论，马丁专心地听，问了些问题，让我明白我是在跟有能力的人打交道。资金到位了吗？比如他会这样问。这就不用你操心了，我说，资金已经到位。就这么简单。马丁相信了。毫无疑问，他自己也很想出去闯闯。他专业课题已经做太久了。好多聚会，好多妞，好多好多，真的。她们满大街追他。她们觉得自己被利用了。她们觉得马丁不能总是以在写关于泡妞的论文做幌子。她们觉得这个借口太烂了。马丁很开放。这些事都是一杯咖啡说完的。我们本来不认识，但他信任我。我注意到了这一点。妞们想追他。白天他已经不能去大学了，只好晚上去。他不参加聚会的时候，或者和之前不认识的女孩在一起的时候，助学基金也在追他。该死的助学基金总是死缠烂打。不背助学贷款的人生只是一场远在天边的梦。还款计划连本带利早就做到了21世纪中叶。还款到期催讨已经五六回了，每回都是最后期限前那一个小信封把他救了回来。他身无分文，捉襟见肘。马丁的梦想是鼓起勇气上门找助学基金把旧账一笔勾销，抽一天时间出来找助学基金聊聊交个朋友，杯酒泯恩仇，一了百了。助学基金肯定也跟大多数人一样：一帮子朋友在一起凶神恶煞似的，但一对一的时候立马掏心掏肺。问题就是得亲自找上门去。也听说有人心平气和地跑过去，结果直接上了铁镣。传言那儿有间房叫铁房——国家助学基金铁房。在铁房里逼人签合约送去北极圈做苦力。铁房里不知签过多少这样的生死契。

马丁唯一的希望是飞来一笔横财，这样他就可以还了债一身轻。课题的主要任务之一就是颠覆式创新，他说。这是人类学、物理学和生物学之间史无前例的跨界。这种联结在很多人看来是牵强的、匪夷所思的，但并不代表不会引起轰动，很可能会带来一大笔钱。一开始，课题的这个部分只是藏在一小对括号里，但现在它的重要性越来越显现出来了。这将成为整个课题的脊梁骨。马丁又紧张地四处张望一番，然后从他的背包里拿出一大卷厚纸。还没完成，他说，在城里没办法着手，因为太多女孩在追他。聚会太多，他需要安静的环境完成它。这将是他的毕生心血。

我打量了一下纸卷，尺寸很大，几乎像海报，上面是某种表格，条条框框，像极了元素周期表。马丁点点头。这是女孩周期表，他说，可了不得了。他只让我看了一眼就把纸又卷了起来塞回背包里去了。表完成以后，他估计自己的电话会让广告公司、猎头公司，以及海内外心理学和其他学科的研究人员打爆。他要给自己开个好价钱。我问马丁有没有兄弟姐妹。他说他有几个哥哥，他是最小的。"最最小的？"我一边问，一边已经看见军乐队迈着整齐的步伐在机场迎接我们凯旋，行李箱里装满新发现，还得有人为我们在记者群中开道，同时绘图员把挪威画到了世界地图上，一劳永逸。

"最最小的。"他说。

"准备好去波西尼亚了吗？"我问。

"什么时候出发？"马丁说。

阿澜、阿汶和马丁。

我们仨。

英国纯种、阿拉伯、汉诺威、匈牙利基特兰、比利时阿登、利皮扎、多勒马，爱娃目瞪口呆地看着我细数自己骑过的马的品种。我从没骑过野马，但家马——我喜欢叫它们埃库乌斯·卡巴鲁斯[1]——我还是挺有经验的。我爱死马了，我说，有点儿担心我表现得过分夸张。想控制一下自己，但没有成功。马原产于北美洲，我继续信口开河，但很早就迁徙到了亚

---

[1] 马的拉丁语学名：Equus ferus caballus。

洲，然后到欧洲和非洲。也不知道是为什么。美洲那时候可能就已经美洲化了。感性、商业而混账。第四纪的时候马就在美洲灭绝了，可惜又可耻。但幸好很多马已经到了其他洲，它们在那些地方幸福地生活下去。我觉得自己很像马，所以我经常骑马。

爱娃已经动心了。她怎么会不动心。对她来说，我肯定是个完美的男人，比她大好多，生活经验丰富，还跟她一样深爱骑马。我们是天作之合。

我们来到骑术中心，我竭力装出自己是这里的常客。那儿的经理觉得我是个跳梁小丑，那也没办法。我们在马厩里转了转，每人选了匹马。我的眼睛开始痒痒，流鼻涕。我时不时就出去转一圈擤个鼻涕，透透新鲜空气。把马牵出去以后肯定会好一点儿。对爱娃，我就说我有点儿感冒，因为几个星期前我光着膀子骑过一次，虽然天还很冷。我太投入了，我解释说。爱娃说她从来没有遇到过我这样的马痴。过敏真是件天杀的事，让我无法靠近自然，离间我和那些本来可以做我朋友的动物——马、狗、猫和其他动物。我受不了它们。我身体里估计有什么脆弱的基因成分。我和爱娃的孩子估计也会过敏。那样的话，爱娃就得另找爱好了，而我只能假装不能骑马是重大的牺牲。但一件事归一件事。

我们选好了各自的马，然后给马装上马鞍。我偷偷看着爱娃熟练地装马鞍，自己也尽量照做。她没看出来我之前没干过这事。她瞎了。爱情让人盲目。她肯定是爱上我了。

现在我们开始骑马。我靠着两天里积累的经验驾驭，就一会儿，爱娃就想撒开腿跑。这难度级别我跟马农还没学到。我依葫芦画瓢地模仿她的动作，忽然之间我的马就飞奔起来。真他妈快！这种速度我完全没有心理准备。这些该死的马（整个物种），还有第四纪，居然没能把它们赶尽杀绝。我的前方传来爱娃的笑声。少女的笑声欢乐莫名。她很愉快。她生机盎然。我咬牙跟上。前面跑着的可是钱呀，我告诉自己。成千上万克朗，能把我打造成探险家和科学家的钱。我使劲挤出跟她一样高亢的笑声，好让她听到并觉得我们是在同甘共苦。我的笑声极不自然。假笑。我想这是迈向世界必须付出的代价。我吼着全世界最假的笑声超过爱娃，弯下腰躲一根树枝，将将躲过，但乱了节奏。骑手最怕的就是乱了节奏。爱娃注意到了，并做出了反应。又来了一根树枝，我已经无计可施，树枝击中我的肩膀，砰！我摔下马背，该死的马继续冲进树林，躲进黑暗的树干之间，消失了，跑得还挺自在，自得其乐。蠢货，头脑简单。我却躺在这里，苔藓都进了内裤。爱娃掉转马头回来的时候，我试图躲避她的视线。她下马弯下腰担忧地看着我。

我背疼。那儿疼可是最可怕的。但我说只是擦伤，一点点皮肉伤，不致命。

"你到底骑过几次？"爱娃问。真相时刻突如其来。

"那个啥……"我尴尬地笑。

"你笑得好诡异。"她说，"你是不是在骗我？"

直击灵魂的拷问。我开始回顾人生。我看到自己的童年、少年、成年。成年？我从来就没成年。回顾了一遍我毫无建树的人生。我没造过的房子。

阿澜躺在这儿，没有为祖国添过一块砖，加过一片瓦。我像剧情片里那样握住爱娃的手，平静而毫不做作地呼出一口气。

我在医院醒过来的时候，先是为自己还活着松了一口气，不管怎么说自己还活着，但是我环顾了一下四周，残酷的现实在那里等着。爱娃坐在我身边，还有我的父母、爱娃的父母。羞耻一瞬间涌上心头，但所幸稍纵即逝。这场面是不会让我屈服的，我心想，不管是我还是探险队都不会屈服。

"你在那匹马上干什么？"我父亲问我。

"你大概并没有像你自己说的那样经常骑马吧。"爱娃说。
"大概没有。"我说，然后循循善诱地举了超人演员克里斯托弗·里夫的例子，他1995年从马上摔下来瘫痪了。他可是个经验丰富的骑手。换句话说，这也是常有的事。"这当然是常有的事，"爱娃说，"但你骑得并不多，是不是？"

"不多，"我说，"我骑得并不多。"

来了个医生，说我走了狗屎运，只是有一点儿小小的脱臼，并无大恙。只是一点点无伤大雅的良性腰椎间盘突出，几天就可以出院了。多亏了我良好的身体素质，他说，然后就走开了。他看上去简直有些生气，我竟然那么侥幸。该死的马，我说。然后我问爱娃愿不愿意嫁给我。我真这么做了，直奔主题，像男人该做的那样。"你愿意嫁给我吗？"我问。发问之前，我本应该盘算一下时机的，但我有一种感觉，现在不说就晚了，进攻是最好的防守，云云。爱娃吃了一惊，她不想嫁给我。她问我是不是疯了，然后跑出了房间。我想追着她跑出去，但是我的腰椎间盘还突出着，我只好躺着。我看到我父母在看我，还有爱娃的父母，他们起身要走。机不可失，时不再来。我转向爱娃的父亲——总经理先生，问他有没有几分钟时间。他眼神有些飘忽，但大约觉得自己不应该拒绝给予我这个刚捡回一条命的人一丁点儿他的时间。我为他讲解了我的理论并快速草拟了一份预算需求。他笑了。他喜欢我这种毫无畏惧、直言不讳的精神。他要握我的手。他说现在就需要我这样的人，刚刚在一场冒险中生还就开始全情投入策划下一场。他问我是不是因为这个才对爱娃感兴趣的，他让我不由得揣测他是不是也会使用这种见不得人的手段。我就是因此才对她感兴趣的，我说，但同时我也觉得她很可爱，并且心地善良等。的确，总经理说，她就是这样的。

这时候，他的夫人拽着他离开了。她认为他不应该关心并接近一个刚向他们19岁的女儿求婚并遭到拒绝的人。但他离开之前给我使了个眼色，让我心存很大的希望，觉得很快钱就会滚滚而来。

我在医院到目前为止都过着贵族般的生活，躺在那里喝喝果汁，给潜在的赞助商和旅行社打打电话，问问机票价钱什么的。我床边就有电话。现代的挪威社会真了不起，到处都是电话，蒸蒸日上。

马丁来看我。他激情燃动，因为他为太平洋冰盖建了个电脑模型。他给我看他打出来的几张图片，看上去很有冲击力，很好。冰又蓝又硬，跟我在理论中描述的一模一样，持续西风。他说他打算往程序里放一个溜冰的人，看看如果我们让他（当然也可以是她）从秘鲁海岸出发最后能到达哪片陆地。马丁建议溜冰鞋可以是用黄金打造的。西班牙殖民者到来之前那里有的是黄金，就没别的了。黄金溜冰鞋。我喜欢这个想法。我也喜欢马丁可以顺着理论继续独立思考。他跟我一样，是一个独立解决问题的人。我们齐心协力。探险还刚刚在筹备阶段，我们就已经齐心协力了。黄金理论好就好在黄金是不会生锈的，也不会朝任何不好的方向变化。黄金永远是黄金。天荒地老年，黄金恒久远——万径人踪灭，黄金永不变，哪怕在水下待上几百年。我们只要沿着海底找发光发亮的东西就可以了。这比找锈铁容易多了。

马丁走后，我躺在那儿想象这趟旅行的样子。我们要怎么去？这我还没有想清楚。最理想的当然是我们可以溜冰横渡太平洋。那样的话我的理论就是铁证如山了。然而并没有冰，我们只能用其他方法。当然我们可以把海尔达尔的行程再来一遍。造个新的木筏走老路，那样我们就重新证明了海尔达尔的理论，并且一定会在某片陆地的某处找到藏在珊瑚深处的黄金溜冰鞋。我们还可以直接去波利尼西亚，坐飞机去某个岛找溜冰鞋。这些我都得想清楚。我得做出决定。不管怎么说我都是队长。我得做决定，得有队长的样。

我从医院图书馆借来了一本关于各种大探险之旅的书，为我的探险项目做准备。在探险的过程中，一定会出现矛盾的情况，我一定要果断而公平地处理。那些老探险家出发探险时都会带上武器，但他们只有必要的时候才会使用。估计武器傍身本身就对队员有些威慑作用。他们必须清楚，如果他们敢捣乱，我也不知道招呼他们的会是手枪还是鸟枪。我是不是应该搞一把手枪？这个可以考虑一下。但很可能我的领导才能在于心智的掌控而非粗暴的武力。老船长库克为我如何成为明智的队长献计献策："开始的时候，船员们都不愿意吃酸菜，于是我使用了一个在船员中屡试不爽的方法。每天，所有长官的餐桌上都会摆上酸菜，所有的长官无一例外都得到指示必须吃完。船员可以自己选择吃多少，想吃多少吃多少，或者碰都不碰。但这个方法只用了一个礼拜，之后就必须给每个人固定的配额，因为这就是船员的脾气和秉性，不管给他们吃什么，这东西对他们有多好，他们都不会听话地咽下去，你只会听到他们对提议的人的埋怨。但一旦他们看到他们的上级很喜欢吃，那这个东西就成了世上最好吃的美味佳肴，提议的人就成了大好人。"

要是我的队员们拒绝吃酸菜，我就知道该用什么招了。我们可不想在路上得坏血病，那是不容分说的。牙齿掉下来，指甲脱落，门儿都没有。队员们只要看到我这个队长吃了，他们肯定也会有胃口一起吃。

埃格尔是个蛋人，埃格尔是个蛋人，埃格尔是个海象。咕

咕咕啾……[1]

　　一个老熟人来医院看我，是埃格尔。他就是我们坐火车周游欧洲时想买假劳力士的那个人。我们认识很久了。我们有几个共同的熟人，还有一些共同的爱好。我俩在大学里厮混的时候，经常一起去品红酒、喝咖啡，一起听披头士的 CD。

　　我看到他的一瞬间就明白了，他一定要参加。首先是因为我喜欢他。我们在一起其乐无穷，向来如此。他是个不错的家伙，很有幽默感，眼里常看到别人注意不到的东西。他的知识还挺丰富。或许算不上很好奇心，不是传统意义上的那种觉得什么都刺激、看到什么都着迷的人。他可能有点儿太无所谓，但他语言能力强，他会很多语言。他懂文学、艺术，甚至语法的价值。在兄弟姐妹中，他排行中间。换句话说，他并不是什么革命性的创新者，但也不是既成事物的盲目追随者。不足之处可能是：他不是一个典型的天马行空的幻想家，不是运动爱好者。他离不开自己的咖啡、香烟和沙发。我不知道他会怎么应付探险中可能出现的压力。

　　但我们以前也一同经历过险境，反正应该算险境的预演，好几次。比如，我记得我已经提到过坐火车周游欧洲。火车

1　根据披头士名曲《我是海象》的歌词改编。

从勒兹比摆渡码头出发之后在普特加登停了很久，久得有点儿不真实。我们当然喝了好多啤酒，我憋尿憋得想死，但只要火车是静止的就不让人上厕所。最后，我忍无可忍从窗口尿了出去。这是个很绝望的办法。车窗的上半部分可以向下打开一点点，但也就不到十五厘米的样子。我不得不站到那块小桌板上，将将够把尿引出窗外，但我的上半身只能贴着天花板。作案当时，德国海关督察背着自动手枪在站台上不停地来回巡逻。我直接尿在了站台上并希望不被海关督察发现。他们真的没有发现。之后我从没有因此感到骄傲。相反，这让我很惭愧，但惊险是绝对的。要是我不幸尿在了德国海关督察身上，事情可就闹大了。我们就只能跟火车旅行说拜拜了。我们可能会被扫射飞出车顶，但幸好没走到那一步。唯一的作案痕迹就是站台上的一点儿尿，但很快就被雨水冲走了。祝福这场大雨。

另一次是我和埃格尔在哈尔莫岛——北特伦德拉格某地近海中的一颗明珠，埃格尔的祖先就来自那里，但现在那里已经无人居住。

我们坐着外挂发动机的船出海钓鱼，看鹰，看海豹，然后上岛系了船，喝酒看一个接一个的某届奥运会的直播节目。第二天早上，船没了。半夜大风，船被吹跑了，因为我们系船的技术不过关。那天，埃格尔的一个亲戚乘风破浪而来，用绳子拽着我们的船。他是个宽厚又大度的人，但还是掩饰不住让我们觉得自己是无能的城里人。我们谁都没有亲戚在太平洋上，出了状况谁都不会开着船来救我们。

我问埃格尔最近忙什么呢。他摇摇头说没什么可忙的。这就是问题，要是忙一点儿就好了。工作也无聊，天气也糟糕，女孩也犬儒。他希望可以去一个得到的乐趣比需要自己创造的乐趣多的地方。

"你是在野外熬过冬夜的人，埃格尔。"我说，并伸手拍他的肩膀。因为我躺着，只能够到那么远。看上去有些无助，但最后还是友好地碰了一下，轻轻一碰。

"我从来不怎么喜欢冬夜。"埃格尔说，"在我不玩《古墓丽影》的时候，我就待在家里，卷卷烟，看看电视，或者看书。"

"《古墓丽影》？"

埃格尔用激动的声音解释说《古墓丽影》是个电脑游戏，最好玩的游戏，无出其右，特别宏大复杂，各方面都呈现得很完美：声效、设计、动作、环境。一个现在的他看来远胜于现实世界的三维世界。劳拉·克劳馥在世界各地跑来跑去地打坏人、炸房子，又跳又爬又游泳，捡有用的装备外加解谜。她做的这一切都是为了行善。她是无私、无畏、无所不能的。

"女的？"我问。

"什么女的？"埃格尔问。

"你说又打又跳的，但同时又让我觉得你说的是个女的。这有点儿说不通吧？"

埃格尔解释说，现在已经是 20 世纪末了，从各方面来讲社会都很复杂、很难懂，如果我还觉得电脑游戏使用女性英雄是件不可思议的事的话，他很为我难过。

"她长什么样？"我问。

埃格尔猜出了我的心思。"好吧，"他说，"她长得不难看。另外，她有与她纤细的身材相比几乎大得比例失调的胸部。"他耸耸肩。游戏设计师想怎么塑造她是他们的自由。当他们设计到上半身的时候，肯定是左右为难，他们绞尽了脑汁，任务艰巨得难以胜任，得按时交差，总要做个决定，最后他们快刀斩乱麻，顶着各方质疑打造了一对坚挺的乳房。

我看着埃格尔说话的样子。我都不知道他那么喜欢电脑游戏。他要是知道我打算邀请他参加一场光荣的大探险，或许他会选择对这个游戏只字不提。现在我对埃格尔产生了怀疑。电脑游戏，难道不是给孩子玩的吗？说到孩子，我想起埃格尔小时候的一件悬案，悬就悬在这件事有两个版本。埃格尔有一个，妈妈有一个。

埃格尔的版本：有个朋友来找我玩。我们到地下室去玩。

妈妈喊我上楼吃饭。朋友留在地下室里。我们快吃完饭的时候，朋友从地下室上来说他得回家了，他也要去吃饭。我再去地下室的时候发现那里着火了。朋友点了火，然后开溜了。

妈妈的版本：埃格尔和小伙伴在地下室。他们在玩火柴，点着了，还若无其事。埃格尔上楼吃饭，小伙伴回家去了。我们吃饭的时候闻到了烟味，勉强赶在火势凶猛之前把火扑灭。

我在这儿跟埃格尔坐在一起。各方面都不错的小伙，语言能力强什么的，但冬夜里他喜欢打游戏，而且干了坏事还立马抵赖。反正他小时候是这么干的。如果妈妈的版本是正确的，这一点要注明一下，并非千真万确，但也八九不离十。我们总是倾向于相信成年人比小孩多一点儿。这一点孩子们得学会适应。这样的话，我作为负责任的队长不得不自问：埃格尔到底适不适合加入我们的探险队？痛归痛，问题还是要问。

我问埃格尔在学校的时候野外课成绩如何。

"我算中不溜吧。"埃格尔说。

"那打结呢？上回之后，你有没有学习怎么好好打结？"

"一点儿都没有。"埃格尔说，"但上回系船的不是你吗？"

"我记得不是呀。"我说，"我清清楚楚地记得是你系的船。我站在岸上看你系的。"

"是我站在岸上看你系的船。"埃格尔说。

"我说过了，我记得不是。"我说。

"是你系的船。"埃格尔说。

埃格尔走后，爱娃的父亲走进来。他来看看我恢复得怎么样，后来又说爱娃和她妈妈都不知道他来的事，也不需要知道。

他穿着一套看上去很昂贵的西装，还有一件好像含驼毛的大衣。还是骆驼最管用，我问他的时候他说。

他想听我再说说探险的事。我说了每个细节，当然不会放过大功告成之后欢呼的人群和军乐队已经在隧道的另一头夹道等待的场景。

他觉得这听上去很精彩，无与伦比。

我说我需要个几十万克朗，他说听上去不多。

"是呀，你都这么说了。"我说。现在激动人心的时刻到了。他签了一张25万克朗的支票。我看着他既写了数字，又写了字母，一个2，一个5，之后四个0。不会看错。他把我的名字写在正确的位置，他的名字在另一边。"但这件事只有你知我知。"他说。无论何时，他都不需要沾这件事的光。他不会干预，不需要任何形式的感谢。哪怕我们发现了什么基础元素，他也不希望我们以他的名字命名吗？就别提了。基础元素？以他的名字命名？不用，就让它过去吧。这件事永远不要声张。他让我明白他这么做是为了向我表示一下，因为我让他回忆起年轻时满怀理想的那个自己。他以前也是这样，他说。钱对他来说没多大意义。他有的是钱。他喜欢我那小小的"假动作"，他是这么叫它的。你假装要往左，对手失去平衡，你却往右跑，一个人带球，一个人面对守门员。他觉得这轮操作很舒服。我骗的是他女儿，我假动作晃掉的是她，这件事他只字不提。

"对不起，我骗了爱娃。"我说。

"没事，别去想了。"他说，"她还年轻，以后机会有的是，男孩们排长队呢。还有马。差不多就是换个男朋友换匹马的节奏……"

"不管怎么说，她的心地是善良的。"

"那还用说？"

说这话的是她父亲。

后来来了个医生，跟我说我可以回家了。我问我能不能再躺一会儿，等我的书看完。他说我不能。我康复了。健康的人就跟医院没关系了。他们很严格。我非走不可。

鲁尔。

马丁、阿汶和我一起去吃饭庆祝一下资金到位。我们为爱娃的父亲干了一杯，吃了一顿美味的海鲜。马丁想让阿汶去搞个竖笛。探险队里总要有个人会乐器。学校里学的那点儿竖笛吹奏，阿汶怎么都应该是我们这几个人里忘得最少的。不管怎么说，他都比我们年轻许多。他小学毕业也才 8 年。另外，阿汶还没有定型，不像我和马丁，这是马丁说的。20 岁的人还没成熟，还能学很多东西，还有无限的可能。马丁最近几年经历了许多。这些经历让他已经不可能再碰竖笛之类的东西。阿汶怎么都应该还有潜力。这不像游泳或骑车，一旦学会了就能受用一辈子。这是需要努力维持的。我看得出阿汶拼命想找些理由来反驳。厨师走出来问我们菜肴是否可口，我们对口味做了点评。我们去的就是这样的地方——那种厨师会走出来跟客人打招呼的地方。他会这么做可能是因为那是一家高档的小店，他有闲工夫。烹饪昂贵的美味佳肴，他能少烧几桌菜，但赚得跟在翻台率翻个倍的廉价餐厅一样多。我马上认出来厨师是鲁尔，我初中同年级的同学鲁尔。我们一起打篮球，但之后失去了联系。他现在成了一名厨师。就是这样，认识的人一个一个成才了。总是这样，有人自顾努力一阵，想着会发生什么，自己能成为什么样的人，女朋友换了一个又一个，也完全找不出什么对得起智商的规律，白驹过隙，一晃多年。但这期间，别人就成才了。完成教育，得到有价值的经验和能力。这些思考我都在瞬间完成。

鲁尔看上去不错。他有些发胖，但看上去不错。

"你看上去不错，鲁尔。"我说，"你有些发胖，但没走样，你看上去不错。"

"阿澜，"他说，"是你呀。""没错，是我。""你谢顶了呀。""谢了，谢了，"我说，"是有些稀疏。""是呀，那是必然的。"鲁尔说，嘴唇下面还含着唇烟。鲁尔嗑唇烟。他上初中的时候就嗑。之前说过，我们一起打过篮球。大休息的时候，我们会去体育馆打，或者在室外，如果天气允许的话。鲁尔曾在这样一个大休息的时候给我递过唇烟——瑞典唇烟，将军牌的。几秒钟后我就开始头晕恶心，差点儿栽倒在地。我记得自己总认为鲁尔比我厉害。我还记得有一次在学校附近的小店门外，鲁尔和另一个家伙一起总结着刚过完的周末。我刚在店里买了狐狸糖——那种黄颜色的焦糖块，入口即融，吃完吐口水能吐出一种周围有一圈大理石花纹的黄色液体。白色和黄色好像无法相融，其中肯定有某种复杂的化学关系。我们就喜欢消费这样的产品，毫无怨言。它们的价格在我们的承受范围之内，这肯定也是其中一个原因。我们买得起，并且能在常去的小店里找到。不久之前，我还打赌说狐狸糖已经不存在了。我以为它消失了，它已经完成了自己的使命，但它又出现了，还是那么黄、那么浑蛋，但也还是那么好吃。狐狸糖品质过硬，毫无疑问。

我买了盒狐狸糖从店里走出来，就像我提到过的那样。门口，鲁尔和另一个家伙站着在做周末总结。他们去参加了个聚会——年轻人的聚会，留守派对，或许吧。我也不知道。但是留守派对的可能性很大。那时候几乎没有什么聚会，没有人一个人住，我们只有父母不在家的时候才能办聚会，但他们总是在家。父母的主要作用就是在家。反正晚上是这样，还有周末。但这个周末肯定有谁的父母不在家，鲁尔和另一个家伙就去了。交谈中，我得知那里供应啤酒和其他饮料，有女孩和香烟。经典派对的佐料一样不少。我当时还没有什么聚会经验，我加入得比较晚。我是个很谨慎的男孩，大多数周五和周六的夜晚我都在家度过，和我的父母一起，读读书，打发打发时间。我看《沙皇的信使》或《荆棘鸟》，甚至还看理查德·张伯伦主演的连续剧《将军》。那个周六看的应该是《荒野大镖客》，可能还吃了比萨。

《沙皇的信使》还要早几年，如果我没有记错的话。但鲁尔和另一个家伙并没有那么谨慎。他们不会待在家里看电视。他们喜欢参加聚会。我羡慕地听着。我还记得当时在店门外的那种挫败感。

现在鲁尔成了厨师。

"你成了厨师了呀？"我说。"是呀。跟你们这些书读了一遍又一遍却从来不知道自己想要什么的混混相反，我成了厨师。我做得很开心。"鲁尔一点儿都没变，直言不讳，跟以前一样，毫不含糊。"菜很好吃。"我说。阿汶和马丁表示赞同。吃了好菜的人最大的问题是，鲁尔说，很少有人愿意对口味做出有意义的点评。他们知道味道好，但是说不出为什么好。每一个味蕾——我们有许多味蕾，鲁尔说道，都由五十到七十个细胞组成，大约每十天更换一次。这就意味着味觉永远是处于巅峰状态的，除非故意用烟草或其他毒素去削弱它。味觉和嗅觉是紧密联系着的。味觉体验一部分来自味蕾，一部分来自嗅觉。总体而言，对于感官的描述我们都缺乏词语，特别是味觉体验，鲁尔这么认为。"好"是个非常无聊的形容词。对待食物应该像对待艺术、文学和电影一样。鲁尔对此有独到的见解。他找不出理由使用其他词语来形容食物。我其实也找不出。阿汶和马丁也是。"我们同意你的说法，鲁尔，"我说，"我们同意。"鲁尔端了杯啤酒坐下来。他问我过得怎么样。"谢谢，我挺好。""你那个台灯柱就从来没有车出来？"他问。"没有，我没弄出来，但我有计划，大计划，一场探险。

我在招兵买马。我们要去太平洋。冰雪覆盖、溜冰鞋、迁徙理论，许多理论。挪威要登上地图。资金已到位。""你需要厨师吗？""我当然需要厨师。"

我之前没想到。我想漏了，这让我很不安。探险队队长应该想得长远。他的思考应该涉及各方各面，比别人要多想一些。所有可能性都应该事先考量，不应该有任何意外。遇到厨师才想到我需要厨师，这算是一个沉重的打击。到了太平洋才发现没有厨师就惨了，随便烧啥吃啥可不行。"你在兄弟姐妹中怎么样？"我问。"这我可从来没想过。"鲁尔说，"还不错吧。你的意思是？""你是最小的、最大的，还是中不溜？"鲁尔是最小的。

我有了一个厨师。

在海尔达尔的书中，他写到如何成为一个男人。他从来不擅长体育运动。"比赛和运动中的失败者。"他写道。他从来没有像某些男孩那样觉得自己很强悍。他也不是舞蹈课的佼佼者，在女孩面前他总觉得自己很局促。他很害羞，谦虚而内向。他最喜欢做的事情是独自散步，收集动植物标本。高中时代到来后，他开始在山里度过假期。他想让自己变强。他从格利特峰（海拔 2452 米）顶端滑落，因为风雪太猛烈，他无法直立。他也不知道前方有没有悬崖，但还是一路滑了下来。他一个人闯进了冬季雪暴，尽管经验丰富的山民想强行阻止他。海尔达尔和他的狗卡赞，就这样冲进了暴风雪。他想摆脱他所谓的"……娇生惯养的童年留下的后遗症"。什么是娇生惯养的童年？风雪交加中，海尔达尔躺在自己的鹿皮睡袋里，在白雪皑皑的多夫勒地狱里，差点儿被火车碾过，因为他根本无法看到铁轨。其实躺在哪里都一样，他想："这样就能让男孩变成男人！"他自己写道："这样就能让男孩变成男人！"

男孩是什么？男人又是什么？

字典只能提供一点点线索。

男孩：男性儿童或还没有成年的男性。

男人：男性成年人。

"成年"是一个关键词。字典里写着成年一部分指的是年龄，一部分指的是精神上的成熟。成熟的意思是完成发展。完成发展，如果说的是身体，这是随便哪个傻子都能做到的，根本不是个事。身体有自己的小命运。身体会性成熟，会赶着我们到东到西。身体自有主张。它是不是成年，我兴趣不大。但我说的不是身体。那成年又是什么呢？可以向银行贷款？有孩子？完成学业？独立思考？我不知道。反正可以肯定的是我从来没有躺在多夫勒高原的暴风雪中想过"这样就能让男孩变成男人！"。街上见到我的人一定会称我为男人。如果我做了违法的事，报纸上一定会写一个30岁不到的男人干了什么什么事。但我不觉得自己是个成年男人，因为我不知道什么是成年。我也不相信别人知道。连托尔·海尔达尔都不知道。我读到过让女人描述理想中的完美男人，很多人都会提到保罗·纽曼。他很帅、很性感，她们说，但同时又很有智慧、聪明、温暖、心地善良（纽曼每年会为生病的孩子和其他人捐赠上百万美元）。他应有尽有，既柔软又刚强。女人喜欢这样的。纽曼也参加过战争。他坐在鱼雷轰炸机中飞越太平洋，比他本来的年龄早熟得多，这我也读到过。许多人的问题恰恰相反。我们既不成熟也没有年龄。如今年龄根本无所谓，但渴望就是一切。

如果我是1900年出生的，29岁，10月的时候我会经历纽约股市崩盘，之后10年所有西方国家经历经济大萧条。我得排队找一份并不存在的工作。我可能会饿肚子。不得不面对的这一切能不能让我成为男人？可能。但我是1969年出生的，那一年西方世界基本上算是突飞猛进，人类登上了月球，并沉浸在地球的无限可能中。年轻人开始质疑父母的价值观，但据我所知，这从来没有造成什么重大的社会经济影响，巨大的机器不知疲惫地继续向前运转。到目前为止，作为一个1969年出生的29岁的青年，很难想象会出现什么重大的转折。如果有的话，那一定是大家都在谈论的千禧年了，你读到这段话的时候大概都已经过了吧。人们都在害怕这个转折，有些出于宗教原因，人们总是什么都信。那一刻逼近的时候说不定有人会跳楼，或从别的什么可以坠亡的地方跳下去。还有人相信电脑无法运算99到00这个小小过渡。20世纪50年代开发的软件为了省一些字节都没有把"19"放在年份前面。节省字节是一件聪明的事，他们互相这么说。这里省一个字节，那里省一个字节，最后能省出几兆几吉来。不能浪费字节，字节就是钱。他们当时就知道千禧年的时候会出问题，但他们觉得那还很遥远，到时候会有新的系统代替。他们估计根本没当回事，但系统还是那个系统，只是不断扩容再扩容，基础从来没有换。现在人们都绝望了。他们想让电脑平稳过渡。全世界的程序员都在努力，但是他们来不及。会发生什么大事，但没人知道是什么大事。我其实根本不害怕。

我很期待，好刺激。我只知道很可能什么都不会发生，就像以往过年那样。但有些人很绝望。我读到过美国的三个电脑专家写的东西，当然是美国人，总是美国人，他们为了这个问题工作了许多年，但最后还是放弃了。他们意识到自己不可能做到，于是辞职，在犹他州和亚利桑那州的偏远地区买了地。他们报班学习如何鞣制皮革，他们囤了水、罐头食品和武器。他们以为供电会彻底中断，油、气和食品供应也会中断。火车不能开。人们无法解决问题，因为没有可供电脑开机的电源。他们以为每个人只能自求多福。其中有些美妙的东西。这两个小数字，人们选择了省略它们，然后只能自食其果，就像从一座巨高的桥跳下，腿上绑着皮筋，就这样幸福地下坠，年复一年，越来越快，然后，还有两秒就要着地了，这才想起来皮筋有可能忘了绑到桥上。砰！

　　如果那些悲观主义者是对的，人们只能自求多福，那么自食其力的机会就会接踵出现。在艰苦的环境下，成熟起来的机会，划着船漂洋过海冒着被射杀的可能取粮食的机会，重建的机会，但是重建总没有新建来得刺激，而且我也没有这个耐心等到千禧年新旧交替。我必须全速完成这次探险。我要让好戏上演。

　　马丁来找我，说他急切地想离开。他想知道我们什么时候出发，他还给了我一个秘密电话号码，他不得不搞了一个。情况已经不可收拾，全面失控。助学基金和愤怒女孩们的每日来电让他不得不销声匿迹。现在他关在家里试图继续做女孩周期表系统，但进展缓慢。他习惯每天近午夜时分出去喝一两杯啤酒，但现在做不到了。到处都是女孩，她们都在找他。这也让他无法专注于他的课题。他什么正事都做不了。最近几天，他其实只是做了一张毫无意义的图表，来视觉化他最近几年在特隆赫姆的行动。他是模仿一张瑞典的图表做的，那张图表出现在一本名为《家与我们》的家政教科书中。书是为20世纪50年代的母亲们撰写的。这张图表是基于一个问卷调查做的，调查的内容是全职妈妈如何布置厨房才能最有效地利用时间。（"关于厨房工作流程的研究在许多国家展开。我们最了解的研究成果是瑞典系统绘制的厨房各组件之间的关系图。经过长期的研究，研究人员找出了通用于大小厨房的行为准线……厨房里的所有工作空间都必须做到最节约步数……到水槽、食品柜和冰箱的距离必须尽可能短……如果柴灶仍在使用或是唯一的炊灶，操作台下必须有柴房。因为炉灶旁没有放木柴的地方，不知道要跑几英里的冤枉路。"）马丁的图表不是用来节约时间或步数的。他声称只是想绘制一下自己的行动。他突然开始意识到自己活动的范围非常有限，与现实的关系甚小。当然和他的现实关系很大，但与其他现实关系很小，那些大现实，外面的世界。所以他绘制了这张图表。他看到这张图表的时候，心里一咯噔。他说，他得离开，往肺里灌点儿新鲜空气。他觉得自己一直在混日子，坐车往返于大学、各种咖啡馆、室外、电影院、去埃索加油站买烟、无数的聚会和数目更可观的女孩之间。一场永无止境的旋转舞会，从家出发去大学、去聚会、去夜场、去找女孩，再回家，偶尔这儿那儿开个小差。所有这一切当然都是为了主课题服务的，但还是……够了。课题还没有完成，现在已经到这儿了，马丁举起一只手到喉结处，表示一下"这儿"是哪儿。要是他能换换空气，完成女孩周期表易如反掌。他非常不耐烦，几近绝望。我说他应该先冷静一下。我们一切就绪就出发，不会提前，当然也不会等太久。马丁眼神黯淡，但是他明白，他当然明白。他平静地吸气呼气几个来回，然后说他要强调一下，如果我需要出差去做一些关于探险的调查的话 —— 也叫考察，他的人和知识都随时待命。我说我会考虑的。现在我最操心的是怎么找到最后两个探险队员 —— 两个得力的小伙，健康、乐观，有特长。马丁说我应该在所谓重点科学领域寻找支持者，比如自然科学领域。人文科学是有局限的，他说。反正对探险来说是这样，具备一些硬核的科学知识还是有用的。

云浮。

我站在大学的某条走廊里。我、马丁、阿汶、鲁尔，还有待定的埃格尔。我有这些人，还有钱。"康提基号"上有六个人，一天24小时完美均分，每人4小时轮值。我想要组个七人的队。这样我们还能有点儿余地。换句话说，我还需要两个人，或许还需要几个额外的理论，有备无患。我是这么想的：我到哪里去找这么个人，既有理论又有知识——最好还是硬核的、能有派上用场的知识？我自问自答，也算是受马丁启发，我去了大学自然科学学院。所以我站在这里，站在一间正在上物理课的教室门外。学生们开始从教室里鱼贯而出。男孩、女孩，我估计他们出门前一定是学习了许多知识，知道很多自然现象可以通过基础的、普遍性的法则和原理来理解。我对这些法则和原理并不是很在行。我需要一个懂行的人。我预计我们八九不离十会遭遇一些需要解释的自然现象。这些现象每天都在发生，哪怕在家也是，但在太平洋肯定更有过之而无不及。一大堆自然现象，我们必须解释它们。这儿一个现象，那儿一个现象，噌噌噌地把这些现象攒一块做个小小的总结就能造福人类。我需要一个物理学家。这儿来了一个有两下子的家伙，身材健硕，笑容宽厚，看上去不错，眼神犀利而有智慧。我能看出来他很强壮，又强又壮。我相信人可以貌相。我的经验是好狗看毛远比其他方式管用得多。以貌取人是一门被低估的技艺。我看着这个家伙朝我走来，他的气质、眼神、衣着都能告诉我很多信息。他是可以信赖的人。他很讨人喜欢，安静、谦逊，背后有好多冬夜。我都看出来了。这是我的天赋。或许我在这方面比别人更敏感。我也不知道，但更敏感并不意味着更好，更敏感就只是更敏感。我拦下这个物理系学生问他有没有 5 分钟时间。我做了自我介绍，并稍微慎重地询问了一下他刚才在物理课上学了点儿什么。他问我是不是记者，这是不是问卷调查，类似于街头采访之类的，是不是学生报，他不反对自己的话在那上面发表。但并不是，我不是记者，我在计划一场探险，等等，现在我想知道他学了点儿什么。他学的是非金属元素：磷、硫、氢、碳、氮、氧、卤素（氟、氯、溴、碘、砹），还有惰性气体（氦、氖、氩、氪、氙、氡）。非金属元素确实只占元素周期表的一小部分，但它们对地球生物来说至关重要。比如，空气就是由 78% 的氮气和 21% 的氧气组成的，剩下的也就不言而喻了。

　　他叫罗格。我们去了咖啡馆，总是咖啡馆。他礼貌地听我介绍了我的溜冰理论。他说他不相信，直言不讳。太平洋上从来不曾结冰，他说。我就忘了整个理论吧。罗格觉得这条理论很烂。但我们一路上总能发现些什么，我说。不管是什么。一种物质，一种植物，一种现象，一种鱼，什么都可能。如果要想让挪威登上世界地图，怎么都得是条大鱼。嘲讽，他很消极。他怎么能否定太平洋会结冰，哪怕所有权威都给出了相反的意见？正是这种狭隘的眼界让许多我们这样的年轻人过着愤懑的日子，并一心想为集体做点儿贡献。我提醒他海尔达尔用"康提基号"之旅对学院派进行了有力的还击。好多伟人最后都不得不俯首帖耳地承认他们错了，海尔达尔是对的。这是可能重演的，不能排除这种可能。罗格认为最糟糕的性格特征就是无法从别人的错误中总结学习。如果所有的错误都必须亲自犯一遍，那一定是个糟糕的科学家、一个失败者。我生气了。我们才认识不到5分钟，他就坐在那儿说我是失败者。事情不是这么办的。大家应该在互相尊重并互相好奇的基础上面对面。开放，我摆出我的理论，你再摆你的，然后我们再去证明它们并成为终身挚友。跟罗格就不能这么来。他不是我想象中的那种人。我恼火了，吼了他一声傻子让他滚。人有时候会言不由衷。他走之后，我坐在那儿抿我的汽水，满脑子的事与愿违。我主动来找一个物理学家为我们的旅行添加一点儿硬核的知识。我刮了胡子，坐公交车来大学，选了一个自认为合适的人选。并不是碰上一个算一个，不是的，我是精挑细选的，我以为我挑了个最有潜力的人，结果这人一无所有。我都不敢想象班里剩下的人会是什么德行。一帮混日子的。此处不宜久留。

　　我坐在那儿胡思乱想的时候，过来一个家伙问我他能不能跟我拼桌。我说请坐。但他最好别以为我会有兴趣攀谈。我很失望、很难过，就想坐在这儿把我的汽水喝完，然后走人。"你是什么人？"他问。他以前没在这儿见过我。我是什么人？这算什么问题？我不知道我该怎么回答。我的名字说出来没有任何意义。他要问的其实应该是我在想什么，我有什么价值，我从哪里来。我看看他，注意到他是个瘦高个儿，有点儿太瘦，但脸上的肤色很健康。他看上去很友好。好吧，无所谓。他比我大一点儿。我说我来这里是想找一个物理学家一起来一场开疆辟土的太平洋之旅，但到目前为止我找到的只有傻子，我正打算放弃。"放弃什么？"我如此这般把理论讲了一遍。他向我伸出了手，想让我接住他的手。"这个理论太酷炫了。"他说。他仿佛目睹那些原住民溜着冰漂洋过海。他叫云浮。我叫阿澜。他不是物理学家，但他对物理感兴趣，特别是流体力学。他其实是学电影学的，知道些关于电影的知识。他学了很久。现在他觉得该有什么新鲜的事发生了。最好他能自己写电影剧本（谁不想呢），但没那么容易。当他突然明白懂很多电影知识并不一定代表能写出好电影的时候，深受打击。为了克服恐惧，他开始旁听物理课，主要是为了让自己可以有机会分分心，找些新想法。他还同时旁听地理和植物学，只要感兴趣，可以分心的方向很多。他站在人生的岔路口，要么继续走老路，要么换条新路。另外，他女朋友刚刚甩了他。甩了他，听上去挺轻松，但很难理解。

云浮和我坐在那儿联谊了几个小时。我要证明他有足够的物理知识能让我沿途派上用场。"物理，"云浮说，"严格地说不是什么稀奇的东西。实际上，只是一小部分控制我们周遭所发生一切的法则。某种力可以有这样或那样的作用。物理通常显得很艰深，是因为那些觉得自己懂很多又独善其身的人想保持这种感觉。是媒体为它打造了一个高深莫测的形象。媒体的威权。"我们很谈得来，云浮和我。还有冬夜。云浮在野外熬过自己的冬夜，而且不仅如此。有一回，当时云浮的工作是植树造林（这本身就是个好兆头），他的同事眼睛里扎了根树枝，树枝卡在了眼白里，云浮必须把它拔出来。白色的眼液顺着树枝滴下来。这就是我所说的冬夜。还有一回，他的某个亲戚的眼珠子被滑雪杖钝的那一头打了出来。眼珠子就这么躺在雪地上。可怕的故事，但方向是正确的。云浮是个经历丰富的家伙。悲欢离合，爱情，失败，这还不算硬核的话就没什么能算了。另外他还懂点儿物理，对我来说这就够了。后来还提到他是兄弟姐妹中最小的一个。云浮加入。我们要上天了。

　　我和埃格尔见面并澄清了那个关于谁系的船的分歧。我们俩都承认是自己。我是因为不想破坏我们的友谊，因为我想带他一起去旅行。埃格尔开始意识到自己可能会因为太固执而错过一场去太平洋的旅行。我们客气一番后总结当时我们两个在系船这件事上都插了一手，责任共担，打了两个结。埃格尔打了一个，我打了一个。我们两个打结都不怎么在行。"肯定是我打的那个结没撑住。"埃格尔自责道。"不是，肯定是我的。"我说。我们放下各自的自尊，感觉很爽快。

　　气氛活跃起来，埃格尔坚持要给我看他在自然中拍的照片——他跟羊群的合影。他对自然并不陌生。这是他想向我发送的信号。他还看了一点儿关于太平洋的书，为探险预热。他提到"太平洋漫游大拼图"。我很感动，心想埃格尔这个家伙居然对这事这么认真，探险将超越所有的期待，但之后他笑了，承认这是海尔达尔的原话。也就是说这话不是他拍脑袋原创的，但是，他说，我们必须认识到那样的时代已经过去了。如今能拍脑袋原创的事情少得可怜，几乎已经不可能了。所有的思考，前人都已经思考过了。我们的任务是提炼。

　　他当然是对的。埃格尔加入。

我们握握手，彼此兄弟相称。

金。

马丁来串门，说他可能找到了最后一个队员。那人名字叫金，应该是个有趣的家伙，算是个艺术家。他做过很多稀奇古怪的事，绘图、画画、平面设计，他还拍照摄像。金是个多面手。我们需要一个能以具有说服力的手法记录发现之旅的人，或许回来以后可以出版个什么精美的印刷品。我们这年代，印刷品前途无量，马丁说。只要够精美，一定能火。只要金来做，一定精美。另外他还是个快乐的青年。这个金，好相处，好好先生，各种好。如果我们的配置想接近一点儿康提基的话，那有个艺术家正合适。找个艺术家比找个突破型人才容易。如果我喜欢金，我可以按艺术家配额招他进来。七个年轻人组成的团队应该具有代表性，怎么都应该有个艺术家。这几乎是不言而喻的。肯定有这么个说法，听上去很在理。

我们去找金。他坐在电脑前扫描，然后在 Photoshop 里修改。那是个帮助用户处理图像的软件，金解释道。金很喜感。他喝矿泉水，瞪着电脑太长时间眼睛都瞪红了。我们聊了起来，谈了谈多媒体。这是现在的时髦话题，而且我懂。金解释说多媒体就是很多媒体的意思。很多媒体混在一块儿，就是多媒体。可能性就在其中。马丁表示同意。据我判断，他们应该是有道理的。金是独生子，这是后来说起的。换句话说，他是兄弟姐妹中最大的，也是最小的。这让我心里痒痒。他估摸着有些我们梦寐以求的特质 —— 矛盾特质。他一边不经意间是一个既定规则的维护者，另一边同样不经意间又是一个激进的创新者，随时随地准备着突破所有的传统。最难能可贵的就是这个不经意间。金只是自顾消磨时光，也不知道到底是什么在推动他，或者自己有什么潜质。在此期间，潜意识默默发功，该清的清，该毁的毁，整理头绪，最后出现一种感觉、一种欲望，让他一路跟随，不明就里。他肯定是这么走上艺术之路的。只要轻轻推一把，金就可以开疆辟土。我看好他。

　　探险队满员了。我做的第一件事是和每一个人都深聊了一次。我想了解他们是什么样的人，于是我一个一个地找他们进行了一场深刻的谈话。"跟我讲讲你自己。"我说。每个人一开始的反应都是又惊又喜，但最后都开始娓娓道来。我得到了他们的故事，并没有什么惊天动地的事，但我想知道。这年头还有谁能惊天动地？几乎没有。我从马丁开始。

　　"说说我自己？"马丁说。他微笑着说他少年时参加过的聚会。夜深以后，大家就开始聊自己。说说我是谁，我在想什么。那时候想法可多了。"好吧，"他说，"没问题。我来说。"

马丁说马丁。

我生于 1969 年，在特隆赫姆的比沃森区长大，实际上是富二代。我们住在那里是因为爷爷在那一片还是农村的时候就有了地。我们造了房子。爸爸是建筑师。那是个很适合孩子成长的地方，有大片大片的游戏场地——马卡森林、旭湖，还有很多没有开发的空地。我是最小的，有两个哥哥。他们比我大挺多的，这使得我与他们几乎是无痛共存，很少吵架。其中一个有时候会逼我去买他不想亲自去买的东西。但总的来说，做小弟弟还挺好的。轮到我的时候，父母已经懒得管了。我基本上获得了全面的自由。我 12 岁的时候，父母离了婚，感觉并不算什么大问题。我不知道这事对我到底有什么影响。我有我自己的事要做。我在小学里很开心，都挺顺利的，还整天踢球。课间休息的时候，大家一起踢。球场上有 10 ~ 12 个守门员、200 个球员。我是里面最棒的，并因此很受同学尊敬。美中不足的是我不擅长游泳，并且花了很长时间才学会骑自行车。

初中很无聊、很惨淡，有压力。在房顶上嚼唇烟，呼喊奔跑，结了冰的雪球，而且作业也比过去多。我穿橙色裤子，很不合群。有人每次经过就要喊我屁精，也是挺让人崩溃的。怀念周围都是好人的日子。13 ~ 15 岁那段日子是我最不想重温的经历。

高中也是令人大失所望，没觉得我学了点儿什么。以为会跟大学一样，有更多自由和责任，更多有思想的人，但并非如此。幸好那儿有几个老朋友，但没交上什么新的。校外就是我的朋克岁月，有点儿晚，但总比没有好。我们去看演出，听的都是"文身龟头"这种乐队。我当时是个无政府主义者，但后来摇滚精神越来越多、政治主张越来越少。最后音乐再与粉碎政权无关。音乐非常重要。这对我如何定义自己和他人起到了决定性的作用。那些激进的气质主要是我渲染出来伪装自己的。有这么一手挺好的。

在一段很短的时间里有过很密集的聚会。大家都忙着搞酒喝。去参加聚会就是为了喝酒。通常还有吃的东西，但很快被一扫而空，接下来就是满屋子跑，试探所有房间，在最短时间内获得尽可能多的快乐。大家最喜欢的是奔跑喊叫。喝高了到处跑。我对这个没多大兴趣。我是过了 18 岁以后才破处的。在这种聚会经常冷场，最后我不得不坐在那儿跟那些红色青年会的人讨论时政。我从来没办法堵住他们的嘴，但幸好我有几个好朋友可以。我的朋友圈里想当艺术家的人出奇地多。

我们高中毕业那会儿失业率很高，上大学是比较实际的选择。我一上就是好多年。不知道怎么说好，有开心的时候，但混账事也不少。兜里没几个子儿，还有一堆平庸的应酬。想过主课题写《宗教、信仰和象牙海岸某农村的行政逻辑》。去比利时学法语，结果却去了个弗拉芒语区。后来我的非洲鼓老师还死了，那时候我的兴趣也随着消失了。说起这个人，他其实远没有我以为的那么善良。他就是挪威卫生部建议大家避而远之的两类人之一。他身上有一种可以通过性行为传染的疾病，他就故意左拥右抱。

我现在最上心的就是我那个周期表，还有信息传播和电脑编程之类的。只是我以为自己很上心。我喜欢自己这么以为，但我经常会产生幻觉。人总是要聪明过别人，这样很累。成为那种什么都知道一点儿的人是件很可怕的事。越来越多的人走上这条路。但更可怕的是术业有专攻，因为这样就得放弃其他的一切。

我觉得自己没什么可证明的，未来并不乐观。爱情是我愿意相信的少数几样东西之一。虽然有时会很难。

金说金。

我生于1973年，在特隆赫姆的星萨克长大，面朝市中心和峡湾，是景观优美的好地段。那里有美好的狭窄街道，小坡、花园、栅栏和篱笆。中小型住宅，挺漂亮的老房子，住着挺普通的人。记得有个牧师，还有一个播音员，退休了。小时候成长的地方，亲切且安全，周围有不少孩子。我喜欢做手工，喜欢创造发明。整天假装自己是别人，不过这应该是所有孩子都会做的事，所以也没什么了不起的。我有兄弟姐妹，我们阶段性独处。有些社交场合较难融入，但童年记忆大都是美好的。我的父母都是建筑师。我5岁的时候，他们离婚了，记得并不是很戏剧性。他们仍然住在同一幢房子里。奶奶去世的时候，家里气氛很悲伤。我能看出来我父亲很难受，记忆犹新。

我喜欢幼儿园，特别想和女生在一起。有几个我一直牵手，并最希望可以肩并肩地躺着，不管是在床垫上还是在草坪上，但她们总是能找到别的事做。这让我很受挫。别人都回家了，我还没人接很丢人，但时不时会发生一次。

上小学之后，我很活跃，组乐队，拍视频，办杂志。我数学很差，但喜欢挪威语和英语。我还很擅长画画。五年级的时候，我写了个关于泰山的剧本。我非常讨厌体育课，从来不洗运动服，任它放在塑料袋里越来越臭。课间休息的时候，我常常一个人待着，因为我不踢足球。我和一个小伙伴因为我们的乐队上过电视，可火了。我还去上跆拳道课，学得不好，但因此变得很强壮，而且那里有女孩。我成了女性之友。我们经常聊天。我已经坠入爱河，但女孩们不知道，只管说说说。

不管是小学还是初中，我都不是很合群。我从来不和别人做一样的事，肯定算是个怪胎。演戏总是能当上主角。我想自己当时一定自我感觉良好，不怎么谦虚，口无遮拦并总因此吃苦头。进了高中我就改变策略了。我安静，也因此更容易融入其他人。我们全班去参观艺术学院。我着了迷，立刻申请，18岁就被录取了，非常年轻，其他同学都比我大7～12岁。大学生活很刺激，也很艰难，突然就完全自由了，什么都可以做。老朋友都丢了，因为短时间内得学很多东西。开始接点儿私活儿，比如给报纸画插画，活跃于电影俱乐部，很投入，黑色系打扮，满嘴人名。我经常提到《闪灵》和《发条橙》，关心艺术和文化，也很关心建筑。我非常崇拜格林纳威。电影成了我生命中最重要的东西。一个人去很远的地方参加讲座。电影直接联系着我的童年。我想这就是我这么着迷的原因。小时候我很喜欢创造与世隔绝的小世界，可以编排一切。这种游戏有电影叙事一样的戏剧性。我后来又喜欢上了平面设计。其实我什么都想做，电影、音乐、书、画。我还在继续。我对短期的未来很乐观，但对长远的未来很不确定，害怕我做的事都不成功，并且无法搞清楚我真正想要什么，觉得自己很忙。因为我这么早就进了艺术学院，所以我总觉得自己有优势，但现在这个优势已经不复存在，我落后了。我对生活的设想太浪漫了，以为生活是一条不断拓宽的路，不断有新的可能性出现。但现在我觉得自己僵化了，安全稳当。我害怕停下来，想改变。有时候我会想人是不是应该每7年彻底改变一次生活，比如：分手，搬家，交新朋友，做新的事。我不知道自己到底有多少可以实现的，但我想继续寻找，只要可以就一直追寻下去。我很怕将来会对自己的生活不满，害怕后悔。这肯定是一种普遍的恐惧，但这也可能只是我的自证预言。归根结底，人必须忠于自我，只要这样做并感到满意就一定没有什么可怕的。但我并不很满意。我也不确定自己是不是忠于自我。我并不觉得自己在做什么重要的事，我猜人们做重要的事的时候都会有一种正确的感觉，但我很少有这种感觉。这让我很烦恼。

　　云浮说云浮。

　　我生于1964年，在特隆赫姆的下林荫道长大，普通中产家庭，学院派，毫不费力的学霸。上学很轻松，喜欢运动，踢足球和跑步。晚上和我父亲一起跑步。因为家里没有车，并且兄弟姐妹都是极左而被同学戏弄。我很早熟，会用班里的同学不会用的词。打过几架，很强壮。家庭地位造就了我极强的胜负欲。讨厌失败，我现在还是这样。不计成败的游戏懒得参加。喜欢做决定、制定规则，这一点常常不讨女孩子喜欢。她们不喜欢竞争。我叔叔是我的榜样。他是平面设计师，有一个Super 8摄像机。他带我走上了创意之路。我很早就知道我不会像父母那样当老师。我开始读很多书，想住进虚构的世界。

我开始喜欢上写作和摄影，为电影俱乐部和杂志社工作。电影对我来说越来越重要。我是个浪漫主义者，电影容易吸引浪漫主义者。关于世界宏伟的理想主义叙事，美女，很高的期望值和很大的落差，对电影怀旧元素的着迷，多愁善感和忧郁，对纯情年代的怀念，超前或滞后的怀念，总是在怀念，电影俱乐部成了我的世界。上学、看电影、放学、喝酒，在女朋友身边睡个长觉，周六上午在满座的大厅里介绍电影，之后出去吃饭。那是一段非常美好的时光，很安全。我是喜欢社交的人，交友广博的电影爱好者这个角色很适合我。我有过很激烈，肯定也很傲慢的见解。我理直气壮地发表意见，总是辩论中的反方。现在我不年轻了，也不那么争强好胜了，但很难与自己和解。我喜欢自己是那个场合里最年轻的，看着周围的人并感觉他们都比我平静。现在我遇到比我年轻的人越来越多，这让我很闹心，甚至还有人认为我很成熟、很有智慧。比如，我就是探险队里年纪最大的那个。我很不喜欢这样。很奇怪的是，我觉得现在的社会就是因为年轻人年轻而尊重他们，就好像只要年轻就够了，这样就算赢了。年轻人怀揣着年长者看不懂的钥匙。媒体和广告公司用得着，因为这就是价值。这股潮流来得太晚，我们没赶上。这让我很心酸。

我很怕事业有成，但我又很向往。事业有成，仍剑走偏锋，这是我的目标。我也不知道这是不是可能。我觉得自己是一个成熟的男孩而非男人。反正我自己很少觉得自己像个男人。时间转瞬即逝，指望我成熟面对的场合我总是会退开一点儿距离。感觉不到大事已经发生，但过一段时间我会明白过来，它其实近在转角。

与战争刚结束时的那一代年轻人相比，我们的幻想要贫乏许多，某种程度上我觉得抱着幻想比没有幻想要走得远。我们中的许多人已经丢失了可能改变世界的信念，所以他们宁可不去做。以前还有纳粹需要抗争，还有国家需要建设，每个人都扮演着角色，每个角色都重要。如今每个人都是对方的客户。我们只是买进卖出。一切都沦落为交易。我相信战后的那代人中有一种美丽的朴实和真诚。他们有一种处子般的纯真，我觉得这是我们永远不可能拥有的一诺千金。但我们对事物有更深刻的了解、更丰富的知识。我相信如今特立独行更容易。我为了不公而沮丧的同时感觉自己对这种沮丧免疫，这一点就让我很沮丧。我留意到自己其实并不关心，如果你明白我在说什么。

我看了太多电影，有些工伤。现实生活与虚构相互混淆又很少一致。比如，我对爱情生活有极大的期待。有时候如愿，有时候失望。无论如何我都是天然的乐观主义者。相信只要我们继承上一代最好的传统并做到最好，结果就不会差。但我总是在想，有那么多我本该做的事，如果我能更主动一些的话。我缺少对手。我好像混得不错，其实大部分时间只是在胡闹，就像踢足球不计比分一样。一切似乎都没有什么意义。我渴望一种绝妙的思想。

埃格尔说埃格尔。

我 1969 年生于纽约，在特隆赫姆各个不同的地方长大。父母离异以后和母亲以及两个姐妹生活在一起。不能说我有一个幸福的童年。我是个复杂内向的孩子，觉得自己和别人不一样，同时又很害怕被孤立。我很害羞，但在群体中会变得大胆。我在课堂上很尖刻、很风趣，并且很享受同学们的反应。捣乱课堂等违规行为很吸引我。我们偷东西，在树林里偷偷抽烟，然后放火烧林。另外，我还喜欢动物，这我记得，特别是食肉动物，还有足球和溜冰。斯坦·斯坦森，他是我的第一个英雄。上初中后，我冷静了许多，但我从来没有认真对待过学习。我不做作业。我觉得所有学科都简单得要命，学习不费吹灰之力。初中没有给我留下太多美好的记忆。我完全无法把学校和任何好事联系在一起，可能除了我总是一个接一个地暗恋班上的女孩外。到现在我看到教学楼还是会想吐。后来我去了法国一家每年收一些挪威人的高中。我一夜之间蜕变了，开始穿黑色的奇装异服，留奇怪的发型，听压抑的后朋克音乐，尝试属于80年代非主流的一切。我和另外几个人。我们觉得自己很牛，很特别，鄙视周围大多数人——那些直男直女，试着过波西米亚式生活，出去喝酒，目空一切。其实我只是个自以为是的毛头小子。那个年龄的人都不怎么样。我尝试的波西米亚式生活惹恼了学校。后来我基本上不去上课，高中上了一半就不得不回挪威作为自学生参加会考。但后来想起来我觉得那是一段非常美好的时光。这可能最能说明我是一个怀旧的人，但我记得那段日子很特别。我们是一群刚刚离巢的小男生。我们有了自主权，周围的一切都是崭新的。第一年我们住宿舍，但之后就得自己找地方住。我也是那时候发现了文学。我把神秘的作家职业浪漫化了：那些毫不妥协地追求真理、酗酒的艺术家坚守着某个隐晦的秘密并以破除所有规则来轰动世界。但这个兴趣也是深刻而真诚的。文学是一种启迪，拨云见日，比如我开始明白自己并不是想象中那么孤僻，还有像我一样的人。我还明白了，我要写书。

　　开始上大学并没有什么好激动的，我觉得自己当时已经开始无动于衷，对同学们的热情很不理解。可能也要怪我出自一个学院派的家庭，讲座论文什么的从小就是日常用语。反正我学习的时候总是三心二意。逃避上课，拖延考试，跳过大多数课程。我对几乎所有专业都感兴趣，但没有耐心花太长时间学任何东西。如果不能一气呵成，就干脆放弃。这可能是我最糟糕的性格特征。我很懒，无组织、无纪律，宁可选择最简单的出路。很少尝试新的东西，首次尝试失败就不愿意再花时间。现在我有各种证书，但并不觉得我有任何可以清楚定义的能力。也就是说，我的工作和文学有关，该做的都会，但是并不觉得我具备大学水平的知识。反正我喜欢这样想：我这里捡一点儿，那里学一点儿，功到自然成。其实我从来没有什么事业心。我的野心主要在艺术成就方面。这些在我青春期的时候就开始了，但从来没有实现过。做起事来我总是缺乏自律和耐心。我还好高骛远，从来都不满足。我有天赋，但实际上百无一用。我总是梦想太多，做得太少。回头看看，我其实并没有取得过任何有意义的成就。要我总结自己到目前为止的成人人生的话，离我 10 年前设想的要差十万八千里。各种学业、工作、城市、住所、爱人、朋友 ——一切都好像是一连串未完成的碎片，没有计划和方向。但事实就是这样。我听上去可能很悲观，但我也会相信"盲目的爱情"之类的事，所以还有救。

阿汶说阿汶。

我生于1977年，在特隆赫姆的斯韦雷堡长大，这是个很适合成长的地方，有许多孩子。除了战后留下的碉堡外，山洞、湖、山坡、高尔夫球场、足球场，我们应有尽有。学校旁边有好多老工厂，到处都是齿轮。那里是个"黄金国"。我很喜欢上学，很为那栋漂亮的老教学楼自豪，但并不喜欢我们学的东西，因为我毫不费力就能搞定。我的兴趣主要在课余活动。我不是最野的，但我上课的时候喜欢在下面说话。其实我挺害羞的，足球踢得也不好，但我很风趣，如果周围的人能认可这一点我会很高兴。（这儿我必须插播一下，阿汶足球踢得很臭，他参加的球队那叫一个烂。既然是我——他的哥哥执笔，我当然有比他愿意交代的多得多的信息。这可能很不公平，但这就是现实世界。阿汶和足球队去过一次瑞典，跟瑞典少年队踢比赛。他们1：13输了，唯一的进球还是对方的乌龙球。之后阿汶就成熟了，放弃了足球。他八九岁的时候意识到人生还有更重要的事可以做。有的人要花很长时间才会意识到这一点，有的人可能永远意识不到。）

我很喜欢小姐姐。现在老师都叫老师，但我有个小姐姐，她很喜欢我。或许她喜欢所有人，我不知道，但反正因为她，上学成了一件很愉快的事。最快乐的校园回忆是我赢过的一场乘法比赛。小姐姐飞快地出乘法题，答不上来的就得坐下。我记得就这样持续了好几个小时。我的心算能力让家里人都吃了一惊，但学过了乘除法，我就失去了兴趣。从那之后我就不知道心算还有什么用了。我的父母很体贴、很开明，也很积极。这为我营造了良好的学习气氛。我从来没想过争第一，觉得这毫无意义。我只关心拿到足够好的成绩可以进我想进的学校。后来证明我的成绩刚刚好，一分不多，完美无缺。我没有多花一小时的时间，对此很满意。高中基本上都好，但白花了不少力气，学了些没必要的科目。但高中环境不错，同学人也好。学校在市中心，隔壁就是咖啡馆。咖啡馆很好。我一向知道自己得学习，从没二话。历史是个不错的起点，我当时想，但之后学什么我不知道。兵来将挡，或许跟无线电相关的科目，或许新闻学，我缺乏一个大方向，但这并不让我犯愁，做学生本身就是不错的生活。我其实特别沉得住气，看待世界也很乐观。显然外面有很多好人。我很关心这些，而不是战争或灾难。总会有人给别人搞破坏。我不觉得地球很快会灭亡。我们当然应该加把劲，但我相信一切都会好起来。我从来没有为环境头脑发热。学校里大多数课都在讲环境，讲我们得保护环境，这我毫不怀疑，但对此我一直很冷静，也不知道是为什么。我对人生有很高的期望，有野心这辈子要大干一场，多看，多经历。到目前为止，我的生活都四平八稳，今天还是觉得很安稳。

鲁尔说鲁尔。

我 1969 年出生。这儿住住，那儿住住，但 8 岁以后都在特隆赫姆，住在马卡森林附近。这是个好地方，有点儿像卫星城，有各种各样的人。我喜欢体育、女人和音乐。上高中后，对以后还完全没有计划，考虑过上大学，但后来就不想了，因为看不到任何上大学的意义。我对那些出路比较具体的职业更感兴趣，觉得太多人只会生产思想和那些模棱两可的东西。我的大多数同学都选择了上大学，随他们去。我直接从高中跳去学厨师。我比其他人都要大几岁，觉得他们都笨得出奇。并不是所有厨师都那么聪明，那是肯定的。食物是理所当然的选择。这是人类共同的需求。厨师是很了不起的专业，总有很多东西需要学。我觉得自己掌握得还不错。我觉得当下的厨师圈乏善可陈，自以为是的一帮人觉得自己有多好，其实大多数都极其无聊而传统。但这也无所谓。这帮人反正慢慢都会死绝。这个职业算是容易找工作，也容易单干。我参加过一个白手起家的项目。选择优良的食材，以及对食材创新，我不想做华而不实的菜，味道好比品相好重要。我反复尝试，反复失败，但乐在其中。这也是一个辛苦的职业，需要做许多体力活儿，也有很大的心理压力。很多人很快就把自己耗尽了。我考虑过要从长计议。我每天大约 12 点起床，然后去上班，先看看报纸，喝喝咖啡，然后订货，到处打电话，发传真。我也雇其他的厨师，一切安排得有条不紊。大约 14 点左右，我们在厨房开工。菜单是我事先准备好的。我在厨房分配工作，但自己也会做许多菜。食材总是按饭店晚上可能满座的量来准备，从来没剩过饭菜。做到这一点其实是挺优秀的。我们 17 点开门，不可开交地忙到 23 点打烊。我学会在脑子里装二三十个点单。关门后，人就彻底空了，累得有些奇怪。我们一直是站着的，好多人都有了腱鞘炎。这比我以前想象的还辛苦。我时不时都想试着重启一下自己，要是厌烦就输了。但我已经慢慢不想在厨房里站着了。我想我宁可做菜单或者等别人做好了菜我来装盘，不然我会得冠心病垮掉的。客人的满意是很大的激励，就是他们让我继续做厨师。我觉得自己很有创造力，但并不是艺术家。我 80% 的朋友都在搞艺术，也不知道为什么。我对自己的生活很满意，觉得他们绝大多数也是。当然大多数人工作得太勤奋，我也是。但我相信我们勤奋是因为我们喜欢工作。大家都喜欢事有所成。

我们就是这样的。

这就是小伙们，言简意赅。实际上肯定不止这些，每个人都是。谁都不能因为这样一份速写的自述给出公平的定论，但这是个开始。也就是说，这是我手头有的货。

我突然意识到，说起探险旅行让挪威登上地图，他们可能都不够资格，但在某种程度上我喜欢的就是这个。那样的话，一旦成功之后就不会有人抓着我说都是因为我带的人太资深。我选择了普通的、能干的好小伙们。这样就够了。

团建。

我研究了一下团建工作。不是攒够了人就可以出发，这样是不够的，先要把团队建立起来。我们得记住，我们是七个不同的个体，有不同的背景和经验。我们的想法不一定一致，也不应该一致。但我们必须学会互相理解，这样我们才能开始互相尊重对方的想法。相互理解应该成为基础。只要有这个基础，时不时有些小分歧也就无所谓了。作为队长，建立这个团队是我的任务。我要让团队运行起来。我们可能很快就会遇到压力、难题和危机。这就需要所有人都能互相信任，大家事先就已经建立起良好的关系。嘻嘻哈哈也无伤大雅。最普通的团建活动好像是登山。其他的探险队队长都在书里写到过。图书馆里有这些书。带上自己的小伙们去登山，长途跋涉，一起钓鱼摸虾，餐松饮涧，背大包睡帐篷，挤在一起，看谁受不了近距离接触、重体力运动和精神压力。太平洋里没什么高山，最多的是珊瑚和棕榈，这是我从《国家地理》杂志上看来的。所以据我评估，带着兄弟们登山有点儿浪费时间，而且现在是冬天，山里冷得要命，风大，还有难以预计的深坑。团建肯定还有别的方法。

我们决定先从游泳开始。特隆赫姆有个中央浴场。游泳是用得着的，还有潜水。我的小心思当然是想看看他们是不是都像自称的那样擅长游泳。他们都有游泳胸章。他们都赌咒发誓会游泳，但我还是心存怀疑。我想约他们大清早见面，但其他人并不觉得这是个好主意，所以我们约在午餐时间，一人背一个塑料袋，里面装着泳裤、毛巾、洗发水以及其他可能用得上的游泳装备。

先介绍那些互相不认识的人认识，彼此握了手。这是个比较特殊的时刻。我们站在这里，七个年轻小伙，或者说男孩，不管现在他们怎么叫我们，光天化日之下，在挪威，在巨人的故乡，为了去游泳池一人拎一个塑料袋，相互认识，然后出发远游践行壮举。我觉得我们应该感到骄傲。我自然而然地进入领导角色为每个人买了票。他们下楼走向更衣室的时候，我停下脚步看着他们以男孩的方式嬉笑着建立友谊。

我们换衣服的时候，作为领导，我可以告诉他们，很受欢迎的游泳胸章是1935年起由挪威游泳协会颁发的能力证明，是一个可以别在外衣上的小胸章，有点儿像胸针，只要能游到200米就能获得。这是基本要求。想游多久就游多久，哪怕游了一个礼拜，游到就有胸章。

上学的时候，这个胸章可热门了。首先我们得训练几个月。这可不是什么大事，都豁出去了。政府希望所有的挪威孩子都能学会游泳。这算义务。擅长游泳的国家，别的也差不到哪儿去。他们肯定是这么想的。我们得学游泳，不惜一切代价。那些怕水的，尤其是那些女生，直接扔水里，游泳老师用一根头上有个环的长棍帮她们。游泳老师沿着泳池平静地漫步，想心事，而棍子另一头的女孩们都觉得自己要死了。

终于，几个月坐班车往返于学校和游泳池之后，我们要参加那个重要的考试了，胸章在望。我们各自游完200米来换取游泳老师的点头认可。这个身材巨大的男人，从来没听说过教育学这回事，但口袋里显然藏着几枚奖牌，很可能是地方锦标赛，但也不排除全国锦标赛的可能。对于连游泳（这么简单的事）都学不会的人，他只有鄙夷。胸章可不是免费的，我们得花钱买。一个 25 克朗左右，倒不贵。

我的小伙们都出色地完成了测试。他们本来可以再多游一倍的距离也完全没有问题，但我决定喊停，这样他们就不会觉得我这个队长太严厉——一个既严于律人又严于律己的无情铁人。然后我们上跳板胡闹了一番。马丁搭讪了一个戴泳帽的女孩，学德语文学的，据她自己说她是个健身达人。事后马丁告诉我这类女孩他还没有遇到过。他精确地知道她应该属于周期表的哪个位置——较低的原子序数，或者叫女孩序数，马丁是这么叫的。这类人稳定、坚固，通常不主动与别人发生联系。

我们到桑拿房包场，我觉得这是召开全员会议的好时机。我起身站在小伙们跟前，有点儿像军官面对自己的部队，还以不经意的动作时不时地往桑拿炉上洒点儿冷水。我说一切都表明我们是个扎实的小团体，每个人都具备各种有趣而实用的知识和个性。你们要知道，我说，任何人我都可以选，我让这句话飘一会儿，但我选了你们。我停顿了一会儿，让最后一句话悬浮并融化进水蒸气中。之后我把这个想法、迁徙理论是怎么出现在我脑子里的说了一遍：不久前我溜冰穿越了丽岸湖，风在背后推着，还有那密集的声音——歌声、金属与冰面撞击的声音。我还提了提资金是怎么奇迹般地落实的。我全盘照实说了，一条一条，规规矩矩。我一边说一边观察他们的反应，看我的话对他们有什么影响。他们很吃我这套。反正看起来是这样。我面对他们，让他们所有人，每一个人，都觉得自己是特别的，觉得我是在和他一个人说话。这是一门艺术。我读到过相关的书。我一个一个地轮流看他们，看云浮、金、马丁、阿汶、鲁尔，还有埃格尔。下一个瞬间，我又同时看他们所有人，看整个团体，要让他们觉得我们是一个团结的优秀团体，拥有共同的目标。

我说我对自己的理论很有把握，但这并不表示我不想看到其他人也能抛出个理论来，或带个项目进来，来彰显探险的伟大。比如，找些可以在太平洋做的事，收集证据，在可控的条件下做实验，我也不知道具体是什么，可以是自然科学或人文科学，也可以是艺术方向。我很谨慎地不遗漏任何可能性。我要让小伙们觉得我张开双手拥抱他们，并鼓励他们独立思考，算是责任下的自由。我让他们回家把自己的项目计划写在一张纸上，再加上几句关于自己的话，这样我就可以把这些项目都收集起来，对我们可能取得的成就有个全面的了解。

"有问题吗？"讲完话后我问，运筹帷幄般地。

小伙们互相看看，都在思考。

埃格尔发话了。"你这个迁徙理论，"他说，"是不是有些单薄？感觉你就是一拍脑袋想的。就是你自己溜冰时的突发奇想，跟实证研究扯不上什么关系，不是吗？"

"问得好。"

我站在那里琢磨了一会儿，往桑拿炉上洒了点儿凉水。水蒸气盈满房间，坐在最高处的埃格尔几乎消失了。我不知道应该怎么组织语言回答。阿汶帮了我一把。

"没错。"阿汶说，"可能是有点儿单薄，但这是好事。阿澜肯定意识到自己赌得很大，但如果理论最后验证了，赢得也就大。反正也无法排除有别处的原住民溜冰到波西尼亚的可能性。我们不是证明理论正确就是证明理论不正确。两种结果都是拓展了人类知识的地平线。也就是说，反问我们有什么损失？"

回答得好。

马丁问有没有人懂点儿考古学。不管怎么说，我们要找的东西都在地底下埋着呢，或许在海底，或许在陆地。我们怎么都该懂点儿考古。我招架说能有多难，不可能难到哪儿去，只要挖不就行了，可能就是挖的时候小心一点儿，别文物还没挖出来就碎了。马丁说还是应该尊重别人的专业领域，考古学怎么说都是门学问，是有教授的。我们当然要尊重咯。我说，我们尊重地挖。这不在话下。

"那安全呢？"云浮问，"会不会有危险？需不需要带个医生？"

完全不需要，我说，医生太烦人。这么说吧，他们太占地方，说话太大声。大家当然都得买旅行保险。除此之外，只要小心就可以了。我对自己在驾校学的急救课程还记忆犹新，虽然我是10年前考的驾照，但全都刻在我脑子里了。复原卧式、口对口、休克，随便问。我们再打点儿疫苗，这样身体就能培养出一些应付这个或那个的抵抗力来。一小针下去，嗖！身体倍儿棒。整出这玩意儿来的人太了不起了。曾经夺走成百上千人性命的疾病如今都弱爆了。拿霍乱来说吧。分离出一点儿霍乱小鬼，再打到胳膊上，免疫系统马上发现并做出反应，要是之后再喝到霍乱菌污染的水，那些微生物就一点儿机会都没有了。身体已经准备好了，无情地将微生物赶尽杀绝，尿进马桶，或者用别的更机灵的办法分离出来。我的巧言善辩连我自己都吃了一惊，或许我的领导才能超越了自己的想象。

出了游泳池，我们去喝啤酒，然后一起去我家美餐一顿。食物是鲁尔用我们家橱柜中那些杂七杂八的原料变出来的。鲁尔这个厨师不是盖的。然后我们又喝了点儿酒，玩填字游戏。这是最好的团建。

当我拼出 "negerhus"（黑奴房）的时候，气氛有些紧张。我连着两次拿了三倍拼写分，外加 50 分附加分，因为我一下子用完了我手上的所有字母，加在一起是个闻所未闻的高分，几乎不可能超越。"R" 是原来就在那儿的，完美无瑕。但其他人不同意，他们跟我较真。"negerhus" 在挪威词典里查不到，以埃格尔为首的几人说。闪闪发光的友谊正在经受考验。"negerhus" 当然是个词，我说。我马上证明给你们看，意思很清楚，黑奴房就是黑奴住的房子，或者可能是一个或者多个黑奴造的房子。我来来回回看着其他人，从一张脸到另一张脸。连阿汶 —— 我的亲弟弟都不买账。我是从表情上看出来的。我们找出市面上最厚的词典来，令我惊讶并怀疑的是，上面唯一一个跟黑奴有关的合成词是 "negerarbeid"（苦力）。词典收录了这个猥琐的种族歧视词语，完全没有为在人类之间建造桥梁做贡献，而我这个中性的 "黑奴房" 却不存在。我不得不投降，而压制住胸中的怒火代价惨重，真的很惨重。我很失望、很悲伤，却微微一笑：输赢算什么？

最后我不得不拼出那个平庸的词"regn"（雨），拿了三倍拼写分，但跟我原本能拿到的相比，总分少得可怜。我拿了根烟去厨房转一转，试图熄灭怒火并在这件事上找一找积极的方面。现在我们还在文明的怀抱中，不是在太平洋上，在那儿我们将独立自主，没有任何社会的条条框框来阻止我砸碎埃格尔赖以生存的眼镜。

夜幕正式降临的时候，我们还是很友好地告别。我躺在床上想我们已经通过了最严酷的考验，团建最艰难的阶段已经过去，怎么说也算无痛过关。要说没那么简单，但这种态度要不得，怎么就不能那么简单呢？

我坐在那里翻那本《孤筏重洋》，想整理一下思路。总体思考一下需要组织点儿什么活动，下一步应该做什么。我有理论、队员和一大笔钱，现在得搞点儿具体的了。

我跟外交部打了个电话，解释了一下我是谁，我是干什么的，问他们能不能帮我们找一个可以去的荒岛。接线员很礼貌但毫无兴趣地听完我冗长的开场白，然后冰冷地把我推给了挪威宣传部。完美对口。有人接听之前，我不得不听了一段长长的电子版交响乐，然后一个女人接起电话说他们什么都做不了。她说我两头不讨好，也不告诉我她指的是哪两头。她透露说一般都是探险队的队长决定要去哪儿。此处我听出了嘲讽。我们运转良好的社会处处渗透着冷嘲热讽。我知道必须运用一点儿营销伎俩才能让人认真对待。海尔达尔也是一样。比如他在纽约探险家俱乐部留了影，合影的还有赫尔曼·沃辛格、去过格陵兰的彼得·弗洛兴和苏格兰菲尔古森族的族长——也不知道是什么怪人。他们围绕着一个硕大的地球仪，端着一张地图，海尔达尔手指地图，在他们背后的墙上一个河马头张大了嘴，嘴角露出两颗獠牙。另一面墙上还有一些照片，一头猩猩，一个发型怪异的黑人，一个机警的黑人站在一头犀牛背后，另外还有一些荒野（新发现的？）自然照。

这是一张赢取信任的照片。海尔达尔和沃辛格头式清爽，西服领带那是当然的，胸前口袋里还有白色手帕冒头。弗洛兴也穿着西装，但看上去更野性——这当然符合大家对格陵兰探险家的期望。菲尔古森族穿着苏格兰裙和长筒袜，当时可能更普通一些。我怎么知道？反正这些男人是探险家、科学家，这一点是不容置疑的。他们一看就不是招摇撞骗的。方圆几英里内都没有任何猫腻。如果我有这么一张照片，探险队的形象问题就解决了，一劳永逸。

我做了个决定，许多决定中的第一个（我得练练决断力）。我当即决定，带上马丁去探险家俱乐部拍一张这样的照片。做决定是个很有意思的现象。

前一刻还不知道到底要做什么，下一刻就知道了，发生在前一秒和后一秒之间。在无限可能性面前，突发奇想：我选择排除这个或那个，优先考虑这样或那样，所以我决定这样或那样。简短而神奇的过程。脑子转一转就搞定了。把所有可能性筛选到只剩一个。脑子里信号来来回回，像一台精密的仪器。

当然要找同一个地球仪，我和马丁还得找张地图来指，或者来个老式的握手。要是我们能来一个那样的菲尔古森族族长就好了，最好是穿苏格兰裙的，硬把他塞进照片里，对他也没害处。

我调查了一下有什么不坐飞机去纽约的可能性，发现很少。最夸张的方式是穿越俄罗斯，然后跨过白令海峡，到阿拉斯加，之后去美国。这样可能得耗费一两个月，我隐隐觉得不应该跟马丁提这种可能。还有一种可能是搭便船。反正我是听说过的。冲到码头问船长能不能上船。坐船只要几天时间就能跨越大西洋，既迅速又安全。

马丁的想法不一样。我们必须飞，他说，这是唯一可行的。我辩解说船上更清静，读书，聊天，喂海鸥，吸好多新鲜的海上空气。但马丁一眼就把我看穿了，问我是不是怕坐飞机。大概有一点儿，我说。马丁说我得了一种很不理智的恐惧症（面对某种情况、自然现象、东西或动物时所产生的焦虑），这我们必须追根究底。他想知道我得的到底是他所谓的恐惧焦虑还是恐惧障碍。我明白后者更糟糕。我不应该沮丧。他说，10% ~ 25% 的人都会在一生中产生这样或那样的恐惧。飞机是最安全的，马丁强调，民航事业中事故率为每十万小时飞行中有 0.1 次致命事故。马丁说得很清楚。这几乎是人可以做的最安全的事了，他说，其中还包括坐沙发、烤华夫饼，还有（也不知道他是哪儿看来的）竞走。

马丁带我去图书馆找了本《辞海》，查了查"恐惧"。大致是这样写的：恐惧，据心理分析师推测是一种对禁忌思想和冲动的神经性防御机制，其中产生恐惧的事物象征着禁忌的内容。这太扯了。我肯定没有什么禁忌的思想和冲动，从来没有过。就好像我怕坐飞机是因为我有什么思想（或者冲动）在防御飞机上的禁忌。这条应该删掉。这想法太可笑了。对于飞行，我有些紧张，仅仅是因为飞机可能掉下来，一飞机的人都会丧命。不久前就发生过，飞机直接掉海里了，砰！

也不是就我一个人这样。拿丹尼斯·博格坎普来说吧——这个在阿森纳踢球的荷兰球星。他从来不坐飞机。那些离伦敦太远不能开车去的比赛他都直接跳过。但博格坎普是博格坎普，我是探险队队长，这是另一码事。一本严肃的大《辞海》竟然敢拿我的思想和冲动来说事，这让我很恼火。怒火一燃，我突然坚强起来，完全不把恐惧当回事。我拽着马丁去了最近的北欧航空票务处买票。完成这一切耗时不到一刻钟。

　　我给探险家俱乐部发了份传真，告诉他们我正要策划一场探险，多多少少想追随海尔达尔的精神和足迹，所以我和我的一个队员想在他们的地球仪跟前拍一张照，于是现在我和马丁就坐在了飞机上。由于飞机的一个零部件需要更换，从奥斯陆出发的时候延误了。我们到最后都不知道更换的是什么，可能是个马桶盖，也可能是片机翼，因为消息封锁了。我们坐在机场一支接一支地抽烟。马丁总是抽不同牌子的烟，他对品牌并不忠诚。他说他每次买烟的时候都心存怨念，烟草公司休想套住他。他打算戒烟，所以趁还没戒尽可能多抽。我们看报纸，上面写着弗兰克·西纳特拉在洛杉矶快不行了。要是他去世的时候我们正好在美国，无疑会为我们这次访美锦上添花。这样想有点儿无情，但是事实。就因为我这么想了，这下飞机肯定要掉下来了。

　　机场大巴上，我们经历了一件震撼的事：一个乘客端着一把松下来的座椅上去找司机。高峰时间人很多，那个人挤上前，胳膊下夹着那把大座椅，有些小兴奋，因为他以为司机会为了他的细心表扬他一小下，或拍拍他的肩膀，但他的热脸贴了冷屁股，司机让他哪儿拿的座椅放回哪儿去。这一幕有些小忧伤。那个人不得不忍着羞辱感穿过挤满人的车厢回到座位上。我经历着人生众多小挫折中的一个。我怎么都不会想到带着座椅去提醒司机它松了，但这个人做了，却付出了代价。

飞机上的想法 1

想法一：我能看到拉布拉多半岛。下面有雪。太阳很低。有海洋。

想法二：生命是一场极限运动。

想法三：我在以每小时 900 千米的速度移动，距离下面的世界 1 万米，窗外零下 20 摄氏度。

想法四：这是生死之间的地方，可以说是中间。

想法五：跟我同处一个地方的其他人相对而言不多。这让我有点儿特别。

想法六：这是有生以来第一次，在 29 岁的年龄，我开始真正喜欢上运动。之前我一直觉得运动是混子干的事。现在我不这么认为了。马丁和我已经好几次聊起足球世界杯。上周关于有舵雪橇，我参与了两次美好的对谈。

想法七：我把自己的性命交在了别人手里。

想法八（我刚看《国家地理》杂志受到的启发）：探险者是前往知识前沿并带回新知的人。我们要去的就是那里——知识的前沿。别无选择。

在纽约，我们一点儿都没有浪费时间。我们入住 YMCA 青年旅舍（在美国叫 KFUM），是有基督教背景的连锁廉价旅社，但并不要求一定要信仰基督教才能入住。马丁冲澡的时候，我等着一个意大利人模样的男人打完电话，他说"过分了，过分了"，说了好几遍，然后挂断。太多就是太多，重复也无所谓。他挂了以后，我给探险家俱乐部打了个电话，他们没想到我们这么快就来了，并且对我们在里面拍照的事有些为难。听好了，我说，然后让他们明白我不管怎么样都会去。

探险家俱乐部前台的伯纳德找来了他的领导，是一位女士，她对我们的项目各种质疑：太平洋上从来没有结过冰。她一口咬定，大言不惭。"这是你认为的。"我说，"我不这么认为。"女士又去找她的领导，一级领导接一级领导，最后来了一个小代表团，说他们得讨论一下这件事，我们得明天再过来。第二天，我们又站在这里。那位女士说行，我们可以拍一张照片，但得付100美元，另外我们还得填好多表格，保证我们不会以任何方式（居然还有这种事）滥用俱乐部的信誉和名望。我签了字，交了钱，还得到了一张发票。一名秘书为马丁和我拍了照，地球仪的前后左右都拍了。是海尔达尔照片里的那个地球仪没错，但他们把它搬进了一间乏味许多的房间。墙上没有河马头，没有獠牙，没有苏格兰菲尔古森族族长，连怪发黑人的照片都没有。不管怎么看都是一个阴暗乏味的房间。我自问这是为什么，会不会是因为世界上的东西都被发现得差不多了，那这样的俱乐部也就失去了意义，它们已经不再那么光辉。这儿好像空荡荡的，静得出奇。沙龙里没有任何探险家坐在里面抽雪茄、喝金汤力、打赌周游世界有多快，或就一张秘密地图或某人临终遗言中的传奇展开探险计划。一切都已探索完毕。探险家俱乐部在走下坡路。这个领域的市场也在萎缩。难怪地球仪出一出镜，开价就是100美元。

秘书拿着我的小傻瓜相机按个不停，领导们时不时经过，冷嘲热讽一下我们的开销，因为我们看上去很不专业。我们连西服都没有。之后我们简短地参观了一下房子。可敬的老房子摆满了世界各地收集的文物，还有所有曾经或现在与俱乐部有关的探险家的照片。有的地方挂了更多照片。我还随口指出有些人或许应该重新考虑一下自己对太平洋地区不曾结冰的断言。我使用了一种微妙的口吻，几乎完全没有流露出恨意。

马丁和我奖励自己坐船去自由女神像转了一圈，来庆祝我们顺利拍了照。自由是个好东西，值得塑个像。很多人没有自由。我们真走运。船上当然满载喂海鸥的日本人。这些日本人，都是一个模子里刻出来的。

回旅店的路上，我们经过一家大书店，正在宣传马上要进行的一场名为"重拾成年"的讲座，主讲人叫弗莱，也可能叫布莱。我对长大成人这个话题有点儿兴趣，反正我们也没有别的什么更有意义的事可做，于是就踱步进去坐下。弗莱（还是布莱）70多岁了，满头白发，他说如今西方世界的人都不愿意长大。我们所有人都是半熟少年，他说。成年人对青春都心怀悔意，孩子们看在眼里，自己也失去了长大的欲望。以前人们的目标都是做个好人，现在大家都想趁早成名。1969年，伍德斯托克音乐节上是一帮快乐的人，他说。集体精神蔓延，大家分享一切并心怀信念。如今很多孩子都缺乏自信，他们忧郁、内向、冷漠，他们都是解构主义者。为什么？

他说，今天的社会很复杂，比如经济问题、家庭结构等。许多人步履艰难。但在印度找工作也很难，那里的青春期并没有因此而延长。他说大脑有一部分称为新皮质。这部分的技能是帮助我们观察周围环境并生存下去。反正以前是这样的。现在不需要仔细观察周围环境就可以生存，但这样无法成长，弗莱说，或者是布莱。我觉得这很有意思。曾几何时，孩子花在四处奔跑翻石头之类事情上的上百个小时是新皮质所必需的。他还引用华兹华斯的话，说成为男人和女人的过程并非童年到成年的过程，而是童年经由自然迈向成年的过程。如果没有投入自然的那段时间，人将一生处于儿童状态。华兹华斯这么认为。弗莱或者布莱说他跟小学老师说必须逼孩子们到外面去，因为他们已经不想出门了，他们不知道自己在外面能做什么。

人们都太忙了，许多人根本无法胜任为人父母这份艰难的职责。孩子看电视或者玩电脑。人们已经没有耐性去学习那些无法马上用到的技能。人们已经不愿意牺牲自己。我们正朝着一个幼稚的世界发展。

有些我之前听说过，但不管怎么说还是很有启发。我根本没有那么了解我自己。我想要成长，但我不知道成长意味着什么。我不明白成长是什么。比如我是不是更想出名而非成为一个好人？我也不知道。也并不是说我有多想出名，但我想让挪威登上地图，作为一种感恩，作为一种姿态，这是我已经提到过的。但如今这世道，自己不出名很难让挪威登上地图了。孩子做什么不做什么，我负不了这个责任。这个锅得别人背。但要我说是得逼这些小魔鬼出去，去经历风霜雨雪。让他们出去，去感受天气。我觉得我的新皮质没什么问题。我小时候到处乱跑翻石头好多年，但我也算是个解构主义者，从头到脚。可能没那么忧郁，但我就是要把那些该死的烂货都拆了，一片一片，全拆掉。砰！

飞机上的想法 2

想法一：它会怎么样？在这里，我赋予"它"最宽广的定义。

想法二：每天天都亮真是不可思议。恒久不变是不可能的。

想法三：我的父母马上就要起床了。

想法四：我开始想要孩子了。

想法五：我不知道英格兰看上去是不是这样的。

想法六：下面住着比我们还怪的人。

想法七：到目前为止，我没看到机场有什么化粪车。这几乎就意味着屎是直接洒出去的。冰冷的屎，直接掉下去。

想法八：有一天飞行员会想，这有什么意思？我每天带着乘客飞来飞去。我以为帮助他们在世界上到处转悠能让他们更懂事，可他们还是什么事都不懂。他们都是傻子。我想把他们都砸到海里去。我希望那一天我不坐在飞机里。

回到特隆赫姆后，我们继续团建。我们去马卡森林滑雪。金和埃格尔没有雪具，于是我得给他们弄雪具，但这也没什么。挪威有的是雪具，最不缺的就是雪具。云浮用的是泰勒马克式雪板，滑起来很好看，是滑雪乐趣的形象代表。埃格尔看上去有些悲催，穿着牛仔裤，戴着绒线帽。我们朝埃尔格赛特山庄进发，一边闲聊一边联结友谊的纽带。到山庄以后，我们吃干粮打牌。我们很快就要成为一支优秀的队伍了。

我拿到了其他人的项目说明。他们为自己的研究项目写了几句话，看上去还不错。反正只是一种保障，备用的，要是主要理论行不通的话。

阿汶：懒得写我自己的。你基本上都知道的。我的主要项目是尝试睡到 K 点。超过 K 点会怎么样？最近我还开始关心水土流失。我要在那儿做些水土流失的实验。另外，像我承诺的那样，我搞来了石蕊试纸。我是石蕊负责人。太平洋里什么是酸的，什么是碱的？我突然觉得这是可以拿诺贝尔奖的玩意儿。

鲁尔：掌勺、钓鱼、写菜谱，想试一下能不能做到禁欲。

金：我发现我模仿海尔达尔还挺像的，比我想象的简单。

除此之外，我还想把整个旅行拍成纪录片，研究一下摄影和摄像；再草绘一幅现代贝叶挂毯。这是必要的。把一切都画到毯子上。除了这些，我也可以有求必应。

马丁：完成女孩周期表。研究一下我们的梦，看看我们在更温暖的环境下做的梦会不会有所不同。我负责技术设备，当然也会对波利尼西亚文化睁大眼睛。我不排除我们能发现史前定居者的可能。看看我能不能借到基因鉴定设备。

埃格尔：把我们在那里的活动都视觉化。我们将是一个小社会。我对小社会感兴趣。看看我们每个人都是怎么反应的。研究一下海滩生活。抽烟，喝咖啡。对了，昨天我玩了古墓甲板那一关，很好玩的关卡。我喜欢景色开阔的关卡，可以看得远，比如西藏那关，爬上一座小丘的时候，脚下深处有面小湖，可以跳下去，另一侧远远地可以看到滑雪小屋，门口停着一辆红色雪地摩托车。你看到就知道雪地摩托车会是你的，过一个小时，你就骑上它开路了。这游戏总能让我叹为观止。或许比我现在正读着的《哈姆雷特》还要带劲（我承认这么对比有点儿奇怪）。

云浮：我的自然科学知识能派上用场。研究当地的自然现象，探索一下天气风向。把能测的都测一测。发现一个基本元素，或任何一种没有记载的元素。格温妮斯·帕特洛曾在一座荒岛上待过一段时间，她在《嘉人》杂志上写到过，我要超过她。写一个电影剧本。

在金的大力协助下，我制作了一个小文件夹发给媒体，里面写了一些我们的计划，马丁和我在地球仪旁拍的照片占了重要位置。我还附加了一些对我有利的文字，把所有文件都用一个可爱的小夹子夹在一起。上小学的时候，我们就学过得体的装帧总能给人留下良好的印象。哦，小学，算是没有白读。

回复如期而至。才过几天，挪威国家电台就打电话来要求采访。我毫无畏惧地出场，解释一下海冰和溜冰鞋，反正我觉得对方还挺把我当回事。但突然之间他们连线上了住在特内里费岛上的海尔达尔。听声音，毋庸置疑就是海尔达尔本人。他们要我向他提问。我冒汗了，但还是硬着头皮问他，这个世界跟他那个年代相比已经被探索得差不多了，有点儿不公平，这点他同不同意。海尔达尔不同意。他认为还有很多需要探索的地方。

"我们该往哪儿找？"我问。

海尔达尔说一切都在地里埋着。挖地，他说，都在里面埋着。

我在小纸条上记上"铲子"，然后点点头。我们得挖。

"你在康提基上害怕吗？"我问。

他说他对计划很有信心，所以不怕。但其他人也不害怕，他觉得这很奇怪。

　　然后采访就结束了，我还憋着好多问题。总是这样，媒体从来没有时间深入挖掘做高质量的对谈。他们得继续，总是要继续，得播点儿音乐，听众要听音乐，他们好跟着哼哼。

　　从播音室回家的路上，我突然想起海尔达尔没有评价我的理论。我不知道这是个好事还是坏事，可能他感到了一点儿威胁。他意识到这条理论多石破天惊，他想用沉默把它扼杀掉。海尔达尔，心机男。

　　上电台很有帮助，我开始受到关注。媒体强大的翅膀把我托了起来，采访播出后没多久，康提基博物馆就打来电话，问我要不要借他们的卫星电话，反正他们用不着。他们很认可我的理论。他们觉得这很勇敢。虽然正确的可能性不大，他们说，但我能致力于太平洋上的迁徙问题，这让他们很感激。铢积寸累。康提基博物馆真有懂道理的人。我们约好了见面。

　　马丁和我去城乡接合部买太阳能板。我们找了黄页上的所有公司。黄页上看觉得这些公司都默默无闻，但在这里，在城乡接合部，这些公司都是真实存在的，有门面，有前台。它们真的存在，公司背后有真的人在操作，亲眼看到很有安全感。给黄页配照的这个男人有点超重，一直在打电话（黄页还是有用的），并且特别友善。他带我们参观，为我们解释太阳能芯片的情况。我们说我们需要足够一台笔记本电脑和一台卫星电话的电量，就这些。男人在纸上笔算了一阵。我们每天需要多少小时，这样的话我们需要多少安培，在太平洋上要流转上百万安培。要做的就是把电发出来。男人说一想到太阳整天只是直射进大海或沙漠就觉得伤心，枉然。

太阳不用就是浪费。他找来合适的太阳能板，以正确的方式连好，并祝我们好运。

在马丁的帮助下我还买了一台笔记本电脑。电脑很小、很好看，里面装备了这个时代所必需的每一个比特和赫兹。用它我就可以写我的科学笔记了，还能通过卫星电话和外界沟通。它可能算不上多媒体，但也差不多。

晚上，我在电脑上练习打字，我和电脑很快找到步调，虽然给电脑编辑词条的人看上去词汇量有限。

比如，电脑建议我把"射精"改成"设计"，把"不爽"改成"爽"。为什么不呢？反正"爽"比"不爽"听起来积极很多。"射精"这种词在太平洋大迁徙的论文里也用不上，我本来也是手滑打上去的。

出发前还差点儿什么？差不多了。我得买些户外用品，找座岛，另外预测一下我们怎么以最佳方式过去。既然外交部不愿意帮我解决找岛的问题，那我就得自己找了。怎么找荒岛呢？这样的岛已经不多了。事实就是这样，到处都是我们人类。完全不挑，我们已经占领了地球上的大陆和岛屿。只要有陆地就有人。但肯定能找到一些例外。我说服埃格尔给法国大使馆打了个电话，问问他们在法属波利尼西亚什么地方有没有多余的岛。我们不需要待很长时间，只要一个月左右就行。法国人装聋作哑，假装听不懂，端架子，装清高。他们没直说，但埃格尔和我都明白他们是想独霸整个区域，这样他们就可以时不时炸个原子弹，或者休假的时候报个旅行团惬意一番。这帮法国浑蛋。我们再也不喝法国酒了，这只是第一步。他们就做梦去吧。我买了一本当地的导游书，想找找其他目的地。澳大利亚离海尔达尔乘"康提基号"登陆的地方太远。另外，那边毒气太重，是世界上最毒的地方。新西兰没有什么毒物，但那是个很大的国家，不是荒岛，对我们于事无补。还有一些太平洋岛国——图瓦卢、汤加、斐济、库克群岛，我把这些国家的信息都读了。库克群岛没有疟疾。别的岛总有些这样或那样的，得好好查一查。哪怕取得了重大发现，开辟了疆土，染了疟疾死了不也是白搭吗？不管怎么说，全身而归的能力跟说走就走的能力一样重要。我当然想回家。和我的小伙子们一样，我是个耐得住的人，我觉得我耐得住。我还要回来的，疟疾什么的门都没有。

我想去奥斯陆找找有没有波西尼亚大使馆，却被我的旅行准备给耽搁了。鲁尔冲了进来，激动不已。他在某个聚会上遇到了一个人，跟库克群岛有联系，于是找岛的问题拨云见日。那人认识一个挪威人叫马格纳，听说人巨好，定期居住在拉罗汤加岛。他从事某种船业，并且提到了"运输"这个词。他应该是个一呼百应的人。

马丁和一呼百应的马格纳建立起了电邮联系，他果然是个了不起的家伙，忙碌几天之后一切就绪了，几乎不需要我抬一根手指。有时候世界是个慷慨而奇怪的地方。世界很大，又很小。世界很悲惨，但又很美丽。世界很无情，但又很安全。可以这么一直写下去，总是会跑出一堆反义词来。辩证法、反义词，无穷无尽。

1.马格纳的邮件：

阿澜你好。
谢谢今日来函。你的项目很有趣。

我认为你们在库克群岛实施研究计划比去法属波西尼亚更实际。

（1）因为这里没有那么官僚，而且我们上下各部门的人都认识。

（2）从这里去别的岛更便宜。

建议去以下岛屿：

帕默斯顿岛：26个居民。所有人都说英语，所有人的姓氏都是马斯特斯。有很有趣的历史。

马努埃岛：有个作为管理者的家族。以前是监狱岛。去该岛没有固定的航班，但该岛处于中心地理位置，在那里设一个停靠点应该不难。

塔库特阿岛：无人岛。鸟类保护区。上岛暂住需要申请特殊许可证。

不然的话，住在那些有人的岛上无人定居的部分可能更便利一些。推荐茅克岛，大约有200个居民。居民都有电视，但收不到任何电视台。电视都用来看录像。

太平洋上的这一地区还有可能遇到重大的挑战。每当我梦想进行一些贸易让岛上居民改善一下生活的时候，都忍不住停下来问自己，让他们越来越像我们真的是件好事吗？那样会越来越依赖外部供给。反驳的理由是哪怕我们不去做，总有人会做，不管是海外传教会还是石油公司。

你们需要的装备：既可以抗风又能挡雨的雨衣和帐篷。飓风季节到4月1日之前不会结束。

蚊子也是样好东西。

库克群岛上没有疟疾。

祝好

马格纳

2.马格纳的邮件：

直接说正事。

我们就把马努埃岛定为首选吧。

马努埃岛的主人住在艾图塔基岛上。明天我找时间联系一下他们。要想使用该岛几周时间的话，我估计得捐一点儿款。捐了款，带帐篷上岛就不成问题了。这里的政府不太欢迎背包客和廉价旅游团，他们觉得在这些人身上赚不到什么钱。

帐篷设备必须是新的，不能沾过地，不然异地"细菌"会破坏这里的自然。

时间安排。

太平洋上海洋面积浩大，许多岛屿几乎与世隔绝，通常情况下每年与外界的联系不超过两次。最近北方诸岛都有一月一次的轮渡。如果天气好，马努埃岛离拉罗汤加只有一昼夜的航行距离。你们要记住，这里是货物决定离港和到港时间，而非乘客。

建议你们改变一下西方工业社会那种紧迫的时间观念，很可能会出现飓风、暴雨等不确定因素，让船只无法按预计时间前往救援，可能拖延数周。这里也没有直升机等等。

这样的话订回程机票的时候最好选择开放机票。不要设回程日期。这里没有固定班次的船，呵呵，飓风季节到4月结束之前也不会有水手上班。

你的项目很带劲，但你们也要做好随机应变的准备，这里的生活没有正轨，居住的时间可能会比希望的要长。关于疾病，可能会很难买到药物，带上你们的急救设备和务实的意识。

马格纳

3.马格纳的邮件：

你好，我已经和马努埃岛的关键人物电话联系了。

他说，尽管来吧。他在政府里工作，也是岛屿行政人员。你们到机场和移民处以后，就说你们是游客，会住兰花旅社。

其余我会与提亚里奇·雅科布搞定。他希望所有联络工作都通过我。

要在马努埃岛上住一个月，你们必须为岛主提供一笔善意的捐赠。岛是完全自主产权地，跟政府完全没有关系。他还说尽可能在我们和岛主内部解决，这样比较好办。

关于捐赠，他们没有提要求，由你们来决定一个既符合你们的预算又对得起岛主的数额。

此外，你们不能让岛主承担任何的责任。

你们做项目的时候必须自行承担风险。

买一个包含所有意外可能性的旅行保险。

马格纳

4.马格纳的邮件：

阿澜你好。

给你们传真了马努埃岛的地图。

1 万克朗是个很理想的捐赠额度。

相信这个数额肯定会让他们很惊讶。不过这样一来他们也会很配合。

计划出行日期是完全不可能的。这里的生活很不一样。我们不能设定日期，不然如果不能顺利按计划进行的话会很受挫。

这是你们首先要学会的：顺其自然。

你们什么时候到拉罗汤加？

祝好
马格纳

5.马格纳的邮件：

阿澜你好。

马努埃岛上的供水情况还不清楚，但那里肯定有水箱。记得以前岛上有许多。

其他的话，你们想带多少罐头都没问题。你们打算怎么把东西运上岛？打算租铝船还是气垫船？只要你们想好，都可以搞定。

马格纳

6.马格纳的邮件：

你好。

想到一个简单的滤水系统，你们可能用得到，叫迷你桑德烈。

如果你们要买一套的话（大约250克朗），能帮我带个滤芯（大约100克朗）吗？

这东西很好用，我已经用了半年。

马格纳

7.马格纳的邮件:

阿澜你好。

以下是建议合同。提亚里奇今天来过我办公室。暂住的话,你们要支付 2000 美元,但提亚里奇想要 500 美元,用作组织费用等。关于租借气垫船或铝船的事,我可以帮你们找到半价的。21 日来吧。这样的话,只要船载好货,我当天就能带你们出海。船 16 日周一或 17 日到拉罗汤加。一切顺利的话,接下来几天载货,21 日周六或 22 日周日下午出发。

要看天气和货载情况。

协议备忘录

协议双方:

马努埃岛完全自主产权所有者,代表人提亚里奇·雅克布;七位挪威科学作家,代表人阿澜·卢。

科学家们在马努埃岛上驻留一个月进行研究活动。
研究活动为托尔·海尔达尔西南太平洋探险的后续工作。

作为对岛主的感谢，科学家们希望捐赠 1500 新西兰元以表心意。

科学家们将自己承担在岛上的开销与风险，并在此承诺不向马努埃岛岛主或库克群岛的任何人索取任何费用。

马努埃岛是独一无二的，来访者承诺不干扰当地任何动植物生态，离开该岛时保持原样。如果出现任何由疏忽导致的破坏事件，队长阿澜·卢承诺赔偿产生的所有费用。

提亚里奇·雅克布　阿澜·卢
代表岛主和探险队队长

库克群岛政府

第二部分

"与此同时，我们必须从一开始就明确一点：哪怕一件事并不科学，也不一定是件坏事。比如，爱就是不科学的。所以，如果有一件事据说不科学，也并不意味着这件事有什么错，只是意味着它不科学。"

理查德·P. 费曼

太平洋上

我们坐在飞机上，已经穿越一片大洋和美洲。现在我们进入一片新的海洋——浩瀚的太平洋。出发充满了戏剧性，因为我忘了一本书——《幸存之书》。书里告诉我们幸存下来需要的一切知识。我忘带了。我是在去机场的大出租车上发现的。起初我什么都没说，因为车上有个记者。我不想在旅程这么早的阶段就掉链子，但后来我改主意了（要是我们中有人受了伤，就因为我傲慢地不肯停下出租车而没能活下来的话，我会无法原谅自己），我让司机在我的一对朋友夫妇家门口停一下。我知道他们有本同样的书。

几天前，我去机场领票——7张奥斯陆到拉罗汤加的往返机票，几乎花了我10万克朗。我满意地走出机场，开车门的时候居然把所有机票都掉进了一个大水坑里。爆完粗口以后，我捡起机票回机场换新的。女柜员对发生的意外深表理解，她打出新机票并再次祝我旅途愉快。

　　我们每个人上一次抽烟都是 12 个小时前，看上去最受不了的是埃格尔。我们在洛杉矶转机的时候，他差点儿撞墙，因为我们只能在禁烟的候机厅待着。

　　我跟他说整个加州都禁烟，但他充耳不闻。埃格尔真有一只耳朵是聋的，至少是有听力损伤。我不记得是左耳还是右耳了。就在他最恼火的时候，他突然要跟我打赌。我一直确信《沙皇的信使》是每周六播放的，但埃格尔同样确信播出时间是周四。我俩都一口咬定自己是对的，但我们都不太愿意打赌。打赌就等于把战事升级了，摆事实、讲道理已经没用。是或不是的争辩到此为止。只有等某个权威人士拍板谁是正确的，失败者就得跟着改。在某种意义上进入打赌阶段之前更有意思。讨论、争辩，这些都有意义。但我们还是赌上了，是缺少尼古丁把埃格尔逼急了。我们赌半升啤酒，赌注不大，我们都不是特别物质，但丝毫不影响好胜心。我们都想赢。我知道我是对的。但糟糕的是埃格尔好像跟我一样确信。这是个悖论。他不可能跟我一样确信，内心深处肯定不是。《沙皇的信使》不是周四播放的。当然不是。周四是工作日，什么样的电视台台长会选周四播放《沙皇的信使》？肯定是疯了。我不理解埃格尔怎么会这么想。这是给全家人看的电视剧，就是让大人、小孩可以一起看，在电视前分享快乐。信使穿过大片的俄罗斯土地，还有一小片蒙古——要是我没记错的话，他总是遇到难题。有人要抓他，但他总能化险为夷。周六播放，20世纪70年代末，千真万确。但除非电视台的人来确认，埃格尔就是不肯让步。但我们现在离挪威电视系统十万八千里，十万八千里都不止。

金和云浮看上去很满足。他们很合拍，已经在计划如何更好地记录这次旅行了。金从电视台的朋友那里借来了一台很不错的数码摄像机。每次他朝着鲁尔举起摄像机，鲁尔都会生气并举起一只手来表示自己的厌恶。鲁尔不喜欢上镜头。或许他有什么见不得人的事。我听说厨师总是会卷入不可告人的生意——洗钱、贩毒，诸如此类。

马丁打开他的那张周期表开始在上面做笔记。他好久没有那么放松了。助学基金、女孩都够不着他了。他已逃离攻击范围，而且越逃越远，以每小时1000千米的速度。阿汶坐在那儿注视着窗外，虽然外面一片漆黑。太平洋在我们下方。浩瀚无冰的太平洋。鲨鱼畅游其中。阿汶很惬意，他吃着新西兰航空（女士们、先生们，姑娘们、小伙们——欢迎乘坐开往檀香山、拉罗汤加和奥克兰的波音 747 飞机）提供的飞机餐，供餐间隔短暂。我们目光相遇的时候，阿汶就竖起大拇指说哥本哈根万岁，也不知道他现在说这句话是什么意思。

出发前一天很紧张。我们开车转着圈买装备：滤水器、汽炉、显微镜、保护精密电子元件不被化学品和硬物损坏的大金属箱。卫星电话和电脑得调试匹配。现在什么东西都得整天调试。以前从没人提这种事，是黄页上的一个很无私、很能干的人帮我们调的。他一边调试一边隔着络腮胡微笑。他就好这个，哟呵，通用接口、停止位和数据位、奇偶置换，各种我不懂的行话。最后卫星电话和电脑接通了。它们达成相互理解，相当了不起。实际上，这就意味着我们从世界上任何一个地方都可以发送和接收数据信号，或者直接拨打电话了。通信费当然价格不菲，但我成功说服一家大报社，通信费应该由他们买单。作为交换，我为他们写可研报告。

我们还在挪威空中救援中心登了记。我们希望万一出了事，他们能来救援。只要附近有机场，他们就能来，义不容辞。我们觉得只是个很了不起的服务。问题是附近没有机场。最近的坐船也要一昼夜。在没有船的情况下，我们只能自求多福了。

有件好事恰在出发前发生：Helsport 为我们购买帐篷、睡袋和雨衣提供了很给力的折扣价。我欣然抓住机会，现在行李里装着一顶巨大的帐篷，可以睡下八个人。我们每人还买了一个热带睡袋、一件雨衣。我们听说那里雨水挺多的，难以置信，但确有其事。天门大开诸如此类关于天气的陈年八股文，统统是从热带来的。

还有就是康提基博物馆给了我们一卷毫米纸，并嘱咐我们把马努埃岛上很可能存在的古代居民遗址尽可能精确地测绘下来。应该还没有任何人类学家或考古学家测绘过这座岛，很可能有宝藏和人类生活过的痕迹。他们让我们明白，对于科学来说，一切都是有意义的，我们不可能失败。

接下来，我们联系了位于特罗姆瑟的 REAL 户外食品公司，他们毫不犹豫地送了我们一百包探险食品——小包装的佃农炖菜、炖面、炖牛肉、酸奶油酱炖绿青鳕、水手杂烩，可能还有几样别的品种。只需要剪开包装袋的顶，灌上半升开水，搅拌，再放一小会儿，嗖地就变出一道营养丰富的高级菜。这种食品的主要受众是攀登喜马拉雅山或参加惠特贝瑞环球帆船赛的大小伙们。

现在轮到我们了——挪威派往最前哨的特遣队，我们向着知识的前沿出发，国王为我们撑腰。这是一场探险。所有质疑都已经横扫。我们就是探险队的装备，我们就是探险队的模样，我们就是探险队。而我就是队长。

飞机上的想法3

想法一：苍天大海。我这是要去干什么？

想法二：我不懂的太多。

想法三：为什么他们要这么大声地坚持让我们系好安全带？

想法四：飞机是不是在大多数气流层中都会有些颠簸？

想法五：我的理论是不可能验证的。

想法六：我应该当医生。

这六个想法中最让我纠结的是第一个和第五个想法，其他都只是一念之间。我坐在那里有一种嘴塞得太满的感觉，太鲁莽。说得没错，那条理论不就是我拍脑袋想出来的吗？我就是把美好的冬日天气跟海尔达尔大胆的迁徙理论搅和在了一起。冰刀顺着丽岸湖的冰滑得好顺畅，脑子也跟着滑到哪儿是哪儿。我当时觉得自己好强大、好自信，现在我没那么有底气了。如果理论得到验证，肯定一炮而红。队长顾虑太多不是什么好事，我必须试着把顾虑隐藏起来，但问题是露馅儿是迟早的事。

在我们出发前很长一段时间里，我都热切地希望阿汶和我，或许还有马丁可以提前去南美洲，砍些轻木杆子扎个筏子，然后像海尔达尔和他的队员那样漂洋过海。就是为了做而做。这样的话万一溜冰理论之后证明不成立的话，我们怎么说也已经有了一个成就。其他人都断然拒绝参加孤筏远洋计划，但有段时间阿汶和马丁对这个想法的态度好像有所转变。我们需要的轻木杆子肯定不多，造三个人的木筏跟造七个人的肯定是两码事。我们可以造一个像《朱童和朱重》[1]那样的木筏，船帆什么的一应俱全，漂洋过海易如反掌。我这么想。然而阿汶和马丁读了康提基书中描写伐木运木的那一段之后有了别的想法。他们不喜欢关于海尔达尔和沃辛格以及他们的棕色皮肤朋友必须穿过的那片丛林的描述。丛林沿着河岸像一堵坚固的围墙，鳄鱼伺机埋伏。最糟糕的是——我引用一下："我们坐木筏在外总是会引起一群由印第安人、黑人和西班牙人组成的乌合之众的高度注意。"这句话让阿汶和马丁打了退堂鼓。他们拒绝加入。尽管在我们现代社会里，人们对外来文化来访者的态度跟 50 年前已经不可同日而语了。我们生来积极开放，我们了解到自己并不比别人强，我们自己的态度也是。萨米人、

1　挪威著名童话故事。

印第安人、因纽特人、黑人——他们都和我们一样出色。他们是我们的兄弟姐妹。我们学会如何与世界共处，不再自以为是地认为我们的文化是世界上唯一先进的文化。民族优越感的世界观已经破碎，反正我高中的社会学老师是这么认为的。但真实情况更微妙。受过高等教育的阿汶和马丁想到印第安人、黑人和西班牙人混在一块儿会干出什么事来还是会紧张。据阿汶说，特别是西班牙人起了决定性作用。黑人和印第安人总能应付过去，他们是自然的人类，有先祖的传统，不用太担心，但西班牙人要叵测诡谲得多。他们是征服者，欺负动物、女人和其他人种，没心没肺，奸猾狡诈，爱金如命，一言不合就翻脸。马丁号称他看过每项统计显示所有从"泰坦尼克号"上幸存下来的人血管里多多少少都流着西班牙人的血液。

得知阿汶和马丁不想去之后，我失望又生气：表面上我装成这样，骨子里我松了口气。不用去南美洲太好了，那边本来就不太平，政治全是腐败的，不是足球就是毒品。民主体制那么不稳定，从来不知道下一刻会发生什么事。这是我听去过的人说的。开车都跟闹着玩似的，被逮着了只要给警察塞一两张纸币就行了。另外丛林也很危险，到处都是毒蛇和妖孽。只要随便拿一本国家地理杂志就能看到那儿生活着的怪物，好多都还没被发现。解决的办法是我们打电话给一个阿汶认识的在厄瓜多尔留学的女生。她很拿我们当回事，并承诺把一个椰子（用防水漆）涂成红色，搭公交车到海边把椰子扔进太平洋。计划是椰子漂到波西尼亚时，正好到我们岛上。这与其说是科学实验，还不如说是致敬，向海尔达尔致敬。这是我们向他致敬的方式，谦卑的小敬意。如果椰子顺利抵达，怎么也应该会上报，哪怕只是一条通讯。

我在读《生存之书》，一个疯狂的空军特种兵写的，来自英国国防精英部队。书的内容简单直白，就是教你如何在最极端的环境下生存下去。书中说要随时准备应付任何情况，不管在什么地方，因为一切都可能发生。他好像是在说战争就是日常，放松一秒你就死了。就像有人认为我们生活在冰河时代的温暖时期一样，这家伙认为战争是恒常的，如果看上去好像不是这样，那只是因为我们幸运地生活在一个和平的地方。但朝不保夕，情况随时在变，应该随时提高警惕，防人之心不可无，有备无患。必要情况下，既要杀动物，也要杀人。必须一直，好话不多说，一直随身带个应急箱，或是应急包。应急箱和应急包是有区别的：应急箱里有所有最必需的东西，应急包里东西更多一些。

应急箱里通常有火柴、蜡烛、打火石、放大镜、针线、鱼钩鱼线、指南针、装有氖气的玻璃容器（书上写着氖灯能常年照明）、制作陷阱用的铁丝、手锯（用手锯可以锯倒相当大的树）、急救用品和药物（抗生素、肠胃药、抗组胺药、抗疟药和高锰酸钾）、手术刀、避孕套（不是用来乱搞的，是用来储水的）。

开车、驾船或坐飞机的时候身边一定要有应急包，里面放炊具、燃料、手电、荧光材料的信号筒、热饮、食物，另外还要装一块铝化塑料布，情况紧急的时候可以钻进去。

我突然意识到应该在离开特隆赫姆前看一看这本书。我大概是把安全问题想简单了。在家的时候是很安全、很美好。人们都相互认识，没事串个门，很少出现紧急情况，但现在情况不同了。这是探险，随时可能出现危险。"记住了，"书上说，"你的反应没有你的刀快。你的刀是你生存下去的重要工具之一，永远要保持锋利并随时准备掏出来用……保持刀身清洁……永远不要朝树上或地上扔……养成习惯随时摸一下刀是不是在该在的地方。这应该成为通过狭窄通道时的条件反射。检查口袋和装备应该成为你的第二本能。"好严格。

克制住恐惧之后，我打起精神，并觉得不要往树上或地上扔刀这条建议很让我满意。作者肯定注意到不管是男孩还是成年男人都有这么干的倾向，完全没有任何实用性的目的，就是为了看看刀立不立得住。这是普世的条件反射。我就是要往树上扔刀子，我们会想，说不定就立住了。但空军特种兵建议我们别这么干。我绝望地开始读题为"飞行事故"的章节。

"飞机在复杂地形坠毁或迫降是很剧烈的。"上面写了坠毁时以及之后应该如何应对，还有一些可以提高存活率的小绝招。"飞机停下来后（不是之前），按照乘务员起飞前的指导离开机舱……随身带的东西越多越好，但千万不要停下来找自己的个人物品。正是在这种情况下，你会为行李里装了应急箱或应急包而感到高兴。"

这还没完。

"你会处于受惊状态并在恐慌边缘徘徊。如果着火了或有着火隐患，保持距离直到危险过去，但只要保证安全，不要走得太远。如果燃料泄漏的话要确保无人抽烟……如果可能的话，把死人与活人分开。死人是恐怖环境的一部分，分开可以让幸存的人更容易冷静下来。"书里还鼓励大家应该练习尝试那些平时不吃的食物。"如果通过练习，你已经对不寻常的食物习以为常，求生的时候就会变得更容易。"另外还要特别注意是不是有孩子幸存下来。"婴儿看上去非常脆弱，但其实他们很顽强。"书上说，"孩子需要安慰和照顾，特别是失去了亲人之后……必须确保他们不会乱跑、玩火或暴露于未知的危险之下。"

　　我突然很后悔没有在童子军里多待几天。童子军里有我当时看不到的机会。我本来可以学会怎么用刀和绳、怎么生火，但我没忍住。我7岁的时候在童子军里待了半年，然后就受够了。童子军让我难以忍受，一部分原因是早在那时我就已经对有组织的课余活动产生了怀疑，另一部分原因是我的本能让我对围坐在一个叫巴格拉的女人身边玩"金氏游戏"这一活动感到不安，因为游戏规则是每个人有一分钟时间记忆地板上放了什么东西（火柴、放大镜、铅笔、钥匙等），然后东西被盖住，大家得全都回忆出来。巴格拉玩这个游戏的时候非常严格。我们一定要跟上。其他时候也可能是跑到自然中尽情观察。这儿跑来一头驼鹿，那儿站着一只鸟，诸如此类。但那场游戏已经结束了，我再也做不了小狼崽。童子军都没毕业，我就想当探险队队长。我这是在自找麻烦。

　　皮肤晒得黝黑的乘务员又来送吃的了，先给我们上了一道类似意大利面的主菜，然后给我们分发装在篮子里的面包。我拿了个面包，但留着没吃。或许是对探险能否成功的质疑让我心慈手软了，我很快就对这个面包产生了感情，我们成了朋友。我假装面包是个小生灵，就像小野兔或小松鼠，我左右摇晃它，这样它看上去就像会走路似的。然后我把它放到肩膀上注视着窗外。然而，正当这段小小的友谊刚刚起步，就来了个空姐收食物，于是把我的朋友也收走了。我一不留神，面包就不见了。我最亲爱的朋友，不见了，简直难以理解。

混迹波利尼西亚人

我们在库克群岛的拉罗汤加机场站着抽烟，颤抖着。因有着 11 个小时的时差，我们脖子上挂着用白色兰花还是什么花做的花环。这是一个不允许露营的国家，所以我担心海关发现我们的行李里装着那么多探险装备会赶我们回家。我们解释说那些是礼物，海关的人觉得这听起来不错。礼物是好东西，他们肯定这么想，就放我们过去了。就这样，我们到了拉罗汤加——青山环抱、棕榈遍地的小岛。阴天，空气中有些小雨。热，但热得不过分。带我们来的巨型客机看上去像是岛上最大的建筑物。现在是早晨 6 点。

上来一个面带笑容的家伙，好像叫"卡车"，跟我们一一握了手并欢迎我们的到来。他和他的太太一起开车送我们去招待所。云浮对这个奇怪的名字很好奇，他问那人是不是真的叫卡车。我们听错了，那人名字叫卡弗瑞。云浮觉得这个名字很异域、很古怪，听上去像咖啡和优律诗美[1]的合体，他问那人能不能继续叫他卡车。卡弗瑞僵住了，恶狠狠地瞪了云浮一眼：门儿都没有。要不叫他卡弗瑞，要不另找地方住。哦，这是一群有尊严的人，顶天立地，谁都别想欺负他们。

我们把行李扔上卡弗瑞的皮卡，驱车出发。海在左边，沿路点缀着小房子，有花园，有母鸡，有助动车，有时候还有汽车。大多数人还没有起床。卡弗瑞告诉我们拉罗汤加今天周日，还有，他太太是德国人。（她当然是个德国人，他说。也不解释为什么那么理所当然。）

我们昏昏沉沉地坐在有顶露台上，一共两栋平房，我们分到了大的那栋。阿汶去觅椰子，五六分钟后就带了两个回来。他满脸表现出对异域生活的期待。他用一把萨米刀一个劲儿地锯椰子，直到锯开。看上去不专业得令人发指。电视里根本不是这么干的。但椰子开了，阿汶喝了一点儿里面亮晶晶的东西，然后递给我们轮流喝。喝上去是甜的，像牛奶。大概不够用来构建生活方式，但还挺好喝的。卡弗瑞过来转了一圈，

1　人智学创始人、德国哲学家鲁道夫·斯坦纳自创的形体艺术门类，华德福教育必修课程。

说水果椰子尽管拿，我们吃得了多少吃多少，但我们得小心别被椰子砸，因为挂得高，砸得狠。椰子砸头是这里最常见的死法。椰子树笼罩着大部分道路，所以出门走路根本就是一件非常冒险的事。

房子周围的花园里有木瓜、杧果、猕猴桃、阳桃和青柠。我们需要做的只是伸伸手。这才刚下飞机，我们就已经适应了狩猎采摘的社会生活方式。这是最好的野外课。（阿澜学习能力非常出色，态度积极，能独立解决问题，有活力，有兴趣。）

地理：库克群岛由 15 座小岛组成，散布在 200 万平方千米的海域。相比之下，挪威只有 386958 平方千米，这还是算上斯瓦尔巴群岛和扬马延岛的。

拉罗汤加是最重要的岛屿。全国 18000 名居民中 10000 名住在该岛。我们现在所在的首都名为阿瓦鲁阿，面积也就一个足球场那么大。这里有商店、酒吧、电影院，应有尽有。群岛位于新西兰东北方 3000 千米处，赤道以南，但在南回归线以北。热带气候，也就是说，热得要命，还潮湿，而且时不时上演飓风灾难的大片现场。居民都是波利尼西亚人——新西兰毛利人的近亲。拉罗汤加第一次接触欧洲文明是 1789 年（年份很眼熟），"邦蒂号"上的叛匪之一闯入该岛胡作非为。在这之前西班牙人占领过群岛北面的一小片领土，库克船长探索过南面的一些岛屿。理所当然，他们都用自己的名字给这些岛屿命了名。后来，18世纪初期，来了一群硬核传教士，把基督教和几种欧洲疾病传了过来，给当地的居民造成了巨大的困扰。他们的行为到现在还残留着后遗症，表现形式为英式发音的名字、错乱的教堂参礼时间及相应的虔诚、闪烁的眼神和压抑的情感。

阿汶和我懒散地坐在露台上无所事事。我们被热浪和长途飞行击垮了。睡一会儿是个好主意，但感觉不可能。我感到一种无以复加的疲劳。当时我们还不知道，但这种感觉将占据整个探险之旅。这其实算是剧透了，就算铺垫吧。但我们当时并不知道。

嗯嗯啊啊一阵之后，我们很不情愿地出了门，大星期天买了一串硕大的香蕉。我们一人一边扛着回家，同时还要时刻留意那些椰子树，蜿蜒蛇行来躲避被掉下来的椰子砸到的潜在危险。感觉有点儿像闯进了一场乱枪混战，这是在玩命啊！由于我们手无寸铁，是没办法杀出一条血路来的。我们几乎毫无招架之力，只能像两个可怜的游客一样，走在路上给椰子和本地人当笑柄，因为正赶上他们骑着小电驴上教堂做礼拜。

我们回来的时候，鲁尔正端着罐装啤酒坐在露台上。他看上去很累，正寻思着是要打死那只苍蝇还是干脆随它去。马丁也出来了，睡了几个小时之后还眯缝着眼。他做了个有点儿闹心的梦，他说。他觉得这是他雪滑得太少、良心不安造成的。他喜欢滑雪，但总觉得自己滑得不够。关于滑雪，在挪威来自周围的压力总是相当惊人——雪滑少了，出门都抬不起头。而在这温暖无雪的热带，潜意识开始着手处理这些情感。梦里马丁发现自己置身于法伦的"杀手坡"谷底，正在参加年度瑞典滑雪节的三英里赛。雪道很湿，各种不爽，尽管使尽全力，他还是动弹不得，总是有人超过他。当他终于到达坡顶的时候，整个越野滑雪精英队都在以最残忍的方式嘲笑他。他们说要杀了他。戴利、米吕莱、阿尔斯加德、普罗库罗罗夫（小普罗）、瓦尔布萨，还有许多其他人，速度太快，马丁没认出来，他们都想杀了他。马丁转身想再滑下坡，但"杀手坡"也跟着转了个身变成了上坡。越野滑雪精英队靠了过来，米吕莱喊道："看我们不弄死你！"然后马丁就醒了。他非常失望，他说。他从没想过越野滑雪精英队会是这副德行。这些坚毅出色的运动员不过是群头脑简单的杀人犯，简直是错得离谱。特别是米吕莱让他很失望，因为他看上去总是那么善良。这下露馅了吧，顶级体育不过是烂药一帖。

过不多久，马丁突然想起斯塔雷·西韦特森也在杀人团伙之列。军师西韦特森，聪明的斯塔雷，好好先生。一切让人难以置信。

马丁坐在那儿静静地摇着头。他还没开口问，我就给他递上了蚊香油，他还我一个充满温情和谢意的眼神：居然还有人关心他。

三心二意地睡了几天觉，喝了几天啤酒之后，我们终于开始振作一点儿，可以思考探险如何进展了。那个了不起的马格纳，就是搞定租岛合同的挪威人出差了，但他给我们留了言，告诉我们该找谁。

港口空旷的办公室里坐着个叫塔皮的家伙，他手上有不少想牵就能牵的线。他接待了我们所有人，并在短短的会谈中成功地把我们吓尿。我们试图隐藏各自对等待着我们的未知所怀的怯意，但塔皮嗖嗖就把我们挨个击穿。骗本地人是不可能的，我们的问题基本上仅限于我们应该当心什么，这个危不危险，那个危不危险。他表示大部分情况确实伴随着危险。他告诉我们马努埃当然不只是一座荒岛，它拥有世界上最完整的珊瑚和潟湖环境。有人建议把马努埃岛上的潟湖设为海洋国家公园。这就意味着大多数会爬会走的海洋生物在那儿都能找到。

我做了会议笔记，之后对着《生存之书》又核对了一遍。总而言之，最后得到一张很丰满、很让人郁闷的注意事项表。首先是太阳。这儿的太阳就是魔鬼。不做防护措施在太阳下晒5分钟，人就会躺在那儿幻觉爆棚（塔皮的原话）。然后是石头鱼："当有人踩上它们时，毒液就会通过背脊上的刺注射入人的体内。非常疼痛，并且可能致命。"然后是鳐鱼，大鸟一般的鱼，翼展长达数米："尾部毒刺能造成严重甚至致命的创伤。"海鳝，跟人腿一样粗的鳗鱼，尖牙骇人："海鳝可能出现在浅海。它们会以乱咬来顽固地保护自己的洞穴。"海蛇："它们不主动进攻，鲜有咬伤事件，但它们的毒液是所有蛇毒中最毒的一种。在水里的话离它们远一点儿。如果在岸上遇到的话可以用带钩子的棍子捕捉，很好吃。"蛤蜊："砗磲蛤、大砗磲潜伏在热带珊瑚礁中，可能大到关闭时足以夹住人的一条胳膊或一条腿。"鲨鱼，当然有鲨鱼："如果附近有鲨鱼，尽量不要让尿液和排泄物进入水中，因为这样会引起鲨鱼的兴趣……将头埋在水下并尖叫，人多时，这是最佳选择，哪怕是一个人，受到攻击时也可以这么做。如果有刀，举起备用，将其插入鲨鱼的鼻子，或瞄准腮和眼睛。"除了这些还要小心珊瑚，它们留下的伤永远不会愈合，其中还有一些是有毒的。椰子砸头（之前已经提到），椰子蟹（有一对惊人巨钳，奇怪的是它总是爬在椰子树上把新鲜的椰子剪下来吃），水中阴险的湍流，昆虫（蚊子、沙蝇），会咬人的蜈蚣，飓风，脱水，还有乡愁——这是我们自己发现的。

阿汶读到过严重思乡会出现的症状，就是牢骚病：患者开始对他乡大放厥词，比如，该死的巴黎。这就是得病了。

每个行业都有自己成文的或不成文的注意事项，但我觉得我们这张表绝对属于长的，实际操作起来可能更长。其实宁可不要这张表。恐惧在我们体内蔓延。鲁尔是唯一一个不露声色的，他是条硬汉。其余好几个人（我就不点名了）都说要放弃探险计划，但我很坚定，并策略性地给奥斯陆一家花店打了电话，为挪威空中救援中心送了一束特别华丽的花，这样他们就会比较积极，万一我们出了事，他们会提供一些额外的服务。

塔皮的货船是整个地区唯一一艘能带我们去马努埃岛的船，我们还要等上几天。我们之间陷入一种近乎冷漠的情绪。我们坐在露台上喝啤酒，看大雨以惊人的量瓢泼而下。我们开始认识到，一切热带的东西都那么夸张。雨、炎热、绿色、昆虫和公鸡的数量、夜晚的黑暗。我之前从没见过如此浓郁的黑暗。

小伙们拿一只蟑螂取乐。他们来回撵它，直到阿汶当机立断用埃格尔崭新的拖鞋把它拍扁。埃格尔不乐意了，说阿汶应该用别人的旧拖鞋。

小冲突不断。日子就这样一天天过去。

我大部分时间都坐着雕刻香蕉，做小装饰物。反正香蕉也硬得没法吃。我在露台上展示这些装饰品并给它们拍照。

埃格尔和云浮已经较上了劲儿，用以前的运动项目和成绩互相抛来抛去，直到有人举手认输。另外他们还争辩着突尼斯到底叫突尼斯还是突尼西亚。云浮最有力的论据是现在几乎已经没有哪个国家还用"亚"结尾了，它过时了。埃格尔迅速抓住把柄立刻举出澳大利亚、保加利亚、玻利维亚等二三十个国家来反击云浮一拍脑袋得出的结论。他们争论了一整天，论据越来越伤人，最后我不得介入，在我随电脑带着的一张百科全书光盘里搜索一番，争论到此为止，埃格尔是对的[1]。突尼西亚就是突尼西亚。云浮知道自己输了，决定一人度过余日。

金坐着做孤岛生活的思想准备。在他那温柔的艺术家头脑里，好像所有的危险都既可怕又刺激。他看到了辩证法。金主张我们一定要让马努埃岛上的动物们拜倒在我们脚下，让它

1　挪威语中突尼斯为突尼西亚。

们知道谁说了算。比如，我们一到岛上就每一个物种杀掉一个代表，这样其他同类在动我们之前都会三思而后行。好主意，金，我们其他人说。并希望他赶快想出更好的主意来，省得我们逼问他这种逻辑背后到底藏着什么样的意识形态。

埃格尔半夜起床晃悠。他用他的镁光手电照我，说他醒过来是因为听到了尖叫和音乐节奏。可能是某种当地的仪式，他说。我们遇到的波利尼西亚人好像都不怎么正常，根本搞不懂他们。他们半夜干什么估计已经超出了我们的认知范围。

金被一只大马蜂蜇了，下臂几秒钟之内就严重肿胀起来。在之后的激战中重伤身亡的马蜂曝尸于卡弗瑞先生面前，他坚称这只与金给他看的《生存之书》上的那只不一样："蜇伤感觉就像被烙铁烫了一样，同时多次被蜇可能致命。"但这是另一种马蜂，硕大、凶狠但不致命。这一蜇之后，金警觉起来，在角落里逡巡。

无所事事多日之后，游泳的欲望蠢动起来。雨停了，卡弗瑞借给我们一些自行车。我们骑车经过机场来到不远处的海边。要是我一路只往右看，风景越来越像西兰岛，要是我不那么在细节上较真，这里很像霍恩贝克海滩。再过去一点儿就是哥本哈根了。那样的话，我想来个整套的丹麦热狗。

我们游泳，自得其乐。海水出奇地温暖，据鲁尔估计有30摄氏度，他怎么估计，我们就怎么相信。就是这样，开始出现了一些规律，放之各种情况皆准。我摸到一块珊瑚，手开始流血。游了一刻钟，我的背脊就晒伤了。我们必须戴潜水手套、穿游泳T恤和泳鞋。一开始我很反对带那么多装备，但后来只能妥协。这些完全是必需的。我在脑子里起草了一个购物计划，并在我们之间分配任务，也只是在脑子里。一个优秀的探险队队长就是这么工作的，组织安排、修订计划、解决问题。没什么好多说的，干就行了。骑车回家的时候，雨又回来了，像雨停时一样突然，比之前更猛烈。通常如此，我看过一些文学作品，风暴归来时往往如停息时一样突然，并且鲜有弱势，迅而猛。文学作品中的天气描写往往如此。如果天气由风暴转晴，总是戛然而止，不会持续几个小时或几天。我以前总觉得这有些假，有些牵强。我以为天气是在为情节做铺垫，但现在我看出来了，是情节在给天气做铺垫。

雨大得砸在身上生疼。没有雨衣的话，我们可能都死了。雪上加霜的是马丁的自行车还坏了——链条卡住了，解不开。我们离家还很远，马丁只能推着车朝家走，而我们则骑车回家，求卡弗瑞用皮卡来接他。卡弗瑞很不情愿地答应了。小戏剧性和不怎么戏剧性的事件，组成了生活。

我们再次几近无所事事地坐到了阳台上。小伙们很不耐烦，我担心在我们出发之前道德就要沦丧。雨不停地下。我们想出门大展宏图，让挪威登上地图。我们不是来这里喝啤酒、下旅行象棋的。我们被整个拉罗汤加的气氛感染了。这里节奏非常慢，没什么可着急的。当地居民看起来只是在及时行乐，别无他求。我们并不觉得社会基础设施按部就班地完全正常运作。在这种习气渗入骨子里之前我们必须脱身。就像金常说的那样：这儿连个孩子都造不出来。[1]金喜欢说瑞典语，我也不知道为什么，但他说出口就很彪悍，就好像瑞典人比我们彪悍似的。

我和塔皮在码头上聊了一会儿。他满口说船已经在路上了。它在群岛的北部遇到一些天气问题，所以延误了。时刻表在地球的这一片不适用，他说。在这儿如果要遵守时间表就要和强大的力量作对。另外，他说，他想知道需不需要派一两个轻车熟路的人跟着我们。我觉得没有这个必要。我其实是根本不想。

---

1 瑞典谚语，意为做事没有成效。

塔皮点点头，但我觉得他最后一句话有弦外之音。我很后悔上次见面时提了那么多愚蠢的问题，他估计是把我们看穿了，他肯定看出来我们菜得很。这让我很烦。七个挪威科学作家，听上去不错，可这下我们要露馅了。我觉得露得有点儿早。

我们把东西都买了，还挺面面俱到的：储水器、浮潜设备、开山刀和斧子；杯盘碗盏、刀叉，大量的米、豆、面粉、香料，以及其他可以帮助鲁尔养活我们的配料；五管名为"百多邦"的抗生素软膏，划伤割伤之后这是生存下去的关键；防晒霜和可以防止干裂的芦荟；烧饭点灯用的煤油，还有手电用的电池，以及一堆别的小东西。除此之外，我们当然还买了一堆休闲娱乐用的设备——飞盘、法式滚球、排球、回旋飞镖、纸牌、象棋、骰子，诸如此类，都该带。

船靠岸了，我们等着。塔皮微笑着朝我走来，说我应该跟两个同样面带微笑、皮肤棕色的同行的家伙打个招呼。大家都面带微笑。两人叫米一和图安。他们会跟着我们，塔皮说。我说我以为我们说好了的，我们想自力更生。塔皮说我们完全没有说好，米一和图安得跟着，就这么定了。没有他们，休想上路。海上可不是闹着玩的，什么事都可能发生。在没人看着的情况下送七个挪威科学作家到荒岛上去，这个责任他可担不起。这简直是灾难，不管是对探险队还是对我这个队长的形象而言。有人看着我们，有人像看孩子那样看着我们。这就非常非常尴尬了。光是没人监督、我们没法守规矩这个念头就已经把我设想的前景粉碎殆尽。我们会很不自在，不得不装模作样。一切全毁了。

米一和图安将代表艾图塔基的居民——他们是马努埃岛的岛主。他们有在潟湖钓鱼的权利并享有对其他可能存在的自然资源征税的权利。我站了几秒钟，考虑要不要取消整个行程，但下一刻我们已经被赶上了步桥，巨大的柴油发动机也发动起来。为时已晚，羞辱感爆棚，我感觉被降级并扒光了衣裳，再也不能领导我自己的探险队。挪威国王会怎么说？他肯定没想到事情会变成这样。而我们中的有些人还挺逆来顺受的。这样可能并不赖。出于安全考虑，怎么说也算是有好处的。但埃格尔很怀疑，他担心附近有土著人会阻碍我们的进展。他不喜欢我们研究或娱乐的时候有陌生人在一旁看着。说不定我们甚至不得不穿上游泳裤游泳，他说。不然的话，除非我们打破一切文化差异让米一和图安了解我们，同时我们也了解他们，学会接受对方的不同，但听上去像是件重任，好麻烦。

冷静下来之后，我把其他人都召集起来做了个即兴的时况汇报。汇报得还不错。我说我们必须尝试积极地面对当前的情况。这是一个我们无法预见也无法控制的意外，超出了我们掌控能力的范围。但也完全没有必要怨天尤人，我说。我自己从来不主张刻意把负面的说成正面的，但我的小演讲还有那么点儿说服力，有帮助，我们找回了某种乐观情绪，至少在表面上是这样。我们互帮互助。这就是我们在游泳场和在我家团建的结果。我们是出色的团队。

　　气消了以后，我四处检查所有的设备是否安全就位。我试着回避米一和图安的目光，他们已经开始监视我们的行动了。塔皮的兄弟焊了一些鱼叉。我假装检查他活儿干得利不利落。一艘船的甲板上绑着大约 12 英尺长的铝船，鱼叉和水箱一起躺在铝船里，铝船上有外挂发动机。我们想使用这艘船穿过珊瑚礁上岛。

　　我跟船长也交上了朋友。说来奇怪，他告诉我这艘船是挪威的。它是马格纳和塔皮从特隆赫姆峡湾最外沿的岛上弄来的，比如希特拉岛或弗尔岛。它在那儿退休了，但在这儿重获新生。世界就是这样，工业国家用不着的东西，卖给更穷的国家，因为那里的安全规范更松懈。这是一艘货船，25 ~ 30 米长。我们分到了最靠后的位置，在室外，有六个铺位，我们可以躺着欣赏海景，自得其乐。拉罗汤加离我们越来越远，好像还挺浪漫的，到目前为止。

几小时以后，这份浪漫就成过眼云烟了。如果需要我们[1]，我心想。金长着艺术家脆弱敏感的神经，他躺在地上，在混合着自己呕吐物的油污和香蕉皮里翻滚。他已经晕得找不着北了。船左右激烈地摇晃。每次翻滚，甲板上都会泼上几吨海水，水在甲板上转上一圈再流出去。我们在海洋深处。我很害怕，我自己也吐了，但比金的样子要文明得多。鲁尔在风浪中纹丝不动。我很好奇什么可以破鲁尔的功。阿汶、埃格尔、云浮和马丁躺在各自的铺位上，脸色都挺惨白的，根本干不了什么正经事，我们只好躺着等风浪过去。船长突发奇想，通知我们去马努埃岛之前要到另一座岛玩一玩。世界的这部分奇想还挺多的。整个地区多多少少就像一个华德福学院，他们有自己的教程，觉得教程太优秀的时候还改。已经疯狂到这种地步，我们还要去野营。

这就意味着要在船上多待一天。这是很久以来最坏的消息。餐厅里为我们提供了意大利面和腌牛肉。

---

1 挪威国歌歌词：如果需要我们，为了祖国的和平也会上战场。

175

我们在阿蒂乌岛休息片刻。岛上有人，有邮局，茂密的植物丛中还有小路。罗杰——新西兰来的变身怪医，看上去天不怕地不怕，他在码头接我们，带我们来到一栋平房。我们开了几箱啤酒，摆出若无其事的样子。过了几个小时，金才开口。他已经跟死神对过眼了，一点儿都不开玩笑。此种感觉一言难尽，任何语言都是空洞虚伪的。阿汶和我借了两辆电动车环岛转了一圈，还游了泳，我又被珊瑚划伤了。

罗杰给我们更多的啤酒，把气氛搞得很舒坦，然后他一下子露出真面目，说起大实话来像个恶魔。他让我们做好最坏的打算。比如，他听说有人从马努埃岛上通过无线电求救。那人快疯了，沙蝇快把他逼疯了，他恳请人去岛上救救他。沙蝇很恶毒。它们很小，肉眼几乎看不见，蚊帐什么的都拦不住。它们会把你吃光。还有一件事：如果飓风来了，就是那种百年不遇的飓风很可能发生，现在正好是季节，我们一点儿存活机会都没有。巨浪绝对会卷走岛上的一切。不久前，不远处某座岛上就发生过类似的事。人死如飞蝇。马努埃岛海拔特别低，也就高过海平面两三米。另外罗杰还再次确认了我们之前得知的那些危险。他很高兴自己不是我们这一伙儿的，他说。我希望挪威空中救援中心已经收到了鲜花，并且一位好心的秘书把花放在了显著的位置。

我把罗杰拉到一边，透露了一下我那关于从南美洲冰雪迁徙的理论。现在我需要一些支持、一些正能量，但他只是看看我，然后摇摇头。

罗杰是阿蒂乌岛的国王。他叫天天应，叫地地灵。这里发生的大多数事情都在他的股掌之间。我们去杂货店的时候听到有人问："罗杰今天干什么去了？"另一个回答："他伐木去了。"到处都是罗杰。他的名字是敲门砖。马丁和我拜访了一下岛上的医生，想再开点儿抗生素（我们越来越紧张）。我们提到罗杰，医生免费给了我们好几盒药片。我们的英勇事迹已经传遍了。他们就是要去马努埃岛的人。上帝保佑他们吧。

第二天船继续开。现在风浪小了许多，但金还是面如纸色，一言不发。落日的时候，我们到达马努埃岛。黑夜降临之前，我们只赶上看到一小块沙滩和几棵棕榈树。船长在珊瑚礁外抛了锚，说我们得做好准备，天一亮就下船。

我一夜没怎么合眼。从我躺的地方可以看到北斗七星，上下颠倒着，明确地告诉我们家在万里之外。我一直在想这下天该亮了吧，谁用得着这片黑暗？我时不时到甲板上转一圈，吃一块船长的饼干，抽一根烟。埃格尔站在那儿注视着黑暗，他以为风暴正在形成。我觉得他错了。破解自然精微信号这事我是信不过埃格尔的。其他领域我信得过他，但这事他不行。最后又发展成了是或不是的争辩，我觉得我赢了，胜利的快感传遍全身。

后来我躺在铺位上为我发起的这一切紧张起来。一直到目前为止，我的项目都只是我个人的事，它们等同于或是小于我的自我。但这次探险大于我的自我。我发起了一件大于自我的事。我设想的组织的活动牵涉到许多其他人。就因为我想有所建树，有了这个迁徙的想法，大动干戈，搞得每个人都很紧张。我感觉自己并不喜欢这样，不知道我是不是足够成熟，可以胜任这个任务。如果突然出现什么大人物想知道这一切由谁负责，我肯定撒腿就跑。先否认，然后跑。

祝福那些没有想出什么迁徙理论的人。

在铺位上干躺了好几个小时之后，我终于有了那么点儿睡意。我梦见自己和辣妹里的杰瑞上床了。醒着的时候，我认为她是辣妹中最俗气、最乏味的一个，但潜意识却唱起了反调，我控制不了它，它说了算。

天蒙蒙亮的时候，我站在船舷看着马努埃岛映入眼帘。真是奇观：珊瑚礁在岛的两侧延伸，珊瑚礁向内 200 米左右是由一片宽广的沙滩和背后的棕榈树林组成的岛屿，实际上是两座岛，像两瓣月牙相对而卧。我在船长的地图上看到过。它们之间就是潟湖——清澈见底、绵延几千米宽的潟湖。这下总算有了些成就感。实际上这是第一次，也该是时候了。马丁醒了，站到我身边，嘴角挂着一丝神秘的微笑。在我们面前的是南方海岛的标准像，是我们集体无意识的一部分。神秘的微笑是唯一合理的反应。我把我的梦告诉了马丁。他甚至参加过辣妹的巡演，五个女孩他都非常喜欢。

　　快艇载满装备下水。米一和图安站在那儿数海浪，跟小说《巴比龙》以及同名电影里的场景一模一样。珊瑚礁中间有一条狭窄的斜行通道。必须正好对准，不然就别想开船了。珊瑚礁大约有30米宽，不可能在上面行船。通道是唯一的入口。米一说每十一个浪头就有一个足够高，可以带我们穿过通道。金和我首先下船。船长和船员们祝我们好运。直到现在我才意识到真正的险况已经出现。这片珊瑚礁上有人送过命，船长说。
　　我们漂在珊瑚礁边缘数浪。米一突然开足马力，我们乘着一个大浪冲了进去。一声巨响，我们撞上了珊瑚礁。我们离通道差了几米。大家都跳下来把船往通道推，同时大浪一直在威胁着要把我们连人带船掀翻。大家使出全力推，终于把船推到了正确的位置上。我们朝内岛进发，一下子就轻松了许多。我们已经进入潟湖。水是绿色的，很平静。我们把船夹在中间涉水而行。水到我们的腰间，后来降到大腿，最后只到膝盖。我第一个登上陆地，站到沙滩上，很激动。金紧随其后。我们拥抱了一下。双脚终于踩上陆地，金喜不自胜。我也高兴，但没那么夸张。

三十二堆篝火

第一天

    金和我迎接其他人蹚着水登陆。所有人都毫发无伤地上了岸。我们以男生的方式互相推搡着，骂骂咧咧，因为我们找不到词语来形容此刻的美好。然后我们扛着设备来到树林边，或者说是<u>丛林边</u>。阿汉是这么叫的，暂定就这么叫，可以在里面躲太阳，或者避雨，如果下雨的话。我们把快艇远远地拽上岸，再把它牢牢地拴在一棵棕榈树上。货船鸣笛两声作为告别，然后就慢慢消失了。现在只剩下我们了。我们为眼前的景色着了迷。这座岛，美极了，沙滩大约有 20 米宽，沙子夹杂着珊瑚碎片，朝不断在蓝色和绿色之间变换的潟湖倾斜着，湖面和湖底散布着珊瑚群。离沙滩几百米处就是珊瑚礁。我们可以看见海浪拍打着珊瑚礁的边缘高高地跃入天际。传到我们耳

181

际微弱的潺潺水声就像远处挂着瀑布一样。我们背后就是树林，或者说是丛林。我也不知道到底要怎样才能算作丛林，反正就是有很多树——椰子树和其他树种。地上躺着一大堆椰子，有些还抽了芽，运气好的话会长成新的椰子树。遍地都是棕色的棕榈叶。不久之前，这儿肯定遭遇过风暴。

米一和图安——我们的棕色朋友，在几棵树之间支起了一块苫布，然后在下面搭了个小帐篷。他们邀请我们把帐篷搭在他们旁边，但想到我们要紧挨着他们就有些不安，我们转了一小圈，看看有没有更好的地方。我们一边闲聊着观察落潮，一边沿着沙滩朝东走。潟湖里挤满了鱼。我们看到有些鱼紧贴着岸边。大群绿松色闪闪发光的鱼可能会自相捕食。我懂什么，有机会我们也想吃。水边的珊瑚上有什么东西一直在爬来爬去。螃蟹还是龙虾什么的，我们经过的时候就躲起来。它们不喜欢我们这些人类，我是这么觉得的。要是我们是螃蟹的话，它们会很高兴。最后沙滩打了个弯，变窄了。石子消失了，沙变得更细。我们到了正对着另一座岛的一边。这边很宁静。珊瑚礁那边的潺潺水声消失了。这里也没有风，热浪滚滚，我们几欲晕倒。沙地里，我们看到许多大洞，估计是那些椰子蟹挖的。我们讨论了一下在这里安营的可能性，虽然不是全部，但也是大多数人反对。这样的话我们必须扛着装备走好几千米，感觉会很麻烦，而且离椰子蟹那么近，几乎是直接在它们头顶安营也不是那么带劲儿的事。椰子蟹怎么说也是一种我们完全不了解的生物。天知道经过多年的进化和变异，它们偷偷练就了什么样的恐怖特质。我猜想肯定老奸巨猾。最好不要碰运气，让它们自得其乐去，别掺和。

回程路上，我们看到了第一条鲣鱼。两条，它们肩并肩在沙滩边游着，黑背脊、白肚皮。场景不无霸气。我们指指点点，赞叹不已。阿汶想往它们身上扔石头，但我，作为大哥和队长，阻止了他。得饶人处且饶人。这是一条我希望弟弟可以传承的训诫。我脱下拖鞋，蹚进潟湖。水热得令人难以置信，应该是凉不下来的。

毋庸置疑，我们身处一座太平洋岛屿。

我们在马努埃岛上。

帐篷支了起来。大帐篷，很现代，透气的萨米设计，紧挨着米一和图安的帐篷。水到渠成，好像很周全的样子。就是这儿，朝森林深处 200 米的地方，有水。我们得靠近水源。

水是雨水，来自一口井，井由一个破旧老屋中的屋顶排水沟系统灌满。这座老屋曾经是椰子核工厂。我们得知一个丹麦大个子几十年前租用过这座岛。他和他的手下晒干椰子核，就是椰子中白色的营养丰富的核心部分，然后用它们榨油。当美国人以一种很不友好的方式骗大家都去买玉米油之后需求就消失了。于是马努埃岛上的椰子核生意就走到了头，但房子还在。那时候少说也住过 10 ~ 15 人。他们还建了网球场，现在快要被植被吞没了。现在使用这座房子的是艾图塔基岛上的渔民，时不时过来转一圈住上几周。如果我们信得过房子里一面墙上的记录，他们已经四五年没有来了。我们是四五年来涉足的第一批人类。当然如果我们是有史以来第一批人类的话会更有说服力、更牛掰，或者起码是现代文明以来，但事实并非如此。有人在我们之前来过这里，但应该没有科学作家来过。噢，等着我们的任务艰巨。这一切都需要做成图表加以理解。记录、分析、假设，得花时间。但首先我们得建造。终于要建造了，我们在房子里找了几条长凳、一张桌子和几块木板，把它们扛回营地。我们在营地里敲出一块厨房操作台和一些架子，做了一个惬意的小厨房，并造了一个巧妙的饮水系统。我们安静专注地工作。任务几乎是自动分配的，我没有看到任何逃避责任的迹象。云浮确实大声唠叨个没完，说格温妮丝·帕特洛怎么在荒岛上造小木屋的，但我们都没在意。她一个弱不禁风的电影明星，懂什么自然和生存？估计一窍不通。我很难想象她跟我们是同一块材料。

几小时之内，我们就建成了一座小小的设施。我们很满意。够用了。建造可以比作双手空空地在沙漠里行走许多天后突然喝到了水；关键是放松，在谨慎地满口喝之前先湿润一下舌头和喉咙，不然的话身体会有不良反应。我们在电影里一次又一次地见过。同样道理，很少或从来没有建造经验的人，一上手不能太夸张。关键是谨慎开始。

我让小伙们解散。今天剩下的时间，他们可以自由安排，研究工作就等明天吧。

我们用不同的方式利用了一下突如其来的自由时间。阿汶和马丁支起了各自的摇床躺了进去。阿汶一开始看上去像是下决心看书的样子，但后来放弃了，呼呼大睡起来。云浮和埃格尔游了个泳。他们戴着太阳帽，穿着特殊的游泳T恤，躺在岸边互相扔着海参。鲁尔扎了个飞蝇鱼钓，而金则坐在海滩边的一块石头上画起画来。我自己想给其他人留下一个工作和休闲之间对我来说毫无差别的印象。我希望这种态度可以传染给其他人。所以我找出了那个显微镜，是我10岁的时候在一个儿童读书俱乐部的招募会上得到的，我一直保存到现在。我把它装起来，调整镜面让它反射阳光，开始研究一片叶子的结构。叶子是从一棵我不知道名字的树上摘来的，但我知道这很可能是一棵重要的人文植物，是南美人漂洋过海的时候夹在包里带来的。树叶结构中没有任何线索来推翻它来自南美洲这一假设。反正我是看不出来。太平洋迁徙大拼图上的一小片就这么安静地就位了。

米一和图安去潟湖用一张大网捕鱼，总要有人做这些更琐碎的事，说不定哪天就该我们捕鱼了。总得轮着干，反正理想状态下是这样。看起来他们比我们更熟悉原始行业。那样的话，可能打鱼对他们来说是天经地义的事。我也不知道。他们捧着满膀子的鹦哥鱼蹚水回来的时候，就该鲁尔和我接手了。鲁尔以稳健的大厨身手切起鱼来，我也尽力而为。研究人员做起日常家务来多少有些笨拙，这个地球人都知道。这人可能有些不切实际，我想象米一和图安用他们奇怪的语言这么说我，但这智慧怎么不去上天下海？

晚上，我们在天穹下吃了一顿无与伦比的晚饭。谢谢你，天父，赐予我们即将入口的食物。保佑食物，保佑我们，皆以耶稣之名。阿门。

祈祷的是米一。我们其他人用怪异的眼神看着米一和图安在简短祷告的几秒钟内交叉双手紧闭双目。我们没法这么严肃地投入，尽力而为吧，但不是很成功。这当然是件很严肃的事。米一和图安相信上帝，我们必须尊重他们。每一天我们都更了解自己和他人。

晚饭后，我们捡来棕榈树的落叶，堆了一大堆。我带了一块叫老虎蒂姆火棒的引火物，一大块可以掰成三十二小块，是一种固体煤油，便于在风雨中点燃篝火。我们可以点三十二堆老虎蒂姆篝火。这是第一堆。

我把这些篝火与期望联系在一起。我把它们当作集结点、某种上课时间，我们可以用来总结当天的研究活动，讨论相关主题，提出意见和建议，毫无伪装，直击肺腑。我把这些都藏在心里。如果说出口可能会事与愿违，小伙们会变得很拘谨，觉得自己必须语出惊人。我宁可顺其自然。

第一堆篝火

"想想再回电影院会怎样？"金说，"我是说，在这里待上几个礼拜，眼前只有大海和阳光，并不是我对在这里的日子没有畅想，我很喜欢，也相信会很好，只是突然想到，去看场电影该有多棒。买张票进场看一部我或许都没怎么听说过的电影，并让它给我惊喜，震撼我。我很期待并向往。"

我们其他人思考着金说的话，沉默着。几枚烟蒂抛向篝火。我开始担心没有人接过话茬儿，金就只好一个人坐在那儿空想。但埃格尔开口了，他说他对《古墓丽影》也是同样的感觉。劳拉·克劳馥躺在家中的光驱里等着他。她都不知道他在等待。这就是她好的地方。但无论如何他回去的时候，她都会做好准备，准备奔跑穿过陌生的风景，射伤动物，在无底的深潭中游泳，就为了捡个道具。这个游戏太好玩了。想到这里，埃格尔不得不摇摇头。他从劳拉那儿学来的经验已经在这次旅行中派上了用场，他说。他经常停下来自问：劳拉在这种情况下会怎么做？她有超强的执行力，还很敏锐。条件好，她常做那些正确的决定。我们大家都应该向她学习。最好的地方就是：游戏进行到哪里都能存盘。从悬崖上掉下来的中途想存盘，就存一个。最明智的当然是在安全的时候存盘，当你刚刚完成什么艰巨任务的时候，还可以喘口气的时候，或许是站在某个顶峰可以俯瞰全景的时候。

马丁接过话茬儿。"我经常想，电脑游戏可以存盘是最让人羡慕的，"他说，"就是存盘赢了游戏，缩短了生命。"有多少次马丁不是站在斯杜海崖 ¹ 上瞭望着特隆赫姆峡湾，心想要是能存个盘该多好……那样就完美了，比如刚刚遇到一个可

---

1 马卡森林中最高的山。

爱的女孩时。你刚刚遇到她，或许是一两周前在学生社团的时候。你们还没开始吵架。你带她回了两三次家，她在你家吃了早饭，你们一起去看过电影，或者看了一部不怎么样的话剧，你俩都同意它不怎么样。提到过你要去见见她的父母，她也要见你的父母，但也不想操之过急。你们一天到晚小亲亲，生活轻松又美好。就在这个时候按一下存盘，把这一段都存了。取个名字放进一个文件夹，这样你知道还能找回来。因为你知道早晚会出问题。或许不是今天就是明天，反正是早晚的事。问题是注定要出现的。就跟我们会死一样板上钉钉。问题也可能是好事，没错。但有时候问题会难以逾越。相互误解，一切都变得糟糕起来。因为我们不知道会发生什么事。就是这样，我们不知道。所以每一次我们也都不知道该用什么方式解决最巧妙。我们甚至都不知道我们到底有什么感觉。通常我们只有等事情过后才能看清这样或那样做是有病。我们会想，就是错在那儿。知道但是于事无补是一件非常痛苦的事，因为那一刻已经过去，已经不存在了。你有机会做出些改变，但是你没有抓住，因为你当时并不知道会有什么样的后果。

　　要是能回到最后一次存盘的地方，回到问题发生之前，回到你毫无顾忌地眺望着特隆赫姆峡湾的那一刻，几乎可以一眼望到大海，然后你卷起巧克力包装纸塞进口袋，穿上滑雪板沿着美妙的新雪坡向下滑，滑向电车、城市和女孩们，还有问题们。想想，这样的话就太绝妙了。人生就会完全不同。我们可以回到过去，带着对所犯错误的认知。换句话说，我们又回到了原地，有着同样的机会，但是更明智。我们不需要无限存盘的可能。但我们就这么说吧，如果一生中可以允许我们存三次盘的话，就够了。这样我们就可以随时暂停生活回到过去，重新再试一遍，但只要三次，完全不需要长生不老什么的。不用多，三次为止。这个我们必须讲清楚，不能作弊。这样生活就不会那么无情，但表面上还是会保留足够的无情元素来满足清教徒的需求。时间体验上可能会有些奇怪，但那又怎么样呢？反正时间本来就是一种负担。

马丁看看我们。"你们怎么说？"他问。

篝火即将熄灭。云浮伸出一条胳膊搂住了马丁的肩膀。

还能说什么呢？

这就是岛上的第一夜。

第二天

我醒来的时候，帐篷里只有阿汶和我，其他人都在半夜里搬出去了。他们肯定是觉得太热。他们三三两两地躺在沙滩各处，或是在厨房操作台上。埃格尔一晚上都在受蚊子和沙蝇的罪，他没怎么睡觉。最严重的时刻，他考虑过皈依基督教。他很绝望，并对上帝说："要是你现在马上让蚊子和沙蝇消失，我就立刻信你。"但这并没有发生。历史教训告诉我们这样考验上帝很可能招致不愉快的后果。埃格尔本应更聪明一点儿。昆虫对我并没有太大影响，其他人的汇报也只是有些零星的叮咬。这场讨论将阴魂不散。后来才知道，我将在整个驻留过程中否认沙蝇的存在。埃格尔则坚持认为我是错的。这里肯定有某种小昆虫，小得像黑蝇，但并不是隐形的。这就是矛盾的重点。埃格尔认为它们是隐形的，太小了肉眼看不见。换句话说，他认为我们的劲敌有三个：蚊子、黑蝇和沙蝇。我认为我们说的是两个：蚊子和黑蝇。对我来说，沙蝇和黑蝇是一样的。我们从来没能得出结论，但我们还在努力。结论一定要有。

云浮建议我们设立一个博彩的职位，我们可以轮流做。我们就把钱押在我们的心理健康上，他说。肯定迟早会有人发疯，这是预料之内的事。既然我们不知道什么时候会发生，不如就来一赌。我们可以来个什么当日双倍奖金什么的。赔率由每天大家的心理健康状况发展决定。比如，阿汶今天看上去就很稳定，坚如磐石，雷打不动，押他胜算就很低。如果今天有人把钱押在阿汶身上，就要冒输钱的风险。埃格尔恰恰相反，他受了一晚上的罪，所以如果押他的话赚的概率就会高很多。大家当然也可以调戏他，把他惹毛，这样到晚上他就会崩溃。博彩员可以免去其他任务，耳朵上夹支笔转着圈收钱就可以了，云浮建议。我一咬牙一跺脚，说不行。我们不能搞内部分裂。如果有人疯了，是他们自己的事，谁都不许靠这个赚钱。我得是多糟糕的队长才会允许这样的事情发生。云浮没好气地说这只是个建议。我说那就好，我收到你的建议并表示感谢，但我保留谢绝不良建议的权利。不管怎么说都是我说了算，云浮和我之间的气氛变得很尴尬，但我还是请他不要再动不动就提格温妮斯·帕特洛。最近几天里，他不停地提醒我们她是怎么造小木屋、怎么觅食、怎么做这做那、怎么想的，说实话我都听烦了。我不希望他把我们野心勃勃的探险跟帕特洛那几晚做作的露营做比较，那从头到尾就是《嘉人》预定的毫无危险和目标可言的作秀。

云浮说他猜想我的自尊心受到了伤害。他是对的，他猜测人心理不在话下。

现在我们面临的又是新的一天。任务需要分配。我们决定每天早上烤面包，大家轮流烤。接下来还需要汲水、洗碗并保证炊具时刻都能工作。我希望所有的任务都能自动完成，不需要列工作表。大多数人都想列表。既然我是队长，第一轮我赢了。我们试试看不列表，因为列表让我想起公共宿舍的日子。并不是我住宿舍的经历有多糟糕，但这是一场探险，我更希望把我们看作有责任心、遵守纪律的探险家。工作表是失败的信号，将破坏我们的自主和思考能力。鲁尔是第一个烤面包的，用面粉、水和油做一个个扁圆形面团放在炒锅里煎。面包会很好吃，因为我们有很多抹面包的东西——香蕉和巧克力酱，以及果酱。但就在我们吃第一顿早餐的时候，餐桌上已经蒙上了阴影。虽没人说出口，但大多数人看上去都在想抹面包的东西不够吃。好几次有人问巧克力酱还剩几盒，鲁尔都耐心回答了。我们每个人都留意到每种面包酱消耗了多少，再乘上我们在岛上估计要待的天数。这看上去不妙。我们试着想象没有巧克力酱的早晨，画面顿时失色，太凄惨了。我们非常不理智地开始想，反正我不能比别人少吃巧克力酱，于是面包酱比想象的消失得更快。这成了一个自证的预言。我在社会学课上学到过，但这是我第一次看着它在眼前发生了。另外还有野外课。野外课在门外等着呢。

　　早餐后，我把碗洗了，在太平洋里洗的。在这儿，我们什么都在太平洋里洗。我们就是那样的人。

阿汶和金挖茅坑。其实我也应该一起挖，但因为大拇指上有伤，我上不了。我都不知道是怎么受伤的，就是伤了。鲜红的口子，我不喜欢。阿汶问他能不能要半块老虎蒂姆引火块在茅坑下面点把火。《生存之书》上说茅坑底应该铺点儿草木灰。在分一块老虎蒂姆这件事上我有些犹豫。我本来的打算是给晚上的大篝火专用的。但做人要大方灵活，况且在茅坑里撒灰对我们都有好处。我让他拿了。晚上的篝火用半块老虎蒂姆点着肯定没问题。这样算的话还能多点一堆篝火。篝火是好东西。我选择把它们作为一团火来看待，其中一部分烧在了茅坑里。总而言之：不能算两堆完整的篝火，但肯定比一堆多。

茅坑挖好后，就该游泳了。下水后的前 3 分钟很震撼。实际上身体居然隐隐感到一丝清凉。温度稳定之后，我们在水下也流起了汗。

正当我开始认真考虑如何开展研究工作的时候，热浪汹涌来袭，我只好作罢。我就地躺下，躺在阴影里，脑子里除了热浪必须退之外什么想法都装不进。必须退。其他人分散在四周。他们也躺在地上。我们的一切活动都受到了阻碍。几个小时我都在想，要不要站起来去拿本书，但没能成行。就是太热了，真是天公不作美。

太阳快下山的时候，我们总算进入状态可以转转圈交流交流。埃格尔在潟湖里蹚出去 100 米，然后满意地回来了。一路都是绿的，他说，没有理由认为水会越来越深。据此推测南美人可以蹚水过来。科学研究就是这么进行的，埃格尔说。检验个 100 米，然后据此推测之后的 1 万米都是同一模式。

马丁说他注意到我们走路的时候步伐很小，他说这是炎热的原因。这是观察得到的结论。他把结论送给我们。我们拿这个结论想干吗就干吗，他说。

当我们发现我们需要打鱼才有晚饭吃的时候，为时已晚。天已经黑了，但幸运的是原先米一和图安捉来的鱼数目可观。这些家伙值得信任。

谢谢你，天父，赐予我们即将入口的食物。保佑食物，保佑我们，皆以耶稣之名。这次，小小的祷告一下感觉还情有可原。我们手指都没动一下就有鱼吃，是得表示一下谢意。

我对米一和图安解释，我们需要一点儿时间来适应这里的气候，只要几天时间，然后就开展研究工作。他们知道我在说什么。本来嘛，我们是从一个寒冷的国家来的，皮肤苍白。是的，他们说。他们说是……的，来特别强调我们不必尴尬。

第二堆篝火

篝火周围的气氛内敛而了无生机。小伙们肯定觉得他们不够卖力。这种感觉很狡猾，为了不让它泛滥，我明智地选择开口说说艾萨克那个藩侯，长着铁须的硬汉子，还有他的马。没有比这更有建设性的话题了，我心想。

这可是汉姆生最著名小说的主人公。书名叫《大地的成长》。我从最基础开始，为了保证所有人都能跟得上。汉姆生因为这部小说得了诺贝尔奖。它讲的是艾萨克在荒地深处白手起家的故事。他给两头山羊建了座草屋。他拓荒，开垦。英格尔走来，长着兔唇。镇上没人要她，所以她就来了。艾萨克躺下，晚上开始心生淫念，搞了她。第二天英格尔没走。她再也没有离开。他们成了一对儿，后来还有了孩子，建起了房子和农场，有了奶牛，后来还有了马，开垦了更多土地。英格尔怀着第三个孩子的时候，一个萨米人路过，叫奥斯 – 安德斯，他居然给英格尔看一只死野兔。没那么做事的，给一个怀孕的兔唇女人看野兔？听说过这种神经病吗？这帮萨米人……从来不知道他们会整出什么幺蛾子来。当然坏事了，英格尔生了个兔唇女儿。她把孩子杀了，因为她无法接受女儿像她那样在羞辱中长大。流言蜚语在镇上传开，于是英格尔要遭受惩罚，发配到特隆赫姆。她在那里待了6年，学了许多在荒原上无人知道的外界知识。她回来的时候带回一个小女孩，是她进监狱前怀上的。她叫丽奥波尔丁。艾萨克去镇上接她们。他给拖车搭了座位，这样英格尔和丽奥波尔丁就可以优雅地坐着。艾萨克几乎认不出英格尔来。她穿着那么得体，气质全变了，身材挺拔。她见了世面，兔唇也修复了。艾萨克害羞起来，不知道该说什么好。他可能有点儿担心荒原上的生活已经配不上英格尔了。他们走回家，彼此感觉有些陌生。后来丽奥波尔丁在车上睡着了，艾萨克用什么东西给她盖上，大概是他的外套，我记不清了。艾萨克和英格尔在石楠丛里坐下休息。天气很好，离农庄还很远。对了，农庄刚刷过漆，是那片土地上第一个刷过油漆的农庄。这是艾萨克的财产。他想给英格尔一个惊喜。当他们坐在石楠丛中的时候，忽然没了话头。艾萨克找不出话说，相反，他站起来跑去举马。他弯下腰钻到马肚子下用力一举，把马的前脚举离了地。干得这么有力气。噢，艾萨克可壮了，直接就把马举起来了。英格尔不知道他为什么要这么做，不好说。艾萨克也沉默不语。

但其实答案很简单。我想我知道他为什么要这么做。艾萨克不知道自己该说什么。面对英格尔的美丽与清新，他不安起来。他很想她。现在她在这儿了，难道他就一言不发、不知所措地宁可扮个窝囊废？他需要证明一下自己很能干。这本来就是我们人类的本性，我们希望自己被爱。哪怕不善言辞，但总能干点儿别的。举个马感觉像是很自然的退路，谁没有遇到过这样的情况？要是我现在有匹马就好了，我们想。艾萨克有匹马，他就把它举起来了。得允许他有这样的反应。这些反应不能抛之脑后。我们这儿大多数都是秉着良心拒服兵役的人，都学过些战争和平、调解争端之类的事，每个人都有自己的方式。艾萨克举马，这是值得尊敬的事。

我说完以后一片沉默。小小的讲座结束了，小伙们端坐在那儿寻思我说这番话的意图。他们不能干等我来点拨他们，他们得自己想明白。我自己坐在那儿觉得我的领导才能突飞猛进，我是个人生导师，总是面带微笑、助一臂之力的开导者，启发出每个人的极致，并把它逼出来，还让他们觉得是自发的。

又到了晚上。

埃格尔想睡在水里，他觉得水里蚊子少一点儿。我把他劝住了。

第三天

一大清早，我沿着海岸线踱着步，遇到了金。他坐在石头上捧着个椰子，拍拍它。他说这就像一个大解压蛋，疗效是一样的。我们出发前很忙，话说已经忙了好几年。一切过得太快，金已经忙瞎了，他觉得自己的脚还没落地。这感觉真奇怪。他工作太多，一个任务接一个任务，永无止境。这成了一种生活方式。急停之后，就像我们来到岛上之后，人就开始焦躁。这有点儿像复活节假期，一边念叨着组织小木屋度假游，一边买食物和酒，打包，出门还晚了。大包小包装上雪橇拉上山，已是满头大汗，骂骂咧咧。好不容易到了小木屋，天气又冷，木屋还埋在雪里。从雪堆里把木屋挖出来，然后钻进去，打开行李包，给壁炉生火，坐下想想：哎哟……怎么那么安静……是不是得快来个什么事？

原来金接了个商业艺术的活儿。不是我逼他说的，他自愿告诉我的。他显然需要直抒胸怀放下心理负担。我以前也见过。不小心掉进广告圈的艺术家，他们觉得自己很肮脏。他们觉得这是魔鬼的协议，但来钱快。"这是我接触过的最平庸的行业。"金说。广告人通常对创造力都有一个歪曲的认识，就好像想象力最佳的用途就是向选定的目标人群推销产品，也不管是不是必需品。所有的提案，哪怕是最平庸的提案，都有人起立鼓掌。所有不是他们自己想出来的，所有对他们来说新鲜的东西，对他们来说都是天才创举。他们特别容易满足。那些人，金说，每次听到"传播"这个词，性器官都会汩汩充血。也不管到底传播了什么，只要以所谓创新的方式传播，就算传播了。海绵体就这么充血胀大了。比如不久前奥斯陆的一家公司给金打电话，说他们有个大活儿，一个什么传播的活儿，不管什么意思吧，反正他们需要一些图。他们找金是因为听说他风格清新独特，又能干。金缺钱，觉得自己别无选择。他们请他飞到奥斯陆。公司当然非常现代，明亮大气，所有在那儿工作的人都在 20 岁到 35 岁，个个漂亮友好。甜美的年轻女孩蜂拥而至，不断问金是不是想要小点心。后来来了四五个 20 来岁的小伙子，带金去了公司里的一个绿色小休息室。在金的印象里，这些男孩只喜欢索尼 PS 游戏机，但他们还是一本正经地聊了三刻钟传播，好像是作为开场白。大家都知道这种开场白没有必要。这么做只是为了公司给客户几千几千地发账单做准备。哦，这有几个小时的工作量，之后他们会这么对客户说。这是不可避免的。我们开了几次会。话说我们还找到了个艺术家，请他从特隆赫姆飞过来，跟他详细介绍了公司的传播需求。我们是很认真的。然后他们很随意地问金画这些图要多少钱。积累了几年经验之后，金的脸皮已经厚了不少，于是他鼓起勇气说每幅画都要收一笔可观的费用。广告小伙们互相看了一眼，试图掩饰他们的窃喜。其中一个装腔作势地说没问题。金感觉他哪怕开两三倍的价钱他们也不会哼一声。小伙们大概是想金是个艺术家，他懂什么，他还以为开了个大价钱呢。我们就让他这么以为去吧。这些家伙生活在虚构的世界里。他们的价码比大多数人想象中任何有那么点儿自尊的人敢开的价都高。他们没有自知之明。他们认为自己做的事情非常重要。大概大多数年薪几十万的人都这么想。他们玩得转是因为有人用金钱让他们相信传播是少数几个真命之人才搞得懂的巫术。我们需要他们的帮助才能把我们想卖的东西卖起来。我们需要传播的帮助，花多少钱都值。

岛上解压蛋够多、够平静。只要平静下来就别无所求了。平静的人是市场部的梦魇。这样的人是无法近身的。他们什么都不需要。金想做这样的人，但平静下来需要时间。他只想坐下来看海，然后快乐地平静起来。前几周肯定会有些烦躁和无聊，但他估计自己会快乐起来，慢慢地，坚定地快乐起来。

金和我游了个泳，然后向营地踱去。太阳升起来了。阿汶烤了面包。巧克力酱还够吃。

吃完早饭，热浪再次把我们淹没，来势凶猛。太阳要人命。米一和图安有一块多余的苫布，我们借过来用我们最后一点儿力气在厨房操作台边支起来，然后我们就在底下一躺。我躺在那儿伤心起来，因为我们不得不借苫布。我们出发前讨论过是不是需要带一两块苫布，但觉得肯定用不上，况且也拿不下。现在所有人都意识到我们失策了。这是我们忌讳的话题。如果我们不尽快适应炎热，失败就是既成事实。米一和图安在潟湖里捕鱼或是收拾营地背后的树林的时候，时不时会瞥我们一两眼。他们肯定有自己的想法。到目前为止还没有迹象表明我们是科学家或是作家，在他们眼里我们大概只是一群懒鬼。

马丁也不知道哪儿来的力气，居然看起书来。我问他在看什么。科幻小说什么的，他说，举起封面来给我看。吉布森的《零号公爵》。关于另一个时代，一个不确定的未来。人类是机器，诸如此类。"但到底写的是什么呢？"我问。马丁说如果非要追究的话其实大部分写的是乱搞和数据。换句话说就是男生看的书，我说。大概可以这么说吧，马丁说，但我们就是男生嘛。作为男生，期望都在我们身上。这是我们无法逃避的主题。我们以为我们能逃避，但不行。这是我们与生俱来的。乱搞和数据是我们男生集体无意识的一部分。马丁接受这个结果并为此读了一本小说。我问小说好不好，但马丁只是耸耸肩，这很难说，他只是先读一遍。马丁不想谈论这本书。"换句话说，你觉得无所谓？"我问。基本上就是这样，马丁说。

埃格尔问我能不能帮他从桌上拿个打火机，好让他抽根烟。"你帮我的话，我就拥抱你一下。"他说。我坐在附近，于是站起身把打火机扔给他，然后我就得到了一个拥抱。开始还不错，但后来埃格尔使上了劲儿，拥抱就突然变得很讽刺。我们男生就是这样，害怕真情流露，要拥抱另一个男生或是握个手什么的，我们就得使点劲儿，这样就不会造成情感上的误解。我们没法全心全意地好好拥抱。这就是我们的灾难。

接近下午的时候，渐渐升起一点儿雾气，太阳开始可以让人忍受起来，我鼓起勇气在海滩上活动活动，捡些石头以钻研的目光审视一番。关于它们的起源，它们什么都没告诉我，我把它们扔回潟湖。马丁也起来走动了。他扯了两片新鲜的棕榈叶，坐在那儿把它们编在一起，要编个篮子。他的积极性很让我高兴，心里默默记下到今天为止，马丁是大伙中最可能成为本周之星的员工。金坐在那儿抽雪茄，看上去很像电影《九条命》中的杰克·菲耶尔斯塔，就是那种见证了鲜活危险人生的凌乱战地发型。老照片里干体力活儿的人中常见这种发型。他们平时都把头发梳得油光锃亮，而一旦出现突发情况，精疲力竭或承受重大压力、死神逼近的时候，头发就会向前披下凌乱起来。同时他们最好还留了那么点儿胡茬儿。以前男人总是恨不得一天刮几次胡子才够，男性荷尔蒙喷涌，跟现在不太一样。金看上去怪英武的，看上去就像他很明白自己在说什么，哪怕他还什么都没说。

云浮在创作电影剧本。他想我们回家的时候可以把剧本完成。工作标题看起来好像叫《斗争》，关于纳粹羊毛的，是一个"二战"时期的虚构故事，算是背景严肃的闹剧。只要不变成搞笑片就行，我说。完全不会，云浮说，他会平衡好。一群防抗分子从纳粹那里弄到羊毛再转手倒卖。他们遇到了阻挠，并发现内部有奸细。故事挺扯的。但最后羊毛落到了一个老妇人手上，她组织大家为一个被冰雪封城的西部小镇织袜子。那一年当然是严冬，大家都没剩几双袜子了。云浮问我怎么看这个故事，我说，只要不用摸着良心，听上去还挺刺激的。让挪威人在电影院里看上挪威电影是很重要的，云浮认为。是呀，那当然。

埃格尔坐在水中看着自己的胳膊说晒黑了，晒黑了，晒黑了。他挺满意的。

为了减轻良心的负担，我跟米一、图安一起去潟湖用传统方式捕鱼。事实证明我们带的鱼叉完全不顶用，太粗了，击中鱼之后只会弹开。我们决定换用一张大网。网有大约 30 米长、1.5 米宽。我们把网张开，拦住一部分潟湖，然后分散开捕捉钻进陷阱的鱼。可怜的鱼完全摸不着头脑，突然就玩完了。然后我们就上前把它们从网上解下来扔到岸上。鱼都很漂亮，个头大，蓝绿色，嘴巴像鹦鹉，所以它们叫鹦哥鱼。图安让我当心不要被咬到，会很疼。这儿的东西不是会扎人就是有危险。我戴着手套，还穿着防水鞋，以及一件全天候防水 T 恤，还有帽子、太阳眼镜。装备占了工作的一半。

　　让我恼火的是米一和图安不需要任何装备。

　　又是鲁尔和我一起杀鱼，我壮着胆问他，那次在聚会上那个家伙是不是真的射满了一个牛奶杯。鲁尔的回答有些迟疑，他点点头。但他的很多肢体语言让我产生怀疑。"为什么不能明说？"我问。但鲁尔不是那么容易从杆子上掉下来的人，他总是做出一副隐晦神秘的样子，我可能无法知道真相。

第三堆篝火

　　埃格尔准备了一小段开场白，关于那些平易近人的运动员，重点说的是 20 世纪 70 年代末的溜冰运动员。他说话的时候，我有些跟不上趟，但他说完以后要我们也把心目中最平易近人的十位运动员列出来，无论年代。这当然没有点名最招人烦的运动员来得有趣和简单，但并不影响我们尝试。早晚我们都得这么做，埃格尔说。

我很快就放弃了这场讨论。我已经几个月没有关心过体育界了，可以做的贡献很少。其他人举了一堆挪威和外国运动员的名字，比如足球运动员、溜冰运动员、滑雪运动员、游泳运动员等的名字。他们不费吹灰之力地报着他们的名字，讨论他们平易近人的程度是不是还看他们取得的成绩。这才是讨论的核心问题，我明白了。

阿汶说讨论历来谁最平易近人是不可能的，理由很简单，因为我们认识的人非常有限，就那几个因为这个那个出名的人。其他人虽然也很努力，但有生之年都默默无闻，而现在，他们都已经死了，就更不可能知道谁好谁不好了。所有讨论都是没有意义的。反正有一点最明确：滑雪名将汤巴跟这个名单没有什么关系，云浮说。没人不同意。但问题还是显露无遗，藏都藏不住。说到底我们每个人都挺好，单独相处的时候，我们都是好人，最糟糕的暴君都有人喜欢。埃格尔觉得讨论跑偏了。他提的话头是运动员，没理由说到暴君，要是我们没法顺着话头往下聊，他就没法聊下去了。

　　讨论渐渐退潮，只有云浮和埃格尔还在聊。我心不在焉地听见他们开始数起老足球队来——1979年的卢森博格队，云浮用挑衅的语气说，然后埃格尔就要列举出他记得的所有这支球队的队员，越多越好。对埃格尔想到的那七八个名字，云浮表示不屑。当提到托尔·罗伯特·约翰逊和约根·索尔里的时候，他当然也会点头表示认可，但这有什么用？埃格尔还是跳过了维格·宋穆恩，或是云浮口中的乌斯快车。

　　我结束与阿汶的一段闲聊，起身去一边尿尿一边看星星，终于回到篝火旁的时候我注意到，说到1982年的联邦德国队，云浮看上去表现不错。但他还是不满意，对自己要求就是这么高。比如，他怎么可以忘了皮埃尔·利特巴尔斯基？他觉得这不可思议。他明明还如此鲜活地在他脑海中的草地上奔跑着，这小家伙。

　　这时候我们才意识到，我们算是被寄居蟹包围了。我们见过它们，一个接一个，白天它们背着自己的房子挣扎前进。如果我们走得太近，它们就躲进去。最小的可能就像个瑞典小肉丸那么大，但大多数都有拳头那么大，通体红色。它们本来不是我们要面对的问题，直到现在。但现在它们终于发现了我们的存在，并聚集起来有组织地向我们发动进攻。天黑以后，它们也不知是从哪儿冒了出来，但可以肯定的是从岛上最偏僻的角落赶来。关于人类和聚会的流言一定都已经传遍。花了三天时间，它们肯定具备复杂的交流系统，连爱登堡[1]都难以望其项背。成百只，可能是上千只寄居蟹，它们占领了海滩，看上去都是冲着我们在帐篷背后留下的有机垃圾堆去的。现在看来在那儿堆垃圾太不明智了。一只寄居蟹发出的声音很迷人，几乎有些懦弱可笑，但几千只发出的声音就很讨厌、很可怕了。它们抓挠着找东西吃。它们什么都吃，一点儿都不挑。它们连屎都吃，只要有。现在它们吃起了我们掉在地上的米饭。埃格尔表现出了本能的厌恶。他朝着大海把它们扔出去，但它们总是又爬回来。那些特别顽固的，埃格尔都直接扔进了篝火，让它们去里面躺着好好想想吧，或许能长点儿记性。

第四天

我在做研究。刚吃完最后一口早饭，我就全身心地投入研究中。起雾了，炎热不像之前那么严酷，我感觉清醒舒适。我

1　大卫·爱登堡爵士，英国生物学家、英国广播公司电视节目主持人及制作人。

还带上了马丁和阿汶。金也来拍视频记录研究过程。我们带着呼吸管、潜水面罩和脚蹼，瞪大了眼睛游进潟湖。在指南针的帮助下，我们测算出勇敢的南美溜冰先驱可能登陆的位置。他们应该是向西前进的，也就是说岛的东侧是他们最先到达的地方，溜冰鞋应该都在那儿。我们都很乐观。马丁、阿汶，还有我在水下不停地互相竖大拇指。马丁带路，他有潜水证，并且在冬天潜过水。他稳健地向前游，让我们其他人感到很安心。因为我们紧贴着水面，所以也用不着担心减压病、血氧饱和度低什么的。我们记录着潟湖的底部，系统而细致地向前推进。一块石头、一条鱼都别想逃过我们的法眼。马丁指指点点玩得很开心。鱼儿五颜六色，跟电视里的一样。让人困惑的是寂静。通常我看自然和水下场景的时候耳朵里都会有一个解说的声音。一个声音会解释场景背后的各种关系，常常配上范吉利斯[1]范儿的音乐。但这里一片寂静。我能听到的只有呼吸管里自己的喘息声。如果说这里的环境是一场生物之间错综复杂的协作，我就只有独立思考的份儿。以这种方式浮潜，不劳而获的可能性很小。马丁开始一块一块地翻水底的时候，阿汶和我紧张地跟着，看搅动的沙尘再次落定。到目前为止，没有溜

---

1 范吉利斯，希腊作曲家，奥斯卡最佳电影配乐奖得主。

冰鞋。阿汶不耐烦地四处张望，我向他比画，好了好了，耐心点儿。他太年轻，希望事情快点儿发生。耐心不是年轻人的美德，我这个上点儿年纪的就不一样了：我坚韧而沉稳，不是那种轻言放弃的人。只要这里有溜冰鞋，我们肯定能找到。这就是我的态度。不管花多少时间。马丁突然停了下来，他指着两簇大珊瑚之间的一条缝。一条海鳝探出头来（它们会以乱咬来顽固地保护自己的洞穴），看上去非常骇人。绿色，它是绿色的，看上去极其危险，毫无合作精神，它缓慢地张合着大口。现在它朝洞外游出来几分米并瞷视着我们，然后又缩了回去。估计它在盘算怎么一下搞定我们四个，然后全身而退。我在水中傻了，唯一能想到的是《孤筏重洋》里的一段话，海尔达尔在书中写道："珊瑚礁中住着一种可怕的鳗鱼，长着长长的毒牙，可以轻易扯下人的一条腿……"接着他描写了一场遭遇，给我们现在的经历笼罩上一层阴影。他手下的两个人打算横渡潟湖，然后发生了这一幕："回程途中，他们不断惊扰那些奇奇怪怪的鱼并打算捕捉它们，这时他们突然遭到了至少八条巨鳗的袭击。他们看着巨鳗们在清澈的水中向他们游来，他们跳上一块大珊瑚石，巨鳗们在石下扭动徘徊。这些猥琐的猛兽有小腿那么粗，像毒蛇般黑绿相间，头很小，长着邪恶的蛇眼和长约 2.5 厘米尖锐的银牙。巨鳗扭身向前冲，他们用开山刀乱砍那些摇摆的小头，终于砍下其中一颗，还有一条受了伤。鲜血吸引来一群年轻的大青鲨，开始攻击死去和受伤的鳗鱼，其间那两个人从石上跳下，逃离现场。"

　　与海尔达尔的描述中唯一不符的是小头和小腿一样粗。我们面前这条海鳝的头大到找不到别的词形容，跟我的大腿一样粗。虽然阿汶、马丁和金对海尔达尔的描述可能不像我这么记忆犹新，但回过神来以后他们的反应跟我一样，急转身朝岸边疯狂游去。最后一段我们挺起身开始跑，脚蹼妨碍我们踩出像样的节奏来，我们感觉很笨拙，死神就这么逼近。海鳝怎么样都肯定跟在我们脚后，紧跟不放。一念间，我计算了一下自己生还的概率。我们是四个人，怎么说我的机会也应该有25%。在电视上看《人与自然》的时候，我经常这么想。一大群海豹躺在非洲西海岸的沙滩上。它们得下海找食物。大白鲨拭目以待。摆明了有几头海豹会被残忍地吃掉。但它们必须下海，不然它们会饿死，如果海豹妈妈不汲取足够的营养，就无法产奶——也不知道它们吃的是不是奶，反正那些新生的小海豹也会死。海豹跳进水中奋力游泳，它们赌大白鲨会吃别的海豹而不会吃自己。它们希望数量可以成为掩护。大多数确实幸存了下来，但终有几头被吃掉。海豹比我们的数量多得多。金、阿汶、马丁加我也就四个，海豹总有好几百头，跟海豹相比，我们的胜算小得可怜。我们奔跑着冲过潟湖，水在我们周围流淌，鱼朝四面八方游窜。终于上了岸，我们往地上一躺。我数了数人数，还是四个。谢天谢地。如果我们用开山刀砍死海鳝就会引来大青鲨，那我们就真完了。这算什么破事？我们心平气和地来搞研究，来迈向知识的前沿，结果路被一条鳗鱼挡住了。人们还在念叨人类已经驯服了自然，这不连五毛钱都没驯服到吗？

接下来的时间我们都离水远远的。我向阿汶借了吊床，想要定定惊魂，可一时半会儿也定不下来。米一和图安，还有鲁尔去捕鱼当晚饭。他们在珊瑚丛中穿梭蹚水，像孩子一样无忧无虑。我不明白他们在想什么。马丁拿着螺丝刀拧着太阳能板，想让电池充上电，但到目前为止还充不上。海鳝的可怕经历凸显出通上电话的重要性，因为我们不知道下次危机何时光临。另外我也想给挪威的报社发报告。所以马丁的工作很重要，我躺在那儿冲他喊了两声作为鼓励。

阿汶捧着一大堆青柠满足地从树林里出来 —— 他找到了一棵青柠树。这样，饭菜的口味又上了个新的高度，同时饮用水也多了一分滋味。

云浮坚如磐石。他坐在那儿想把半个椰子壳做成汤勺。这家伙也非等闲之辈。等闲之辈是埃格尔。尽管我已经催促过好几遍，他还是没把早餐的餐具洗了。他说他需要一张工作列表。他说就因为我 —— 他的老伙伴突发奇想决定让他洗一大堆碗，于是他就要去洗碗，这样很荒唐。但如果他能提前，比如昨天就得到指示的话，或者他的名字写在名单上的话，情况就不同了。这样他就能看到是轮到自己了，并在心理上做好准备。随叫随到不符合他的本性，他必须有压迫感。就是这样。他承认这样或许很悲催，但他也没有办法。我当然很生气，于是给他写了张条子让他洗碗。这样马上就有压力了，埃格尔承认。几口咖啡、几口烟之后，他心不甘情不愿地收拾起早餐留下的杯盘，带到潟湖边，狐疑地看了一眼，然后开始洗起来。

那场几乎发生的意外之后，金颤抖了几个小时。他一个人在沙滩上踱来踱去，摇着头思考生死。他觉得两者之间的距离微乎其微。离开的究竟是什么？比如杀死一只黄蜂的时候，它只是不动了。是什么东西存在过又消失了？是生命本身，我回答说。"灵魂？"金问。我耸耸肩。云浮说是的，离开的是灵魂。埃格尔说这种东西不存在，精神世界什么的都是胡说八道。金看上去很郁闷。他觉得很难接受此刻还活着下一刻就死了的这种想法。曾有过生命，又失去了，残酷并美丽着。正是这样的事件造就了艺术家。如果数年之后，金成了开疆辟土的艺术家，我也可以沾点儿光。

晚饭是到目前为止最好的一顿。烤鹦哥鱼，淋了青柠汁，塞满了大蒜和米饭。排名在马丁后面的鲁尔也是本周的最佳员工人选。他以出色的方式让我们活了下来，这样的岛上食物成了特别的东西。我吃得比平时少得多，比如正餐之间不吃东西，因为这里没有零食。我以前习惯吃零食，零食什么的最棒了。但在这里，我总是激动地等待每一餐，总是等着鲁尔宣布开饭了。但他很少这么说。食物变得意义重大，所以大家也说了鲁尔许多好话，几乎有些让人不爽，感觉就像鲁尔比我这个队长还要受欢迎。但之后我觉得自己的这种想法很可笑，只因为吹了这么一点点不自信的小风。鲁尔当然很受欢迎、很优秀，但不管怎么说我也是个好队长。探险队队长和厨师，我们不是一条战线上的。我笑了。

又到了篝火时间，我折下了一整条树干当柴烧。树干都烂了，像火柴一样一折就断，里面全是蚂蚁，成千上万。整个就是个"殖民地"，里面建筑着复杂纷繁的生态系统、等级森严的社会架构。我无情地统统扔进了篝火。不是你死就是我活，我心想，虽然事实并非如此，但在自然中就得这么想。整个生态系统在几秒钟之内就烧尽了。我们又与野外课亲密接触了一回，最生猛、最没有人性的野外课。

第四堆篝火

今天是周六，鲁尔决定让我们每人喝杯啤酒。我们对"奢侈品"的忽视现在已经显现出来。我们本应带很多啤酒和烈酒，管够，这样就能创造出我们现在做梦都不敢想的美妙气氛。我们是现代的城里人，满脑子禁忌和内敛，论题在心里憋好久，酒精可以让我们放开胆。但我们目光太短，于是就变成了现在这样，每个人每周六一罐啤酒，特殊情况下外加几滴白兰地或卡尔瓦多斯苹果酒，比如研究课题出现突破性进展。酒太少了。我记得几年前某外国杂志登过一系列威士忌的平面广告。其中有一幅照片，一个家伙头顶一束灯光，上面写着："记得那些你自以为风趣的时候吗？"这是有道理的。我们必须喝到一定程度才能在所有的防护机制中找到漏洞，但现在只能滴酒不沾上阵了。我设想在岛上建立起那种男人间的深厚友谊。我们本应该烂醉如泥举着大棒子砸树干，放开嗓门大喊，但这些我都别想了。责任全在鲁尔和云浮，他们是负责采购的。我应该盯紧他们一点儿的。云浮还坚持要买树莓香草茶，味道糟糕透了，云浮显然缺乏判断力，到目前为止他在本周最佳员工排名上远远落后。他用椰子壳做再多汤勺也于事无补。

汤勺只属于那些唱月球男人饼干服的儿歌。汤勺很好用，但是没法把人灌醉。对着云浮和鲁尔小喷一通之后，我把话头让给了阿汶，他说他准备了一个关于睡眠的话题。

睡眠是许多生物体赖以生存的条件。这是阿汶的开场白。肌肉放松，心跳和呼吸放缓，新陈代谢减速，高级的精神活动停止。我们向潜意识屈服，这是个美妙的想法，阿汶认为，以90分钟为周期，以一天的感受和印象化为梦境，身体归身体，精神归精神。

睡眠是最简单、最美妙的事情。醒过来就可以干干净净地迎接新的一天了。总是有新的一天，日复一日，源源不绝。这是我们所拥有的。也就是说我们有的是日子，由睡眠分割出来。这种简单的方式很绝妙。

通常情况下，休息的需要得到满足之后睡眠就结束了。这是阿汶挑战的目标。他不明白自己为什么无法超越 K 点。他什么时候算休息够了，这是由什么决定的？肯定不是意愿。想睡觉的意愿很强烈，但身体唱反调。怎么才能建构起特殊的条件，让睡眠不在休息需求得到满足时停止？

高中毕业之后，阿汶休息了一年，真的是休息，他跟亲戚的朋友去了荷兰。每周有几个晚上去上语言课，但除此之外不干别的。他尝试尽可能地多睡觉，每天的记录是 16 ~ 17 个小时。其余的时间大都用来满足最基本的生理需要：进食、洗漱、如厕，或许还说几句话。那时候阿汶18岁，正直面着未来艰难的选择。他要一头冲上哪条道路？他不想做任何刻意的决定，而是保持头脑的纯净与清醒，最重要的是，他想让自己的潜意识也说上话，所以尽可能睡觉是有必要的。但就像刚才说过的那样，他没法睡超过16～17个小时。超过这条界限又会怎样？潜意识有些特别的消息要传递给他怎么办，一些深藏不露的消息？难道他能放过这条消息，就因为醒得太早？当然不能。他必须一直睡到取得联系为止。没有其他办法。睡眠、睡眠、睡眠。在岛上可以创造特殊的条件。阿汶不排除奇迹会在这里发生的可能性，但他想让其他人明白并接受这一点，让他静一静。我们也不能指望成功从天而降。他已经为此努力了许多年，比如趁他睡觉的时候在他的上嘴唇抹牙膏这样的玩笑，是不会被好意接受的。我们不应该开那种夏令营式的低级玩笑，他说。要是有人想睡觉，就让他睡觉。作为报答，阿汶也不会妨碍我们其他人做自己的事，当然除非我们需要他帮助。

我们平均每天会产生成千上万的印象、思想和感情，阿汶说。其中许多只延续百分之一秒。我们的意识不可能把它们全都登记在案，但它们是存在的。不管以什么方式，它们是存在的。我们与很多人交谈，左一个你好右一个再见，脑子也跟着说话的人走。比如，她的鼻子好怪。或者，我用手背都能把他拍倒。然后我们继续生活，不往对他们的这些想法上附加任何意义。但这些人或许会在某个梦里再次出现。他们妨碍我们或者帮助我们。潜意识把他们筛了出来，给他们一个捎信的角色，也就是说，让他们成为我们自导自演的电影中的演员。这时候阿汶和我交换了个眼神。我暗示他不该这么浓墨重彩地渲染，煽情是很危险的。我们所有人都对这个过敏。阿汶的观点是所有这些小声音都应该听。那些不愿意花时间观察自己梦境的人，是贫瘠而危险的，阿汶说。他信不过这些人，一秒钟都信不过。对一天睡不到 8 小时的人，我们都应该心存怀疑。永远不知道他们在哪儿。是有那么一群政治家和专家学者难掩得意之情，声称自己每晚只睡三四个小时，其余时间都在为世界解决问题。玛格丽特·撒切尔就是其中一个。今天，回溯历史，说她是个泼妇没什么人会不同意。如果她腾出时间来睡睡觉的话或许还会更有人性一些。

学生阿汶生活中的寻常一天总是混乱而不连贯的。女首相玛格丽特·撒切尔的一天又会是什么样呢？阿汶捏了几张纸，列了张表，从一个人一天中的经历出发，来描述睡眠的必要性。

我们从中可以看出，阿汶说，睡眠是完全必要的，不可小看。潜意识把一切都优雅地编织在了一起，没有睡眠我们会爆炸。

马丁接过阿汶的话茬儿。和他同小学的一个女孩，他连名字都没记住，但总是出现在他梦里。她总是扮演着道德卫士的角色。她说："别这么做，马丁。我觉得你最近这种事干得太多了。"还有另一个最近越来越频繁的梦，里面有一个马丁初中时代的女老师。她总是对马丁记忆犹新，见到他总是非常高兴。"哦，是你呀，马丁。"她会说，然后就是性感场面，气氛宜人。

潜意识是主人，我们没什么发言权。埃格尔插嘴说几年前他梦见自己和女明星上床了，但他硬不起来，女明星开始不耐烦，还有些生气。这可不是什么好梦。埃格尔一点儿都不喜欢这个梦，而且一点儿都不喜欢这个女明星。

云浮刚做过一个梦，实际上就在这个岛上，梦里他从一栋着火的房子里救出了一个性感的吉卜赛女孩，女孩还有点儿像格温妮丝·帕特洛。她半裸着身子，云浮一开始也没什么别的念头。他就是这么挺身而出，英雄气概，浑然天成，但最后当然还是搞上了。吉卜赛女孩全程只是无助而感激地配合。鲁尔觉得这听上去很恶心。

又到了晚上。睡觉前，我让大家得赶紧投入各自的研究工作中去，并不是因为有什么可着急的，但能早点儿完成总是好事，说不定之后我们还能放几天假，放松一下。

第五天

继续研究。我们从遭遇海鳝的地方又浮潜出很远，但气氛紧张而不愉快。我们已经不再觉得安全，而是危机四伏。谁又能保证南美洲来的土著人会把溜冰鞋脱在珊瑚礁上？很不好意思地说：没有人。他们也很有可能脱在外面，这样的话就完全不可能找到了。这算极限运动了。

这个念头让我很心烦。土著人长途跋涉，微笑着溜着冰，日复一日，不远万里，精疲力竭。或许他们看到陆地的时候完全失去了理智，踢掉溜冰鞋，直奔陆地。他们才不考虑是在珊瑚礁内还是在外面。这能怪他们吗？不能吧。他们只是随性的好人，就跟大多数印第安人一样，生活在当下。溜冰鞋已经完成了使命，他们就让它们歇着了。他们找到了一片崭新的小天地，还需要溜冰鞋干什么？他们肯定知道冰川期就要结束了，安营扎寨准备夏衣比保存溜冰鞋来得重要。这种自然现象我们都熟。夏天一到，冰鞋就下岗了，随手往哪儿一扔。等冬天来了，得翻箱倒柜几个小时才能再找出来。要是我们不确定冬天是不是还会再次到来，我们肯定也会就这么把它们留在冰上。批评印第安人要谨慎，我们自己也好不到哪儿去。但印第安人这么做的坏处是，会让我陷入难堪的境地。他们的目光短浅，随心所欲，会造成大家难以相信我的理论。这很可耻，让人心有不甘。最糟糕的情况是，我的这场探险让人看起来是基于不靠谱的理论展开的。媒体肯定会毫不留情地抓住这个话柄。回程可能要比计划的低调一些了。

马丁捶捶我的肩，朝前一指。清澈的水里，我看到一条鳐鱼慢慢朝我们游来。游戏结束了，小伙儿们，它用自己的方式告诉我们。我们急转身再次朝陆地撤退，最后一段又是用跑的。潟湖非久留之地，我们这是在玩命。

继续找溜冰鞋是不可能了。我不能昧着良心强迫我的小伙们在这个可怕的海洋世界里游来游去。要是我们有一把鱼叉或者什么小型自动武器，我们还可以让一个人放哨，其余人找溜冰鞋。我们现在这样是赤裸裸地孤立无援，完全不建议待在潟湖里。这是一个沉重的决定，但作为队长我别无选择。想到我们其中有人缺胳膊少腿就觉得太艰巨。我可不愿意不得不打电话给奥斯陆急救中心让他们在电话上教我怎么把大腿缝回去。

做这个决定让我的名誉和声望打了水漂，但安全和责任排第一。我可不是那种不择手段的科学家，为了证明自己的理论而牺牲一切，我宁可吞下失败的苦果。停止寻找溜冰鞋的好处是，我可以继续声称自己相信它们就在那里，至少没有推翻这个理论，也没人能斩钉截铁地声称我错了。在某种程度上浮潜一个月还什么都没找到的话更糟糕。这样的话，估计我就不得不承认自己错了。现在我可以说有宝藏，有妖兽镇守，相信群众是可以理解的。

话说回来，犯错本身也不是什么岌岌可危的事情。很多人都犯过错。犯错的传统由来已久。哥伦布就曾误认为美洲是印度；一堆聪明人都以为地球是宇宙的中心；有人相信吹灭蜡烛与水手死亡之间有因果关系；IBM以前的老板在20世纪50年代说他认为电脑是个好东西，但他从来不敢想象全世界会使用四五台以上。

如果要犯错就得犯得彻底，但我到目前为止还没有犯错。我只是没有找到要找的东西。我还是会在水边晃晃，找找溜冰鞋，或许我还会冒险而谨慎地游出去几米。但总的来说，我会想办法寻找其他迁徙遗迹。或许最善良的印第安人，真正的博爱家，会把溜冰鞋埋进沙子里？我不排除这种可能。

我把云浮——算是我的科学助理吧——叫到一边，告诉他，出于我们自身以及国家的安全考虑，我决定不找溜冰鞋了。他认为这听起来是个勇敢的决定。太多科学家无法划清这样的界限，他说。这传达了一种无懈可击的态度与节操，是人性的胜利。许多科学新发现付出的代价太惨重。云浮很自豪，他服务的探险队有一个不愿意踩着同伴的尸体来证明自己理论的队长。那我们就启动预备方案吧，云浮说。

没错，我说，然后解释说这正是我害怕的。我对溜冰理论深信不疑，以至于我其实没有准备什么预备方案。我们确实有一些小理论撑腰，但没有任何颠覆性的硬核备案。可以发现的东西肯定不计其数，但我们从哪儿开始呢？

云浮大致解释了一下现如今科学发展到了什么程度。关于科学发展的未来，现在大致有两种主流看法，他说。一种看法认为，相信科学会继续以过去 300 年里那种速度不断取得新的发现是天真的想法。最重要的都已经被发现了，现在该做的只是调整和补充。这对我这个一生下来就想着通过探险制定理论的野外课老手来说是个坏消息。我称之为无趣的看法。

但也有人认为还有很多没有被发现的东西，我们只是触碰到了表象。我们知道了很多重要的东西，但我们必须深挖实质，我们知道这样或那样的事会发生，但我们并不了解它们为什么会发生。他们还声称 100 年前没人会预见到后来会出现相对论、量子力学和其他关于宇宙起源的深思熟虑的基础理论。换句话说，接下来的 100 年同样的突破会再次发生。我们现在完全无法预测，因为很可能会颠覆我们现在认知的一切。

　　这个我称之为优秀的，或者说有趣的看法。这是我和其他科学爱好者的看法，前途无量。重大发现随时可能出现，可能不是以新大陆的形式，可能是以……好吧，我怎么知道？以什么形式，云浮？云浮说可能性很多，但他并没有置身于科学前沿。他只是个谦卑的旁观者，他说。行，行，好好说话。我们到底要找什么？

　　关于宇宙还有许多可以做的事，云浮说。宇宙大爆炸的周边理论还有些模糊，虽然我们知道宇宙在扩张，但总体而言，关于扩张的程度，以及扩张的原因和方式，都还在探索中。另外，如何把爱因斯坦的重力理论与量子力学对接，这一块还有许多工作要做，都不是给小男孩玩的任务。还有生命的起源其实也还是个谜。我们对生命的发展了解很多，但是对于起源——无机物中的分子突然自我繁殖并聚集为细胞，这个过程中究竟发生了什么，还是一个谜。接下来还有我们的基因。解码所有的基因，找出哪个控制什么，之后再看可以怎么操纵这些基因让人不再生病，或长出更长的屌来，或实现其他这样或那样的愿望，这一切都还有很长的路要走。还有说到大脑，我的天，要走的路就更长了。我们甚至都不知道意识是什么。有人以为自己知道，但其实没有人知道。发展到哪个时间点上我们开始有能力制订计划、选择道路、约定狩猎后见面的地点？这肯定给了我们得天独厚的优势，相对于其他那些可怜的动物，它们常年东奔西走，赶上好日子的时候逮只野兔或麋鹿什么的。突然人类就出现在了它们前头，成群结队，全副武装。其他动物一点儿机会都没有。公平竞争的思想当时当地就彻底击碎了，大自然也从此翻天覆地。

这一切，还有更多，都是还没有完成的，云浮说。我们可以选择系统地接近我们的问题，或者我们也可以赌一把，期待灵光一现，在对的时间出现在对的地方，云云。通常发现的总是和寻找的不一样，很难以此为根据，但我们可以到处走走，在岛上找一找，说不定就能发现点儿什么，不管是什么。至少我们有一支了不起的团队。这已经成功了一半。埃格尔正好经过，我们把问题抛给了他。他说我们应该问问自己，如果是劳拉·克劳馥，她会怎么做。好吧，那她会怎么做呢？埃格尔说在《古墓丽影》中总是有一条可以继续下去的路，一条出路。可能看上去很绝望，但那只是因为我们忽略了什么。答案就在那里，只要不放弃。找呀找，绝不放弃。但他也指出现实世界与《古墓丽影》的世界是有很重要的区别的。如果无法认清这一点，你就上当了。区别之一，也是最核心的一点，就是《古墓丽影》的世界是由一群了解历史并擅长制造刺激的人构建出来的，很显然，他们必须创造一个有因必有果的世界观，也就是说，一件事总随着另一件事发生，如果不这么做，游戏作为娱乐就会很失败，只有虚无主义的蠢货才会买。而真实世界，却是由未知的力量构建的，一个发现不一定会带来下一个。并不一定只要花够长时间就总能沿着一条路走下去，也不是每次卡住的时候都能上网找攻略的。这正是问题的核心。《古墓丽影》是人创造的，但世界不是。物理定律很少与戏剧理论沾边。它们不会制造刺激，不会巧妙地隐藏蛛丝马迹，在真相揭晓时让观众大跌眼镜。物理的力只是信号和脉冲，微小的粒子不断相互作用。电与磁，朝四面八方作用的力，你从我这儿得到一个电子，我从你这儿得到一个中子，它们兀自运行着。很早以前，我们还颛蒙未开的时候，它们就已经这么运行着了，完全与我们无关，没心没肺，没头没脑。

海尔达尔说我们必须挖地。这说不定是个好主意。等不那么热的时候，看看我能不能找把铲子来。

第五堆篝火

往常不敢信口开河、大放厥词的鲁尔在篝火旁开了腔，让我们大吃一惊。他对现实情况发表了一通犀利但言辞相对缜密的讲话。首先，他说，这场探险组织得很糟糕。他认为我是个好人，但他觉得我是不是有点儿不自量力。他早在初中的时候就看出来了。"你总是很友好、很善良，"他说，"篮球打得好，擅长投篮和撤防，但是有勇无谋。我不是骂你啊，大智慧跟你没什么关系，溜冰理论从一开始就烂透了。"他接着说。原本他不想说什么，反正他也只是受雇做个厨师。但现在他得把话都说了，厨师不厨师都无所谓。"这条理论连五毛钱都不值。你得想点儿更好的出来。"他说。其次，就是世风日下。这也不算什么新闻，但在这座岛上就很明显，鲁尔认为还是要在这里强调一下。在某种程度上我们算是置身世外了，除了时间和空间，除了我们，这里几乎什么都没有。我们到哪儿都带着以前比现在更好的念头，但我们没有任何证据证明真是这样。或许是更好，或许不是。很可能有些地方比现在好，有些地方比现在还糟糕。怀旧是一种病。我们以为战争中的反抗分子有多好、多了不起，鲁尔说，很多人当然是好，但其中有一些现在就是纵容新纳粹的糟老头。他们声称捍卫过我们的国家，说现在这个国家满是移民让他们不忍直视，得保证挪威血液的纯净。他们就是帮瞎嚷嚷的浑蛋。他们以为自己在战争中反抗的是什么？俗话还说什么"不听老人言吃亏在眼前"。太可笑了。老人有好人，也有浑蛋。没有什么事情是千篇一律放之天下皆准的，鲁尔说。每个拐角上都是疑点，但我们还总是回头往过去找支点。我们其实应该朝前看。过去100年里许多曾经扛着人类文明的横梁都已经被扔下了船，比如上帝、音乐的调性、家庭、作为牲口的马、宏伟的叙事、谦卑、使用一样物件超过一季的能力。这些都已经动摇了。最可气的就是这个调性，鲁尔认为，还有马。之前至少还能相信音乐能演奏出我们可以认同的声音，但现在已经不一定是这么回事了。而马已经只做商业用途了。想到这些难免很沉重，但我们还是要向前看。这年头还想骑马就是走回头路了。

一段前言不搭后语的长篇大论之后，我们都内敛而沉默起来。我们各自做了顿高科技的探险晚餐，一言不发地吃起来。阿汶在他的食物里加了一点儿叫维比克斯的营养饼干，于是他身体系统里念叨着食物纤维的那部分就闭上了嘴。

大家都吃饱以后，金说现在要是能去看夜场电影该有多好。云浮把他的话当真了。他跳起来，让我们跟他走。我们打着手电筒朝那座旧椰子壳工厂走去，如今那儿只是个半大不小的破棚屋。云浮让我们坐下并关掉手电，之后他让我们朝最黑的那面墙看。"我们要看哪部电影？"云浮问。他的声音很肯定。现在说话的不是物理学爱好者，而是见多识广，谙熟所有电影、演员、年份和剧情的戏迷影痴。"我要看《德州巴黎》。"金说。"很好。"云浮说。

就像他多年来在国内外各种电影俱乐部活动上做的那样，他先来了一段开场白。他讲述了维姆·文德斯的早期影片，作为导演的发展，把我们即将观赏的电影放进了历史文脉，然后他低声哼起了雷·库德感人的吉他配乐，还给我们讲解我们看到了什么。一片沙漠风景，干涸、荒芜、广漠。一个男人走过来。哈利·戴恩·斯坦通走过来，迷茫，胡子拉碴。我们不知道他从哪儿来，也不知道他是谁。但他来了，走着。音乐高亢而美丽。男人扔掉一个水桶，走啊走，最后来到文明的前哨——几座破棚屋。他需要水。故事慢慢展开：男人已经失踪了好几年。他有一个儿子。他们不知道母亲去哪儿了。

这是一场极不平凡的电影体验。云浮带领我们穿越整个故事。他记得画面、镜头的角度、一些关键的台词。我们鸦雀无声地坐着，听哈利·戴恩·斯坦通找回他的娜塔莎·金斯基，他们同居时他对她并不好。"我认识他们。"云浮说，"这两个人，他们是相爱的……"

电影结束了，我们都太感动，无法再互相说大话，我们只是钻进睡袋，毫不在意那些蚊子。

又到了夜晚。

夜复一夜。

第六天

大半夜里，我遇到了同样睡不着爬起来的马丁。我们互相用各自的镁光手电照了照，两个人都疲惫不堪，交流显得那么无力，都是蚊子闹的。我才刚明白蚊子有多该死。我站在水边用沙子擦手臂和大腿，一遍又一遍，同时困倦撕扯着我，想把我拖回去。之后回忆起当时的体验很模糊，就像多年前看的电影中出现的梦幻场景。

之后我被太阳晒醒，在海滩上，紧贴着海岸。这里是唯一可以生存的地方。其他几个人也聚到了同一个地方。我们眯着眼睛互相打量一番，用摇头总结了彼此的夜晚。金、云浮和鲁尔是过得最好的。他们很有先见之明，带了有蚊帐的睡袋，从而几乎幸免于蚊虫叮咬，但也并没有完全幸免。比如金的上嘴唇就被叮了一口。这让他看上去很奇怪。马丁背上有不止六十个包。阿汶离 K 点还差很远，情绪低落。一切都为睡眠做好了准备：没有吵闹声，只有温柔的海浪声；没有闹钟，没有约会。他本可以一直睡啊睡，但有蚊子过来捣乱，唯一的可能性是躺下与这些小恶魔友好相处，像萨米人那样，就让蚊子咬啊咬，咬到身体崩溃。这样的话 K 点可能就不远了。

早餐桌上，我讲了一个做过的梦。我梦到了宋雅皇后，我当然从来没有遇到过她，也没怎么想起过她。我当然并不讨厌她，但从来没想过她会成为我潜意识生活的一部分。我跟宋雅皇后一起坐在皇宫里，气氛很好，并不紧张，我当时肯定觉得我俩很合拍。我问她我能不能把裤子脱掉，宋雅说没关系，于是我就脱了。我就这么穿着内裤跟她说话。过了一会儿，我又问她介不介意我抽根烟，她说不介意，完全不，或是类似的话。于是我就穿着内裤（平角裤）抽着烟跟皇后闲聊。

在我的梦里，我一点儿都不觉得场景有什么不雅。奇怪的是，一切感觉非常自然。我完全不知道宋雅是怎么想的，我希望她觉得这挺好。我又没有任何恶意。

马丁认为梦用最清晰的语言告诉我，我让探险队队长这份工作冲昏了头脑，但我觉得他错了。我觉得大部分事情，包括我的形象，都在我的掌控之中。

早饭后，米一想跟我单独说句话。他很清楚我是队长。米一和图安跟队员的所有交流都要通过我。他们很有等级意识。米一说我们不能再从房子里拿任何东西了。埃格尔和金昨天抬到海滩上的架子必须抬回去。如果艾图塔基岛上的渔民来了看到我们占用了长凳、桌子和架子，他们会逼我们投海的。"他们会让你们睡在海上。"这是他的原话。这是很有分量的威胁，毫无疑问。我们将架子小心谨慎地抬了回去。抬完以后该打猎了。这是鲁尔决定的。我们已经靠鱼养活好几天了。鱼很好吃，但是我们这个年龄段的小伙子需要肉。这与蛋白质有关。精液得靠蛋白质产生，什么都需要一点儿蛋白质。我们得弄些岛上的野猪和野鸡，把它们全吃了。这里没有其他哺乳动物，就我们所知。《生存之书》也不建议饮食太单一，特别不建议只吃兔子。如果只吃兔子，人是会死的。哪怕一天吃一千只兔子也没用，因为兔肉缺乏人体必需的维生素。除了兔肉，再吃几口草就够了，但总是很容易忘记吃。加拿大有许多这种守株待兔的人只吃兔子，结果营养不良死了的案例。书上写着"危险！兔肉综合征"。幸好这跟我们没有什么关系。这里没有兔子，倒是有猪和鸡。要捉来吃的就是它们。激动人心的时刻到了，我们一下子就来了精神。这让我们想起了书中提到的荒岛生活。这下开始像那么回事了。过一会儿说不定我们还能喊埃格尔胖子、书呆子，然后把他的眼镜砸了。

　　猎物必须捕捉，杀死，吃掉，鲁尔命令道。埃格尔自愿侦查猎物的行踪。埃格尔喜欢鸡肉，几乎每次我打电话去他特隆赫姆的家的时候，他都正要去炖鸡。在观察野鸡好一阵子之后，他回来汇报。他认为最理想的捕捉方案是偷偷靠近，开山刀伺候，或者扔个吊床罩住它们。埃格尔还注意到，它们通常是成双成对的，他觉得如果它们受到惊吓，它们内置的警报系统就会卡死。估计在我们之前它们没有见过人类。它们在这里没有天敌，只有朋友，棕榈树和朋友。这意味着它们的防范本能已经迟钝失灵，派不上用场了，只要运气好，说不定可以假装对它们好，趁它们掉以轻心的时候大开杀戒。这个建议很强悍。这就是野外课。

　　我们带上武器，狩猎开始。地毯式搜索丛林。成群结队，这是我第一次结队行动，一下子就领悟了几分猎人的秘诀，并非大彻大悟，但肯定是悟到了一些。我们要开杀戒了。这是一件严肃而重要的事。这让我们团结在一起。埃格尔自告奋勇当了领头的，在我们前面一小步。他绕着树潜行并暗示我们保持安静。

　　几个小时都没见到一只野鸡。终于撞见一只的时候，我们太紧张，进攻心切，朝着野鸡也不瞄准，也不思考，一通乱扔开山刀和石头。野鸡当然是溜走了，我们只好垂头丧气地返回营地。

米一和图安得知我们的经历之后，做了个优雅的小陷阱，巧妙的小装置，有一根弯曲的树枝，野鸡闯进来的时候会弹起。

在我们等着野鸡上钩的时候，米一和图安让我去看一下他们在岛的深处发现的一口井。他们把我当成水文专家来咨询，这让我很高兴。他们信任我的领导才能。我爬到井里尝了口水，点点头，又以很炫肌肉的方式爬上来。然后我又问了他们几个关于当地动物学的问题，这下子我终于（大约是第一次）有了老牌探险队队长的感觉。之后我用康提基博物馆给的毫米纸把井的位置画了下来。这让他们很高兴。一口井，说不定是口古井，谁知道，说不定跟南美洲的井构造方式相同。这样一来又是一大块拼图就位了。

一小时后，陷阱里挂到了一只野鸡。它头朝下挂着，有些晕乎。米一把它扛回营地。他举起一把大刀暗示，只要我点一点头就会手起刀落砍断它的脖子。小伙们围在我们周围，激动地等待即将发生的场面。对我们来说，屠宰动物可不是家常便饭。我们中没有人是在农场长大的。屠宰动物都是在没有我们的别处发生的事。现在我突然成了生死的主宰，我所做的只是点一点头。但野鸡一脸迷茫地看着我，它肯定在想，不可能更糟糕了，现在开始只会蒸蒸日上。可怜的傻瓜。我尝试把情感压抑掉。只是一只野鸡，一只鸟，它没法思考。但是我想到了《人鱼童话》电影系列——两部非常糟糕的电影，总结起来电影传递的信息就是成年人什么都不懂，儿童懂很多，而动物什么都懂。想来简直有些可笑，与大家的认知恰恰相反。但想想如果这是真的，想想如果真是这样，野鸡已经看穿了一切，现在它想的是——几乎像耶稣那样——要饶恕我的罪过，因为我不知道自己在做什么。现在就等着我杀机一现。米一的刀一直抵到野鸡的喉咙口。"你怎么想，鲁尔？"我问，能和别人分担责任让我感到欣慰，这家伙有肉吗？我们是不是要让它尝刀子？

不值得，鲁尔以厨师的权威说。我们有九个人，野鸡刚够一张嘴，他说。杀了它没意义。话说回来看着还挺老，肉应该很柴。放它走，我说。米一放开野鸡，它撒腿就跑。这其中有深意。我手握生杀大权，但我选择放生。我没有扰乱大自然微妙的平衡。我没有额外索取。白色猎人，黑色心肠。

第六堆篝火

今晚篝火会，我的开场白是：我们不能被科研前线遭遇的小挫折击垮。我想找些好话说，比如越挫越勇、上坡路难走之类的，但我想不起来这些话怎么说了。反正也没多大关系，小伙们懂我的意思。我们可以期待随时会出现突破性进展，我说。我们只需要保持警醒和开放的态度。迟早会发生些什么，几乎是必须的。之后我们沉默地坐了一会儿，感觉像一支拭目以待的团队。

过了一会儿，马丁说他想跟我们分享一个主意，我们必须保证不传出去，因为他之后的生活就全指着这个主意了。这个主意，和另外那个——女孩周期表，周期表的事情他过两天会再回过头来看，他说，但他现在想透露的是这个。只要我们保证不说给别人听。还能说给谁听？我们现在不是在荒岛上吗？

这个想法跟黑匣子有关。飞行记录仪，就是飞机上的那种。记录仪记录下飞行员之间的所有对话，以及飞行员与控制塔之间的对话。所有说过的话，都装在这个黑匣子里。飞机坠毁的时候就去把黑匣子找回来听里面的对话。听最后的留言，有时候还能听到爆炸的开端，甚至可能听出爆炸的是引擎还是别的什么。这样就能找出到底是出了什么问题，然后研究出对策来以防下次类似的事情发生。

这个系统太好了，我们不应该让航空产业独占，马丁说。

他看到了重大的商机，可以把这种黑匣子卖给情侣或者夫妻。所有长期共同生活的人，都会记得发生这类争执的时刻，因为总是会发生：一个人说我从来没说过这样的话，是你记错了；或是你总是把我都没听说过的说法和意见强加到我身上；或者明明是你一直说的话，另一方却说不对，他或她之前提过一两次。大多数类似争吵都是由于误解产生的，如果彼此能更好地理解大家思考和说话的方式是不同的，就可以避免，马丁说。但我们就是做不到。鲜有迹象表明情况会很快好转。这样的话最好能接受后果，准备这样一个黑匣子（尺寸可以很小，能装在口袋里的那种，马丁预计价格将便宜到可笑，400～500克朗），自带存储器，按日期编号；还可以发明一种搜索系统，可以通过关键词或句子搜索，这样下次分歧出现时就可以很快追溯到正确的时刻。这样至少可以省掉争执说过什么、没说过什么的时间，然后就可以专注于瓦解对方的论据或消解掉它们，或很容易解释当时说的话另有其意。以这种方式大家就可以很快得出结论，通常情况下大家还是相爱的，归根结底，节约出来的时间可以用来去电影院或者以其他方式相亲相爱。

黑匣子将靠情侣两人的声音控制，开始一场对话就自动开机。当爱你的人，或者你以为爱你的人开口对你说话时就开始录音。这就是计划。马丁正在设计原型。计划是在几年之内申请全球专利。也可以考虑建立一个中央资料库，大家把各自的录音发过去。基地可以建立在伦敦，马丁喜欢伦敦，大家可以从世界的任意一个角落（产生分歧的时候不总是在家的）打电话过去，过几分钟就能通过传真或电邮收到一条或是多条过去的谈话记录。关键是纠纷发生时能及时连接。纠纷结束后大家当然对说了什么、怎么说的、为什么要说失去了兴趣。这时候大家只想在一起亲亲抱抱，直到下一次争吵爆发。

这是马丁第一次把这件事告诉别人。他很紧张，想知道我们的想法。那个啥，云浮点评说到时候肯定会出现许多个人隐私的问题，那些说要杀了对方的人，然后真的这么做了，这些内容是不是要送上法庭做证？诸如此类。典型的云浮式问题。他交过好几个法律系的女朋友。马丁没考虑过这么多。他对吹毛求疵不感兴趣。他只想知道我们觉不觉得这是个好主意。

我们当然觉得这是个好主意。世界就需要这样的黑匣子。你能做到，马丁，我们说。

这是个异常美丽的夜晚。月光如此明亮，几乎可以借月光读书。沙滩反射着月光，洁白如雪。云浮讲起了他开始写的新剧本。故事关于男女国家调解员。我们挪威有国家调解员雷伊达尔·韦伯斯特。每年春天，他都要出来在雇主和员工协会之间调停。他的工作是让双方意见达成一致，以免罢工和冲突的发生。这是一份重要的工作，但出镜率只有一个月。韦伯斯特一年里剩下的日子在做什么？这就是电影的主要情节。云浮透露，肯定存在一个秘密海湾，全世界的国家调解员在不需要调停的那十一个月里都会聚集到那里。他们在那里过着神仙般的日子，打打小野味、寻欢作乐、歌舞升平，以这种方式弥补总是在春天到来的没日没夜调停的艰难一月。他们还会留意多晒太阳，这样上电视的时候就能个个黝黑俊美。云浮觉得这个话题很有引起社会舆论的潜质。据我所知，他说得有道理。此公怎么说也潜心研究电影那么多年了。

第七天

我在金和鲁尔的交谈声中醒来，他们躺在各自的睡袋中，太阳正从广袤的大洋升起。金讲到《音乐之声》，他太喜欢这部电影了。歌曲真的很棒。翻过每座高山，追随每条湍流，直到找到你的梦想，诸如此类。好就一个字。鲁尔说他不记得什么歌了，只记得有个镜头，主角把下体抽出来往楼梯上猛抽。

金说鲁尔大概是跟另一部电影搞混了。

这一天就是这么开始的。

天气继续是荒唐地炎热，不可能让脑细胞与身体其他之间建立起任何联系。神经脉冲无法到达目的地，武功全废。运动机能、理性、直觉，全都停摆了。我们能做的只有平躺在影子里感受细胞分裂，越来……越慢。这一切其实不过如此。细胞分裂。没有细胞分裂就没什么可玩的了。有那么一刻，一股莫名的能量激发阿汶问我们想不想一起打排球。没人回答，过了一会儿他说他收回这个问题。这个建议很不成熟。他是忘乎所以了。

第七堆篝火

其他人都早早睡下了，只剩我与金和阿汶坐在一起讨论如何能既轻松又合法地赚到钱。钱总是要有的，没钱活不下去。很可悲，但事实如此。同时又要守住自己的时间，利用好时间，做喜欢做的事，云云。要不然迟早会在人生终点门口与自己相遇，心里想着好几十年的光阴都虚度在无谓的琐事上而生命即将到头。不能这么过。但避免悲剧发生总是说起来容易做起来难。人们总是各种生意经一大堆，有些荒唐，有些不那么荒唐。

有那么几个我们自己相信绝对是优秀的。

金和我发现我们有一个共同的朋友叫查唐，人无比好。实

240

际上，他人好到我们可以发行他的股票。世界发现查唐的好只是时间问题，到时候市值就会一夜冲天。我们控制大部分股权，在媒体上力捧查唐。到我们觉得股值不可能再升的时候，或者查唐不再那么好的时候，我们就把股票都抛了，全身而退。有些利润当然会分给查唐，不能让他有被利用了的感觉。这是个熠熠生辉的计划。我们同意各自学习一点儿股票市场的知识，一回家就启动。我们唯一有把握的是内部交易不是件好事，但这应该很容易避免，只要别告诉任何人我们知道查唐有多好就行。

阿汶和我有一个关于动物的主意，说得更具体一点儿就是松鼠。我俩都是在一个花园里有松鼠的环境中长大的。松鼠是我们最喜欢的动物。我们知道看一只松鼠吃东西有多享受。它们很可爱，但事情不止于可爱。很难用语言表达看松鼠吃东西得到的愉悦感与满足感，看着它双手捧着葵花籽咬一口，同时又时刻警惕周围是否安全、有无潜在危险，更别提它洗澡的时候。如果人们可以提高与松鼠的接触频率，他们的压力水平一定会有所下降。所以阿汶和我合计是不是有可能出租松鼠。松鼠租赁业务，Rent a squirrel，Hyr en ekorre（瑞典语），很多语言都可行。这可以成为一种跨国行为，经过多年市场推广之后，或许租一两只松鼠回家会稀松平常到取代租影带。电影总是千篇一律，人总要新的体验。根据阿汶和我所掌握的信息，这是现代人类的共同需求。我们想要改变。新的就是好的，旧的就是有点儿无聊。比如，租两三只甚至四只松鼠可以打折，还送汽水和薯片。这样就可以回家在沙发上度过一个舒适的夜晚，让松鼠们 —— 当然是驯服温顺的松鼠 —— 在书架上和桌子上做些有意思的事情、惹人发笑的事情，简而言之就是让人感到生机勃勃的事情，最后，在与你 —— 可能还有你的家人 —— 共度繁忙但温馨的一天之后，它们会躺到你的胳肢窝里睡着，肩并着肩。

我们需要动物。这是真理，少数真理之一。阿汶记得一段电视采访，参访的对象是一个瑞典小女孩，几年前叶利钦总统访问瑞典的时候她站在街上等他的专车经过。她想问他有没有带动物（他大概带了动物来。为什么？因为这样很开心呀，一个小伙伴……）。阿汶觉得其中的理由是与大多数人相关的事情都太繁难、太复杂，跟人类打交道是很大的考验，但动物的事情要简单许多。我们以为我们理解动物，并觉得它们也理解我们。它们不需要我们做任何复杂的解释，不提任何要求，对我们无怨无悔，不欺不瞒，只有感激和可爱。从动物那里，我们能体验无条件的爱。这是很少能从人类身上体验到的。人类总是会有一两个条件。动物这方面有点儿虚幻。它们给我们虚构情节中才会出现的温暖和关怀，那些伟大的爱情故事中、那些美梦中，没有什么人类，或许只有耶稣——能给予这样的爱。但这也要基于对耶稣的信仰。如果不相信耶稣，那就只能找动物。而松鼠可能是动物界可爱代表团中最可爱的一个，反正说到啮齿类的话就是这样，我们就来说说啮齿类。啮齿类就是有些特别之处。总是这样的，阿汶和我互相看了一眼。想法是好的，但需要相当大的工作量。首先要向就业办公室申请创业资金，肯定还要上课学习税法，什么个人所得税，什么增值税，各种。很可怕。肯定还没等我们想清楚就已经开始觉得政府在扎我们的车胎，然后就会给极右政党投票，就为了减税让小型企业得以生存下去。这值当吗？我们必须诚实面对自己，问题是最后会不会太理想化，事实上也经常是这样。我们说想想这样或那样，真是太好了。我们就是这么说的：如果我们做这做那，就会有这样或那样的好处。总是条件式，总是太理想化。很可惜，总是这样真可惜。

第八天

下小雨，埃格尔很早就起来搞研究，终于有什么事情要发生了。他注意到每天早晨沙滩都会被寄居蟹均匀整齐地耙一遍。我们这边的沙滩没有一平方厘米不被耙过。他到处都走遍了。现在他要跟踪它们，看看它们白天都在做什么。他试着寻踪觅迹，同时猜测寄居蟹是不是像加拿大野生驯鹿一样受同一种神秘力量的驱动。赫尔格·英斯塔德在《猎鹿人生》中描写了他在荒原中当猎人的狂野生活，英斯塔德写到野生驯鹿的迁徙充满神秘之处。它们的行动路线无法精确预判，也不知道为什么，很可能跟动物的心理状态有关，可能永远无法破解，他写道。埃格尔说我们对动物的机能了解太少。我们连人类自己的机能都不了解。路漫漫其修远，但埃格尔想做点儿贡献。

在寻踪觅迹半小时之后，埃格尔拿着一只寄居蟹沿着海滩走来。寄居蟹既大又红，还一直想夹埃格尔的手。活泼的小螃蟹。埃格尔把它扔进水里，想看看会发生什么。什么都没有发生，它就这么躺着。"要是它不能在水下呼吸怎么办？"我问。"它肯定能，"埃格尔说，"进化论怎么都该教会它这个。"但事实并不是这样，寄居蟹在水底看上去并不开心，它躲进自己的壳里，像一个胆小鬼。埃格尔蹚水进去把它捡回来，将它端端正正地放在沙滩上，慢慢地它又活了过来。埃格尔以此得出结论：寄居蟹不喜欢水。这是经验主义的典型案例。这意味着它们肯定是在海洋形成之前来到这里的，或者它们是踩着冰来的，跟在印第安人背后。它们沿着溜冰鞋的印记，肯定也是靠印第安人残留的食物生存下来的。宁静的早晨，短短的时间里，埃格尔似乎通过寄居蟹的谜团为探险伟业添了一小块木砖。

我去吃早饭的时候，看到阿汶也即将展开某项实地工作。期许填满了我那颗领导之心。阿汶用一根管子和一根底部绕了些布条的棍子做了支笛子。就是那种孩子们家里人手一支的抽拉笛的原始版，20世纪70年代播出的儿童电视剧《针织鼠一家》中就用到过。《针织鼠一家》是一部儿童科幻片，一群用卷筒纸和绒线做的生物，借助烦人的笛声相互交流。作为儿童电视剧应该算非常前卫了，但我是很久以后才意识到的。长话短说，反正阿汶就是做了这么一支笛子，现在他坐在一棵树上吹笛子。他解释说，他是在尝试模仿热带鸟类绝望的叫声。他想知道鸟类会不会相信他是它们的同类。仅仅几分钟之后，他已经觉得自己被接受了，鸟儿们快要接受他了，很快他就能成为它们中的一员，这样就能很轻易地知道它们吃什么，如何交配，或许还有它们在树上想些什么。

马丁终于把电话和电脑连到了太阳能板上。现在电量已经充足，我给挪威的报社打了电话，说我们的设备出了些问题，但只要未来的日子里我们有太阳，研究报告就会源源不断。接电话的报社员工很惊讶这里的天气居然不是天天艳阳高照。我说他不知道自己在说什么，应该出来到世界上转一圈，天天坐写字台是不行的。

马丁取水回来的时候，脸色苍白。井底躺着两只死老鼠，他说。它们肯定已经躺了很久，因为尸体已经快分解了。我们已经喝了一周的井水。水我们当然都过滤过，但没有烧开。马丁感到很难受。我带着米一和图安把老鼠尸体钓上来。我一直希望那只是两只假老鼠、两个道具，谁带来耍我们的，但事实并非如此。眼前就是两只小老鼠。它们活着的时候一定很可爱。想到死老鼠身上的细菌在我们的体内游来游去，就让人很不自在。从现在开始，水必须烧开，要烧很久。

这是活跃的一天。各种研究工作不一而足。金开始起草他的现代贝叶挂毯，要把我们整个现代都包罗进去。马丁开始研究他的周期表。他看上去很神秘，咧嘴微笑，扬扬自得。鲁尔编了个飞饵用来捕捉鳝鱼。他说是时候把它们拽上岸杀掉了。潟湖必须安全。这是个艰巨的工作，但总得有人做。如果我们不做，任务就落到了后来者身上，这是多自私的想法？这样不行。鲁尔觉得这绝对不行。

我选择环岛走一走，随身带了水、饼干和毫米纸，出发了。海滩上的石头越来越多，最后我踏在了冷凝的熔岩上。这我读到过。珊瑚环礁是沉入海底的火山。神奇。形成和消失、升起与散落，有些会喷发。这座岛就是野外课程的一场春梦。这儿什么都有，危险和神秘，植物和动物，重力、温度和运动，这里都有。这里能证明一切。我要展示这一切。我斗志昂扬地走进丛林中的一小片空地——林中绿地，离海滩不远。地面是布满薄薄植被的岩石。这种植物向四面八方伸展着成千上万的手臂，一视同仁地把一切抓在手中，绝不放过任何挡住去路的东西。它一直在探索，想要出去，覆盖一切，绘制地图，不把能够到达的地方都梳理清楚誓不罢休。它渴望知识，渴望全局纵览。这是一种满怀野外课精神的植物。我敢肯定还没有人见过它。不管怎么说，肯定没有有学识的人见过。这种植物特征非常明显，白痴都能认出来。我给它起名叫野外课老师的安慰。这是他们应得的荣誉，那些辛勤的老师年复一年勇敢地尝试唤醒新的一代对于世界以及世界中隐藏着的自然现象的兴趣，教科书不够用，孩子们躁动地坐在凳子上，因为荷尔蒙已经渐渐开始发挥自己的作用。总是荷尔蒙，没有荷尔蒙，世界将大不同，将一片寂静。

最后我绕过岛屿的最东端，转身向西前进。面前的海滩上，星星点点都是自然之力随身带来的物件。太平洋就在面前。海浪从东侧卷来，总是从东侧，风雨天大海会将这些小物件推过珊瑚礁。我的科学家之心点燃了。它冲出来开始归类整理这些物件，成百上千的物件，要搞清楚它们是从何而来的，怎么会出现在这里，在它们落入海中之前属于谁。这是理想的野外课作业。把事实与幻想结合在一起，再加点儿环保思想。地理学、社会学、统计学、心理学，合而为一。野外课是了不起的综合课程。不同领域最精华的部分都汇聚在了野外课上。其他专业的教授都坐在自己的办公室里抽烟斗、手淫，阴郁而内向。野外课教授则不然，他们上天入地，外向，好奇，毫不教条，总是对新的思想敞开心扉。这是独一无二的学科。

要记住的是太平洋浩瀚无垠。而这座岛 —— 马努埃岛，在其中微乎其微。这么多物件能辗转来到这里其实已经是难以置信了。我对两条假想展开工作。

1. 海洋里漂满了物件，所有岛上都能找到满是残骸的海滩；
2. 条条大路通马努埃，洋流和海风把一切都带到了这里。

我更喜欢假想2。这条假想非常积极地支持着溜冰迁徙理论，东西最终会出现在这片海滩，是因为它们肯定会出现在这片海滩。溜冰鞋就在外面某处，因为海风如此强劲，印第安人不可避免地来到这里。这样就完全说通了。或许所有的风都是朝马努埃岛吹的？这肯定是有深度的发现。气候现象将以我的名字命名。或许以这种方式预测我声名鹊起是错误的。假如我不去想世界发现我开疆辟土的壮举后会发生什么，我的努力可能更真诚。但我觉得，认为探险家都是不可救药的理想主义者是很天真的想法。我拒绝相信阿蒙森、南森、哥伦布、麦哲伦，不管是谁，在做出成绩的时候会不去梦想出名。这肯定也是动机之一。科学研究只是次要动机。他们想要的肯定是名望、金钱、女人、性爱和数据。他们和别人都一样。但他们先完成了自己的伟业。他们隐忍而持之以恒。我也要这样，先工作，再折桂。

　　让我先来看看这些东西都从何而来。眼前可有一大堆归类整理的工作要做，不武断地说一句，我很难把自己找出来的东西都归好类列举出来，但这就是科学研究。这一点不能忘。科普从来都不简单，是要向着无知的众生下跪从此投身于大众科学，还是转身面对那些天机在握的少数人？我选择折中。这就是我的缩影了。我不走寻常路，休想给我贴标签。

我找到了一个磨牙环、一部玩具电话、一辆红色的小赛车（中国）、一个贴着詹姆斯·伯勒标签的瓶子、金酒？（英国）、东欧的洗发水、金边臣打火机（美国？）、四根绳子、三把高露洁牙刷（其中有一把"经典高露洁"已经饱经风霜）、一个白马酒窖的瓶子（苏格兰）、一个橙色的塑料手柄、三个船上用的吹风机（其中一个标记着"奥拉娜"）、一把名为"放大"的牙刷、一只巴西来的拖鞋、一支水笔、一个渔框（联合渔业所有，私用者送交法办）、五个风化了的可口可乐瓶（"永远"标语上出现了一条划痕）、一罐防锈喷剂（美国）、一个画着一男一女和两个玩耍中的孩子并写有中国字的儿童杯（中国？）、一个丹麦高露洁–棕榄公司的小绿瓶（丹麦）、七个没有牌子的拖鞋底、两瓶三得利威士忌（日本）、一瓶巴黎水（法国）、一个黑色的马桶圈、一支马克笔、三瓶"依云"（法国）、道达尔机油、五罐其他牌子的机油、雀巢奶粉（法国）、0.75 升优诺酸奶（法国）、标有"Cimet 200–SO"的黑色塑料轮、一个饭盒盖、两个橙汁瓶（法国）、一个塔希提岛的拖鞋、一个 20 升的红色塑料桶（希腊）、救生圈的碎片、一瓶强生婴儿爽身粉（新西兰和澳大利亚）、一瓶雪碧（美国），还有一大堆小碎片。曾经是完整可辨识的东西，却在海洋中迷失了自己的身份。碎管子、塑料片、坏瓶子，各种材料多少都曾有自己特定的形状与功能。这些东西曾经是有意义的，现在没有了。它们已经不算什么东西，而只是东西的碎片。它们正从这个世界上消失。

所有这些东西组成一个复杂的数据库，我现在站在这儿是处理不了的。需要各种运算，加法、减法、微积分，我怎么知道。估计回家以后，我不得不动用电子计算器。许多条件需要加入算式。东西是在哪里生产的，出现在海洋的什么地方，在那里待了多久？这不是一份简单的工作，但最终会得出一幅精准的洋流情况分析图，从而得出太平洋中央的迁徙条件。让这个过程变得更复杂的是，人们不再故步自封。我猜想他们以前大都是这样的，坐在家里削木头闲聊，偶尔烤个蛋糕走亲访友，但从来不去外国，想都不会去想，太遥远，遥不可及。如今人们根本按捺不住。他们东游西荡，说好听点儿搞搞进出口。研究工作变得更难，但我们科学家最坚毅，决不轻言放弃。

我要把信息搞到手，然后把它们存下来。如今大家都是这么对待信息的，我懂。存下来后，谁再帮我一把，或许能搞出点儿图表来，柱状图以及其他视觉图像，以一种浅显易懂的方式把整件事解释得一清二楚。或许我能总结出一条小小的定律，跟欧姆定律和其他人的定律一起写进小学野外课本。这样就牛大了。

但现在我又开始预测事情的进展了。目前我应该专注于当下，当下我唯一能肯定的是，海滩上很大一部分物件原产于法国。我也不想妄下不科学的结论，但最显然的推断应该就是因为法属波利尼西亚群岛就在附近。有人在那儿乱扔东西，就会漂来这里。这里面没有任何的蹊跷，不过就是洋流的作用。我能这么推断是因为我有一些地理基础知识，有继续建树的基石。换成更缺乏经验的科学家可能会轻易得出后果严重的错误结论，比如，认为那些法国的物件是从法国的大西洋沿岸扔下海的。从波尔多或拉罗谢尔顺着洋流穿越大西洋，经过巴拿马运河以及所有的防洪闸门，再穿越太平洋，来到马努埃岛。想法很好，机会有些美妙，但我不相信。我推翻了这个想法。这就是科学家的主要任务 —— 推翻不切实际的理论，下手要狠，快刀斩乱麻，心狠手辣。

在几个小时紧张的整理归类工作之后，我继续环岛前进，在晚餐时间左右回到营地。今天米一和图安抓了超多的鱼，我们全吃光了。没有什么比基础科学研究更开胃的了。

第八堆篝火

在我的鼓励下，阿汶决定把自己的历史知识拿出来和我们分享一下。阿汶是我们中唯一一个基础学科主修历史的，所以要总结世界历史他最有发言权，言简意赅，一夜之间。我觉得我们需要这个。能把我们自己看成出生前千年演化而来的结果是一件好事。我相信这能制造一种谦卑，谦卑的科学家一定是好科学家。阿汶事先声明他觉得这么做可能太草率，说起来很遗憾，他不是地球上最好学的学生。他觉得有点儿难为情，但既然听众是我们，他怎么也要试着说出个所以然来。

阿汶的世界史：

第一个人类出现在很久以前，好像有个四，可能是四万年，也可能是四千万年，或许只有四千年，不对，不可能只有四千年，反正我不记得了。但你们知道我的意思，就是很久以前，但也不是那么久，放开了想不是那么久。人类存在的时间其实挺短的。我们一而再再而三地通过世界与钟的比较了解这一点。一开始只是一片混沌，各种地质活动，然后出现了生命，没人知道生命是怎么出现的。生命开始发展。物种出现又灭绝，然后人类登场了。如果世界是一面钟，且一切从 0 点 0 分 0 秒开始，而恐龙出现于 23 点 55 分，那么人类只出现了一分钟，而我们，也就是埃格尔、阿澜、金、云浮、鲁尔、马丁和阿汶，可能只能算一秒钟，我们没有什么时间做什么大事。我们也不需要自责，我们的责任很小。但不管怎么说吧：就是人类存在的这几十秒钟，我们称之为世界历史。之前从来没有任何生物在这短短的一分钟内搞出那么多鬼名堂来。历史的首要来源是文字记载，其他都只能算是推测。人类最早的踪迹出现于坦桑尼亚的东非大裂谷，他们就是在那里出现的。他们在那里干什么我不知道，无非就是狩猎采集社会，穷困残暴。这里的日期很难下定论，之后就越来越容易。美索不达米亚、埃及、幼发拉底和底格里斯两河——一发不可收。大概是公元前几千年，就说是三四千年前吧，他们开始农耕，还造起了金字塔。他们觉得这样很帅气。农业革命标志了现代的开始。我要说的就是这个——现代史。当人们有了静下来种地的想法以后，一切都变得更有效率、更系统化。他们的生产有了盈余，于是就有了买卖的需要。事实证明，人类总是乐此不疲，只要一有空闲时间，就开始买进卖出，然后还发明了文字，于是就形成了上层阶级、统治阶级。

然后是古希腊，大约出现于公元前 1000 年左右，发生了好多事。人们聚集到大大小小的城市里，比如城邦、城国，西方文明诞生了。最有意思的年代从公元前 400 年开始，苏格拉底那一伙人，他们思考，很有一套。

这里说的主要都是欧洲的事，我也注意到了。因为年代久远，我对世界上其他地方发生的事不甚了解，但肯定有很多事发生。比如中国，当时那里要先进得多。他们造了上千个兵马俑，还会观星。他们相信答案在星辰中。这个误解至今还很普遍。

然后就是我们的罗马帝国了，过渡很平稳。罗马人占领了整个地中海地区，还不止。公元前 50 年达到鼎盛，由罗马统治浩瀚的帝国。北方有哥特人。之后就是基督诞生和受迫害了。罗马大帝皈依基督教，然后就消停了一些。基督教开始传播。曾经是很包容的文化，无所不包，如今几乎是宗教专政。西罗马帝国大约在公元 300 年[1]灭亡，教宗国建立，东西分裂。教皇与德意志皇帝之间出现了严重的册封分歧，很多人赤裸裸地从卡诺莎被逐出教会。教皇权重。东部帝国在教皇管辖之外。西罗马帝国的灭亡标志着古代的结束，欧洲进入中世纪。具体什么时候开始的，大家看法不一。西罗马帝国灭亡之后各种混乱动荡。

西班牙被阿拉伯人占领，很可能还有葡萄牙。这里不是很

1　本处年代有误，实际应为公元 476 年。——编者注

清楚。阿拉伯人来到法国，到了一个"F"开头的地方，可能是什么枫丹，到那儿就停了。

然后是人口大迁徙。那叫一个复杂。西哥特人和伦巴底人，还有许多其他族人四处游荡，把意大利榨干了还赖着不走。不是很了解这个时期。查理大帝出现于公元700年[1]，自称罗马大帝。他统一了大部分欧洲，把重心北移了不少。这时候肯定算中世纪了。封建主义盛行，分封土地，建立军队。国王把地权授予自己的诸侯，作为交换，诸侯必须随命出兵，出兵的要求与日俱增。普通老百姓完全没有发言权。他们早出晚归地工作，才有可能在战争中得到庇护，就这样年复一年。

挪威也有大事发生。公元800年的时候，挪威人很能干，努力前进了几百年。我们没有基督教，没有封建制，自得其乐。本质上我们一直都这样。大约公元870年，我们挪威人攻打了林迪斯法恩修道院，标志着维京时代的开始。之后各种歌舞升平，歌舞升平加贸易往来。我们东奔西走，在历史上留下我们的印记。然后我们被基督教收了，平静了下来。我们与欧洲的教皇挂上了钩。同时西班牙也被夺了回来，收复失地运动。事无巨细，教皇决定一切。之后是宗教裁判。你们有没有

1　本处年代有误，实际应为公元742年。——编者注

注意到这一切发展得很快？历史就是这样，像滚雪球一样，日积月累，年复一年。游戏精彩，源源不绝。宗教裁判的原因是教皇和红衣主教们开始紧张，选择清理掉那些异教徒。首先从西班牙和法国开始，但很快就蔓延开。宗教裁判所简单说就是一个要么劝服、要么焚烧异教徒的机构。就这么一把火烧掉，总之不能做异教徒。这当然很残酷，但中世纪的时候他们无法无天。

阿汶停下来，走开去，找了棵棕榈树撒了泡尿，然后回来继续说。

那个，中世纪，教皇和封建主义，我们说哪儿了？对了，西班牙人和葡萄牙人到处航海。印度航线、美洲航线。世界越来越大。黄金和财富可以运回家是贸易的重点，当然也要付出代价。其他人种遭遇伤害被基督教化，他们像苍蝇一样死于欧洲的子弹和疾病。然后是宗教改革。16世纪30年代，有人往一座教堂的大门上钉了一些思想，于是中世纪就这么结束了。马丁·路德掀起一场宗教纷争，关乎教堂何去何从，众说纷纭，欧洲因宗教而四分五裂。北欧和西欧倾向于路德和卡尔文等人的基督教观点：新教、虔敬主义与严格的戒律。贵族渐渐失去权力。中产阶级作为新的群体，地位逐渐上升。商人等强大起来，接班成为国王的左右手。重商主义兴起。国王决定经济行为，他来分配经济优先权。目标是创造尽可能高的收益。那段时间，战乱长年不断，但我只讲主线，真正重要的主线。18世纪，中产阶级战胜了贵族，展开革命。美国建立，引发众多相关事件。1776年是一个重要年份，法国人和英国人在加拿大吵了起来，但美国有些特别。宪法中许多立场后来都出现在了法国的基本法里，人权，或多或少。但也有许多蠢事，比如，人人都有权携带武器。查尔顿·赫斯顿满嘴胡话袒护便携武器流通自由。枪不杀人，人杀人，他说。他显然没有往下想，照这么说，人就不应该有枪。

后来，你们听好了，就是工业革命了。18世纪末到19世纪初，历史学家的任务不是批判，但总会忍不住自问，工业革命究竟有多成功？不管怎么说，革命的起点在大不列颠。它有来自整个帝国的原材料，肯定也有知识。革命改变了整个经济环境。新产品、铁路，一切变得越来越系统化，现代文明的基础已经打好。英国领先世界一大步，美国和德国紧随其后。工人作为新兴阶级迅速成长。自由主义大行其道，一往无前，它们的想法是大家都希望在自由的条件下做事，并且结果一定是好的。工人阶级并不在权力阶层的计算之内。社会主义成长起来。民族主义和帝国主义也相当兴盛。欧洲高高在上，我们在物质上比别人优越，世界大部分地区都在我们之下，或许我不应该用第一人称，因为我们怎么也不能算其中一部分。优越的军事力量，非洲和亚洲都没什么话可说。竞争很激烈，要做最大最好的。原材料源源不断往家运。

1771 年[1]德国到了俾斯麦手中。同样的事同时也在意大利发生，加里波第？这是欧洲的两大新起点，直指第一次世界大战。俄国也强大起来。突然之间，欧洲出现许多强大的发端。气氛一点儿都不惬意，非常紧张。大约是世纪之交，1900 年左右，各国关系不稳定，同盟国不断翻脸，非常复杂，但最后出现了一个意大利、奥匈帝国与德国之间的同盟和一个法国、英国与俄国之间的协约国。就这样引发了第一次世界大战，部分原因是来自一起不幸的意外：一个塞尔维亚人射杀了奥匈帝国的法定继承人。他本不该这么做。同盟国于 1914 年 —— 大概是 7 月 28 日吧 —— 向协约国宣战。德国人有一个狡猾的"施里芬计划"。他们想从各个方向攻占巴黎，从而击溃法国。右方他们想穿过比利时突击，但没能走那么远。巴黎的出租车向前方运送士兵，于是展开凡尔登阵地战。阵地战一打就是 4 年，难以置信的苦难与损失。德国人不得不双线作战，突然之间所有大洋全面失控，许多国家和殖民地都全面开战。疯了，

1　本处年代有误，实际应为 1871 年。——编者注

美国人掺和进来，这下德国完蛋了，无条件投降。1918 年 11 月 11 日停战。《凡尔赛和约》于 1919 年签订。这对德国来说是摧毁性的打击。他们不能有防卫军外加巨额战争赔款。1917 年 11 月，俄国爆发无产阶级革命。

战后，欧洲进入全新局面。英法经济上行；德国经济陷入低迷，人民失业，出现极端不满，亟须重建以利经济。美国一直是梦想之国，顶峰于 1929 年来临。之后一切逆转，长期萧条，全球经济毁于一旦。德国有魏玛共和国，但是失败了。希特勒崛起，加速工业发展，建立了一支庞大的军队，虽然是不合法的。所有国家再次武装起来。军工业发展带来经济复苏，创造了就业机会，而我们也迎来了第二次世界大战，仿佛是牌面上注定的。"施里芬计划"重启。波兰、荷兰、比利时，欧洲大部分国家遭遇德国入侵。这里说来就话长了，但我还是跳着说吧。战争就是战争。实际上是美国和英国赢得了战争，那是 5 年之后的事。德国又输了一场战争。上百万犹太人及其他遭迫害人群、士兵和平民惨遭杀戮，很大一部分死于异常毒辣的手段，绝不能再发生这种事。

美国又一次成了胜利者和"英雄"。他们现在财大气粗了。"马歇尔计划"（感谢马歇尔援助），但背后的思想自然是阻止共产主义进一步传播。西欧与美国的关联比以前进一步加强。

德国被胜利者们瓜分。大家都怕德国再次统一。欧洲也东西分离。西欧再次开花。大量重建，气氛空前高涨。

忘记说了，日本也是战败方。他们顽强抵抗了很久，逼得美国不得不动用原子弹。之后人们明白战争已经不可同日而语了。苏联也开发出了同样的技术，阴影笼罩了之后的 45 年。冷战、一大堆间谍文学，欧洲分裂局面加剧，还发生过一系列其他战争，大部分是美国挑起的。越南、朝鲜、尼加拉瓜、危地马拉，多了去了。

世界各地都笼罩在美、苏两国较劲的阴影下，形势胶着。一直到 20 世纪 80 年代末，一切都还算平静。其间达成了互不侵犯条约和开放政策等。苏联于 1991 年解体。柏林墙倒了，人们痛哭流涕，相互拥抱。西方价值观和资本主义思潮很快渗透进那些东欧国家，但至今为止还是挺混乱的。如巴尔干等地，感觉怎么都不是个头。

你们都听到了，事情就是这样，八九不离十。有什么问题吗？

金问阿汶同不同意用"一片狼藉"四个字来简短总结历史。阿汶说他倾向于同意。

马丁问阿汶有没有最喜欢的时期。

这个嘛，可以算是古希腊吧，阿汶说。但细说起来又有些无聊。民主啊，思想啊，一大堆，但可能重要大过刺激。中世纪很沉重，一片混乱。全民自由，棒极了。在我看来，中世纪和第一次世界大战之间有许多值得反思的地方。但世界大战很残酷，有许多相关的书籍做证。第一次世界大战非常复杂，但第二次世界大战都是希特勒的错，一目了然。有许多关于这场战争的电影都不错。善恶之间的差别非常显著，但损失是闻所未闻的。这个不能拿来开玩笑。"一战"从很大程度上说让世界失去了童真，死了许多平民，前所未有。"一战"之前世界很年轻。许多人相信世界仍然很年轻，但其实不然，至少说起战争的时候。

"巴尔干怎么了？"埃格尔问。

阿汶说他对那儿发生的事也不甚了解。我们都承认说到巴尔干都知之甚少。埃格尔说他期待有一天能买一本历史书把这一切都总结了，像现在这样，让人很绝望。现在只有希望众生太平，也不管众生都是些什么人。

第九天

我们吃早饭的时候，海面上空的云层裂开了一条缝。光束壮美绮丽，让我心惊胆战了一阵子，以为耶稣就要下凡判生死了。马上不是要千禧年了吗？他不是快下凡了吗？说不定他提前出发了。他这样的人肯定不喜欢拖到最后一刻。他喜欢以自己的节奏办事，起床以后冲个澡，吃点儿东西，振作精神准备迎接大任务。但我希望这是假的，我希望他不要来，现在来不是时候，因为我们还离家那么远。

所幸天缝又合上了，还下起了雨。宁可下雨，也不要太阳和评左判右的耶稣。他凭什么下评判？他以为他是谁？他判错了怎么办？要是他正好趁我反常的时候找上来，以为阿澜肯定一贯如此，然后在错误的基础上给我下了评判，那怎么办？又或者他不管像我这样的大多数人有多善良，己所不欲，绝不施于人，就揪着我们不信上帝怎么办？这会给相当多的人带来严重的后果。我很难想象这对谁有什么好处。

雨越下越大，变成暴雨。一下子下那么大雨，我们都笑了出来。太过分了。我们把所有锅碗瓢盆都放到苫布下攒水。水从苫布上如瀑布般挂下来。5分钟内我们就攒了170升水，全归我们所有，死老鼠的问题迎刃而解，至少可以撑几天。所有水桶都满了以后，我们站在水柱下冲澡。我用迷迭香洗发水把自己涂了好几遍。我还洗了衣服，我把能洗的都洗了。太爽了。

雨停以后，空气中飘荡着植物新鲜湿润的芬芳。嗅觉更加敏锐，肯定是因为平时那种浓重有毒的刺激物用得少了。我觉得自己彻底地清洁干净。海洋和沙滩基本上持续散发出气味，所以一旦有什么不一样的味道，我能立即察觉；哪怕我躺着的地方离厨房有 20 米远，我都能马上闻到鲁尔点燃了汽炉。当埃格尔在几米开外揣着块肥皂走过的时候，我闻到了肥皂的味道，清清楚楚，应该是"史特丽兰"的牌子。

焦虑的马丁朝我走来，向外面的珊瑚礁一指。那里有艘船，一艘小快艇。是真的。那里有艘快艇？闻所未闻。难道是助学基金追来了？马丁很害怕。他听传言说有些军官学院毕业的人的工作就是为助学基金追债，逃到瑞典他们也能把你找回来。他们到你家门口的花园里支个帐篷，直到你还款为止。德国也有类似的系统，要是欠了钱就会有人穿着兔子服整天跟着你，走到哪儿跟到哪儿，不管你走到天涯海角，兔子都在。那里不允许使用暴力或直接向你施压，但允许派人穿上兔子服跟着你，上街，进商店，进电影院，走到哪儿跟到哪儿。马丁怀疑助学基金会用同样的伎俩来对付他。他相信船可能就这么停在那儿，几个小时，几天几夜。他们这么做是为了把他逼疯。最后马丁会崩溃，所有人都会崩溃，游出去签字什么的。

这是他最害怕的事，肯定是他的父母失守了，说出了他的行踪。现在游戏结束了。如今助学基金的雇佣兵已经坐在船里监视我们了。他们会分析我们身上有什么有价值的东西，然后可能会把它们带走。如果他们拿走卫星电话，我们就完蛋了。这下我没法跟康提基博物馆交代了。

　　马丁很痛苦。他都不觉得所受的那些教育值得他受这个罪。他在比利时留学的时候，到处都在报道男人终于有机会通过手术增长性器官，我们管那叫大雀儿。马丁在比利时比较无聊，于是他算了一下那时候他助学贷款里的那20万可以干什么，然后他发现他能搞个50厘米长的大雀儿，那才叫大雀儿。但现在说这些都晚了。

　　而且马丁并不是唯一一个对助学基金有难言之隐的人。只要船漂在那儿一天，埃格尔也不得安宁。

　　埃格尔认为挪威的腐败现象太少。我们在这方面落后许多其他国家一大截。本应该可以跟助学基金的人搞好关系，请他们来参加生日宴和各种聚会，和正确的人一起去逛夜店，然后赢得他们的信任，不动声色地让他们明白，如果可以把所有——哪怕是大部分你名下的贷款都取消，你会很感激不尽。作为回报，你或者你的小舅子会去为他们打扫房间，或是帮他们的儿子改装助动车发动机，让他们开得更快。埃格尔和马丁说要躲到丛林里去避避风头，直到危险过去，但我说这听起来太不靠谱了。如果助学基金的人真的不远万里坐个小破船追到这里，那他们也不会因为人躲进了树林就回家。他们还是就留在这儿坚强面对，逆来顺受的好。拿出男人的样儿来，只有小毛孩才逃跑。

　　但对于与政府部门的人打交道，埃格尔也有过美好的经验。他发现他们很好骗，埃格尔经常在付账单出现问题的时候利用他们这个弱点。有一天，他坐在家里开着电视，当时是下午五点，收电视税[1]的人来了。他当然不会相信埃格尔没有电视这样的鬼话，一进过道就都听见了。但电视税账单寄到信箱里的时候，埃格尔写了一封文笔优雅的短信，信里写到他家的电视是跟一个熟人借的，他是电视的坚决反对者，他借电视只是为了用录像机看一部关于电视强权的纪录片，看看电视究竟有多危险。他们居然信了。不信不行呀，他们的原则是相信人的诚实。这就是此类部门的人令人着迷的地方。他们不能无缘无故指责人民说谎，而取证需要动用闻所未闻的资源来监听成千上万的人。但同样的信寄到助学基金那儿就不管用了。助学

1　在挪威只要拥有电视机就要交电视税。

266

基金那儿找不到一个天真善良热心肠的人。欠债还钱，天经地义。国家想把钱要回去也会不择手段。国家会派人满世界跟踪你，这些人全心全意投入工作，不给你一刻喘息的机会。知识诚可贵，但知识不一定就是力量。马丁和埃格尔就是例子。他俩都满腹经纶，但什么权力都没有，该吐的时候就得吐出来，听上去很没道理，但这就是体制。体制的特点就是很难改变。无数体制受到改革的挑战，但只有绝无仅有的几个成功了，哪怕成功了，体制也不一定进步了，也听说过有变得更坏的。这样的话反而是舍近求远。我只是替自己说话——自找麻烦。真正应该改变的是人自己。有人把自己的一生都奉献给了改变体制。肩膀一拍，干得好。我们其他人更愿意向后靠，我们绕着弯走。但我们人人都是体制批评家，打嘴仗又不收费，甚至还很好玩。谩骂体制可以很好玩，所以我们经常骂着玩。

这天剩下的时间气氛相当凝重。我们大多数人都欠助学基金的债，还款期限一个接一个，时不时收到恐吓信威胁我们制裁将近。马丁确实最惨，埃格尔也是边走边打战，还有云浮和金，但大厨鲁尔无债一身轻，阿汶只欠了一丁点儿。马丁才刚刚开始自己的恶性循环，可怜的家伙。说实话我也背着债，拖欠过一两回，但我总是能以自己柔美的电话嗓音和三寸不烂之舌为自己开脱。但这次我也不知道该如何是好。我不记得自己出发前是已经付清了这一期的贷款还是不了了之了。后面这个选项也不是完全不可能。我有这么多别的事要考虑，一场探险在门口等着。我处理鸡毛蒜皮日常琐事的意愿是有限的。

我觉得自己没什么好怕的。我是个安分守己的人，坐电车都好几年没有逃票了。

另外我们在这里不就是在还债吗？我们可是在为国争光啊！这总该算上吧。那些为国家争取荣誉的人的学生贷款就该一笔勾销，还有所有在更宽泛的领域实践野外课的人。这应该是自动的。我们常年背负着的其实是一份复杂的契约，作为一个知识分子生活在一个需要知识的社会里，但同时还要为知识买单。但一旦知识上身之后就再也没人能从我们这里夺走。一句话，知识是我们的。知识与知识的所有者是不可分的。但助学基金垫付了学费。助学基金的人想把钱要回去。他们脑子里只有钱。钱、钱、钱。但他们拿不回知识。他们可以求我们付钱，甚至可以追债追到马努埃岛，但哪怕我们拒绝，知识仍然是我们的，或者说原力（别跟我说你没看过《星球大战》），现在不都喜欢这么叫吗？正因为如此，威胁总感觉减了半。真实存在没错，但不会铺天盖地。并不是因为我们害怕助学基金的人，只是他们太爱管，片刻不得安宁。他们把我们的生活分了期，给我们标了价。能有机会学习，我们感激不尽，但同时国家显然也需要我们这样的人。他们觉得借给我们钱是帮了我们的忙。我们觉得好好学习是帮了他们的忙。这可不像升级一台电脑：每16兆内存得花好几百块钱，装完系统就会快一点儿，用起来舒服一点儿，但要是把同样的16兆拿掉，机器又会像以前一样慢。这种升级卡在人身上就不太好找了。一堆细胞、神经和脉冲，装上就拆不掉了。

所以他们选择跟踪，抛了锚，坐在船里把人逼疯。在这个信息交流已经如此现代化的时代，这感觉有点儿原始。但助学基金显然更喜欢和人面对面聊。方法还是老的好。大家都在说心理资本是未来，肌肉和第一产业已经过时了，现在讲究的是概念、知识和宣传。心理资本、未来的资源，说的就是我，就是我们。助学基金应该看清形势，远离他们的债务人而不是假装成渔船漂在那儿。钓鱼的傻子，埃格尔说。我们互相看看，明白话可以到此为止，但我们还不满意，还想再说两句，于是我们的本能把我们自己都吓到了，一句接一句，直到我说出了"钓鱼逼"，马丁也不知道是哪儿听来的，说了句"逼傻子"。这下我们都接不下去了。

天黑以后，船上亮起了两盏灯。我们聚在老地方尽可能地放松，但怎么都放松不下来。我们没点篝火，不想让他们有可乘之机。我们觉得自己被盯梢了。助学基金肯定有夜视镜以及其他最新的情报设备。我们时不时朝那艘船投去焦虑的目光，并暗自希望游来一条鲸鲨向小船动怒，用尾巴把它掀翻，让助学基金永沉大海。这儿应该有好多这样的鲸鲨。它们大得惊人。海尔达尔写到过它们，轻而易举就能掀翻一艘船，并且非常易怒。动物都这样。这几乎是我们唯一的机会。自然，我们必须信任自然。自然的力量大过助学基金。几百年后自然必将胜利，一切都会被自然征服，包括助学基金，有的是时间反省。

第十天

研究取得突破性进展：我找到了一块化石，一块印着熊脚的化石，或者应该叫熊掌。印记清晰，不容置疑。我激动地把化石给马丁看，他说他记得一首古老的童谣，可以作为这个重大发现的佐证。童谣是这样的（马丁哼哼着复述起歌词）：

啦啦啦，加一个跟"乌"押韵的词，
快看，快看，它们跑着步，

那些小熊来自秘鲁，

看着可爱，

其实很可怕，呼噜噜，

快看，快看，小熊足，

那些小熊来自秘鲁。

　　跟这首歌放在一起，这个发现将是太平洋群岛的居民来自南美洲的铁证。那些印第安人带着自己的小熊横贯冰面，也不算什么惊天动地的事。印第安人和熊，总是形影不离。印第安人困在山顶等待神兽出现的时候，最后冒出来的总是熊。熊肯定是力量、智慧等的象征。去没有熊的地方对印第安人来说是难以忍受的，所以他们自带了熊。另外他们肯定也需要肉啊，还有奶。一头好熊，奶可多了。在冰面上运熊肯定很容易，反正是小熊，还喜欢蜂蜜。但它们在这里过的是什么日子？这就只能猜了。现在它们都灭绝了，它们肯定是受不了这炎热的气候。只要冰川时代肆虐，它们就悠然自得，但一旦过去了，冰雪消融只剩孤岛环海，它们只好放弃。它们肯定想，我们受不了了。许多人都在说原始人跟自然万物的关系如何融洽，但这是一场动物的悲剧，玷污了印第安人以及他们所代表的精神。

马丁和我为新发现写日记的时候，助学基金的故事发生了戏剧性的转折：两个人从快艇上跳进水里，他们朝珊瑚礁游去。我们不知所措起来。是两个男人，我们看得清清楚楚。他们蹚着水穿过珊瑚礁，再跳到水里，游泳穿过潟湖，朝我们而来。逃跑其实是不可能的，但埃格尔想铤而走险，他可不愿意束手就擒。如果助学基金的人想抓他，就得准备跟他在丛林里打一架。他钻进树林没了影。

现在男人们蹚着水朝沙滩走来。其中一个50岁左右，全身棕色，留着稀疏的胡子，穿一条很小的泳裤。他是那种一辈子只买一条泳裤的人，年轻时买的，之后脑子里只有别的事，不会考虑自己的体形和泳衣的潮流都发生了改变。他看上去很高兴，一点儿都不危险。另一个看上去阴郁一些，或者只是不太确定，也更年轻。两个人看上去都是欧洲人，反正是白人。马丁看着自己的人生匆匆而过，他还有好多事没来得及做，有好多话没来得及说。但那个年纪大的人毫无防备地冲米一挥了挥手，米一又挥了挥手。这就像是恐怖片的转折点。还以为英雄登场了，却发生了意想不到的事，剧情扭转了。这是老把戏了。马丁明白了过来，脸上挤出一丝微笑，肩部肌肉放松下来，微笑延展开。年轻人蹚步上前跟米一和图安一起坐到阴影里，米一为他卷了根烟。都是朋友。这就是亚里士多德所说的转折与净化，正如那些古希腊人和同性恋者希望的那样。这是一种净化。尽管不是虚构的故事在我们面前展开，而是生活本身，这还是管用的。马丁那些没做的事还有机会做，没说的话还有机会说。情况向着明朗的方向发展。

来人叫汤姆，拉罗汤加的港务长。他同伴的名字我没记住。汤姆跟我们每个人问了好，并问我们研究工作进行得怎么样了。他有几天休息的时候常爱开船到这里来，他解释说。这儿周围有许多好鱼。

以这艘动力强劲的摩托艇，天气好的话，七八个小时就能到。天气不好就别想了，太危险。但现在天气很好。他坐下来说起海员往事，说起船有多复杂，说起被扣在香港港务局，还有保险问题和政府的腐败问题。故事有些离奇并且前后矛盾，但比起他不是助学基金的人所带来的如此强烈的轻松感，这些都无所谓了。从他的话里，我们听出来船运行业一般有六周的时间周期，凡事一般都要花六周时间。船扣了六周，货物又再没收了六周，劳埃德银行花了六周处理保险理赔，修船花了六周。行业中任何小于六周的事是没人敢接的。办什么事基本都要花一万美元。这是一口价。这样就不用来来回回讨价还价了。一万美元，整数，好记。

汤姆和同伴游走以后，我们神清气爽地躺在阴影下。鲁尔端来一堆椰子让我们自己拿。阿汶递给我一个椰子让我尝尝。这个椰子比别的都好吃。他干了什么？是这样，他让我们听好了，他自己转悠的时候一直哼着一首歌，突然想起来歌是从《落水狗》里听来的，他甚至还记得歌词："她往椰子里加了青柠，然后一饮而尽。"他当然想自己试试，结果一举成功。就这样，我们马上研发出了一种比椰奶诱人得多的软饮料。这样一来，知识——比如看起来百无一用的电影知识，马上以一种直接而宜人的方式派上了用场。

埃格尔去哪儿了？在阴影下捧着青柠椰奶欢天喜地好一阵子之后有人问。他不见了。他几个小时前躲进丛林之后就没人见过他。我们记得他什么饮料、干粮都没带，开山刀也没带。金记得他胳肢窝下面夹了本书，但光靠一本书，他撑不了多久。天马上就要黑了，我们不能让埃格尔空着肚子独自过夜。他这么怕虫子，肯定会死的，这可不是什么好事，我们也不想失去他。我们大家都很喜欢他，他是我们中的一员。

我们人太少，无法进行地毯式搜救，于是我们两个人一组分头找。鲁尔和马丁去丛林找，金和云浮沿着海滩向西找，阿汶和我朝东找。

我们边走边想，最有可能是在海滩上找到埃格尔。往丛林里走不了多深就又从另一头钻出来了不是吗？我们自信可以很快找到他，时不时喝一口水。喝水很重要。

阿汶说起他的睡觉计划实施得并不顺利，在这儿比在家更难睡着。在家有墙把世界挡在外面，而在这里世界可以说是连续存在的。一天 24 小时，无处可逃。他对我感到很亏欠，他说。他觉得自己让我失望了。我说他不应该这么想。现在我已经有熊掌化石在手，对其他人的研究项目就可以从宽了。没事的，我说。阿汶不用想太多。他是我的弟弟，能在这里我已经很高兴了，不管他睡长睡短。

阿汶问他能不能告诉我一件事。当然可以。不然要兄弟做什么？他让我不要生气，他时不时会陷入对特隆赫姆城市生活的思念中。他知道我们不会永远留在这里，但还是会有这种感觉。他思念的是什么？他能用语言描述出来吗？这个嘛，比如，他怀念从大学回到家中可以在信箱里收到广告——带产品图片的广告。他并不是经常买这些产品，但是他喜欢看图片，就像我们小时候那样，圣诞节前收到这样的玩具广告。你肯定也记得，他说，我们一个晚上接一个晚上睡不着觉，看着图片做着玩具梦。产品图片通常很好看，让人产生强烈的占有欲。我知道他的意思。还思念什么？还有，他怀念那些既出乎意料又在意料之中的城市小事件。出乎意料是因为无法预见究竟会发生什么事，意料之中是因为大家知道当很多人聚集在一起时这样的事不可避免地会发生。我不是很明白，让他举些例子。比如我们坐在车里等绿灯，阿汶说。我们前方有些车要转弯，打着转向灯，你在听吗？我听着。转向灯闪烁的频率不同步，但其中一辆有要赶上另一辆的趋势。有一下是同步的，但很快又乱了，形成了一种节奏。是呀，但他举这个例子是想说什么？不需要更多事发生，阿汶说，就这么一点儿。不算什么大事，但也是个事。这我不能否认。在城市里好多免费的体验，得到的乐趣总比自找的多。虽然我不觉得这是最好的例子，但我懂他的意思。那他有什么不想念的吗？有时候把它说出来是很有效的。有一样东西阿汶一点儿都不想念，那就是他公寓楼下那家新开的店。里边卖的是狂欢节用品，照阿汶看，这家店注定要倒闭，一点儿机会都没有。阿汶觉得与那个目光短浅、注定失败的店主眼神接触是件痛苦的事。阿汶经过时总是良心不安。这是店主缺乏判断力造成的。这是他的错，但难受的却是阿汶。

我建议阿汶应该花些时间，时不时想一想这个狂欢节用品店的店主以及其他他不想念的人或现象。这样他可能会更享受在这里的时光。这儿也一直有事发生。海浪不停地拍打珊瑚礁。军舰鸟鼓着鲜红的喉囊在我们头顶盘旋，我们往潟湖里扔的那些饱经风霜的石子，那些我们在家时梦想着的美好小事。如果他有些无聊，这也不是什么危险的事。就是有人相信通往安宁与幸福的道路会无聊。当然道路不止一条，无聊只是其中一条，但不一定就是最糟糕的那条。阿汶答应好好想想。现在话说得够多了。可怜的埃格尔还迷失在外，孤苦伶仃。我们得找到他。

我们绕过岛的最东端，来到全是残骸的海滩上，阿汶被残骸的数量与种类惊到了，跟我前两天的反应完全相同。他觉得既神奇又厌恶。我们很像，阿汶和我。我们流着同样的血液，受差不多相同的基因控制，同样的基因出现在同样的地方。我们就是这样。

走到我们认为已经环岛半圈的地方，我们游了个泳，上岸喘了口气。我们坐在一只巨大的死龙虾身边等着其他人。过了一刻钟，鲁尔和马丁走出丛林。他们没有见到埃格尔。我们一起去找金和云浮。还有一个小时天就要黑了，我们要加快速度。

我们蹚着水经过潟湖中一片平地的时候，听到丛林里传出喊叫和吵闹的声音。突然之间，埃格尔就冲到了海滩上。他躲在一大扇棕榈叶背后喊着他是丛林厉鬼。他想吓唬背后不远处的金和云浮。看到我们以后，他也想吓唬我们。然后他就倒下了，昏了过去。我们抬着他回到营地。

第九堆篝火

我们照顾着埃格尔，给他喂吃的和水。现在他躺在篝火旁。金把自己的蚊帐借给了他。我时不时走到他身边用湿手绢给他擦把脸。可怜的家伙已经不是他自己了，头昏眼花，五迷三道，肯定是太阳晒多了。他嘴里只有一句话：有时候这里像个丛林，我忍不住想自己是怎么挺过来的 [1]，哈哈哈。

我们围坐在篝火旁集体声讨助学基金。看着埃格尔这样的成年男子被折腾成这样，场面十分扎眼。迷失自我，呻吟，害怕，病倒。马丁认为我们应该告他们，我们应该告助学基金，代表我们自己、埃格尔以及其他千千万万受害者。埃格尔可以成为向助学基金宣战的代表人物。我们的主打理由是既然有人能告倒烟草工业，那么我们也能告助学基金。现在所有抽烟的人都知道危害，但他们还是在抽。同理，所有向助学基金贷款的人都知道这笔钱是要还的，但他们还是贷款了。助学基金肯

1　说唱乐队 Grandmaster Flash & The Furious Five（闪耀大师与暴怒五人组）20世纪 80 年代金曲 *Message*（《消息》）中的经典歌词。

定应该为没有注明对生活质量的严重影响而承担责任。他们要了我们。只要找个真正优秀的律师，肯定能告下来。与烟草的受害者相反，我们不需要赔偿，我们只要把债务取消就好。挪威经济本来就在腾飞，有时候政客们会制造相反的印象，但那都是假象。要是全国的雇员都不用还助学贷款，很大一块时间就都解放出来了，可以用来思考和行动。像现在这样，社会是被误导了。大家都太忙了，彼此都不说话，倾其一生工作，为了自己的知识和财产还债。意见交换与道德探讨只发生在失业人员和吸毒人员之间。他们是唯一有时间的人。我们麻烦大了。

讨论还在继续，我们得出结论，我们想要从事的工作实在太少。我们也说不出什么工作能让我们满意，但我们宁可自己支配时间。灵活支配，不用为我们看不到意义的事疲于奔命。可能是我们被宠坏了。阿汶和我的父亲经常说我们好高骛远，对生活的期望太不切实际。我们的父亲是高中老师。他说他年轻的时候该怎么样就怎么样，大家基本也都很满足。他们在小公园里踢足球，开心着呢。没人说想要成为职业球员或百万富翁。尽管没有钱赚，他们还是会踢球。如今他的班上总有男生和女生梦想成为职业球星去英国或者意大利踢球，或是成为流行歌手、国际巨星，或是演员、电影人。我们太好高骛远了。

爸爸说到这些的时候总是摇头。他担心我们会成为充满失望与不满的一代人。

但围坐在篝火旁的这些人也都被工作折磨过，我们都在一段时间内拼过。突然之间，空气被关于工作的故事搞得紧张起来，最后发展成一场比赛，看谁干过的工作最糟糕。

金从插座中拔电线，拔了好几天。我没听明白来龙去脉，大概就是他少年时打过的一份小工，无谓的少年小工。碰上个好日子说不定也能对此怀旧一番。埃格尔虽然神志不清，但我对他的人生略知一二，能说出他做过代课老师，那个满是熊孩子的班里95%的学生都只说外语。经过几周徒劳地尝试建立和平与秩序失败之后，他辞职了。他声称自己是错误的人出现在了错误的地点，还是放任自由为上。他一边从外部观察着讲台后坐着的自己，让同学们各做各的事，一边在脑子里构思合理的辞职申请。

云浮送过报纸，另外还在斯德哥尔摩洗过碗，但他看上去并不觉得那有多糟糕。云浮总是能把头浮在水面上。他是人生赢家。

阿汶做过电话推销员。这事他不想提。

马丁在大学里做过民役。他边复印边喝咖啡干了漫长的十六个月。之后他太消沉、太憔悴、太与世隔绝，以至于考虑申请赔偿。他觉得有人应该出点儿血。另外他还在特隆赫姆的奥西林堡为一栋四户别墅喷过沙，大夏天，在太阳下穿着闷热的防护服，惨绝人寰。沙子留在身体的各个洞口，几个星期都洗不掉。

鲁尔在尼达尔巧克力工厂往一百万袋什锦糖果包装上贴过"内含核桃仁"的贴纸。有人忘了把核桃仁写进产品声明了，要是有个小孩过敏了，父亲碰巧还是最高法院律师，那天就塌下来了。

我做过几天忙碌的装配工助手。我协助的是一个北方人，满嘴钱和一些我听不懂的话。我是他的小跑腿，给他递金属弹簧和其他他需要的东西，他站在8米高还不停摇晃的脚手架上，时不时还有其他装配工经过，说两句不痛不痒的话。我在一座巨大的飞机库里听着庸俗的对话，最后我不得不走人。

今晚比赛胜出的是一个我们不认识的人，他是鲁尔的朋友。他在一个屠宰场做过夏季工。他被派到一个地下室里，就在屠宰大厅下方，得穿一件连体服。他站在下面等。天花板上一个天窗会打开，往下掉新宰杀的牛肚子里的内脏。他的工作是把牛内脏拖走，堆进某个集装箱内。牛下水哗哗掉下来，热乎乎的下水。他得小心不让它们砸到头。听上去就像个电脑游戏：你有三条命，要把下水带走，同时又不能让新掉下来的砸死。装满一车牛下水就能在地上喘口气外加一点儿附加分，然后继续。要是拿到 500 分没有掉一条命，就能得到一大堆奖励分，但要是脑袋被砸到三次，游戏就结束了。

那个夏天就是这么过的。

沉默地思考了一阵子之后，就在篝火熄灭之前，金说关于大卫·伯恩我们聊得太少了。马丁和云浮表示同意。好吧，大概吧，但没人拦着你们呀，总不能都得让我来提聊些什么呀。你们想说他什么？金其实只是想说他是个好人。他做了许多好事。这些我们得记住。

第十一天

今天，变态的炎热又回来了。小伙们几乎什么都没干。埃格尔活过来了，他的神志清醒了，但还是有些虚弱，他躺在阴影里任人照顾。他开始喝咖啡，抽烟。这是个好兆头。他描述说当他冲进丛林的时候觉得自己几近疯狂。这是一种奇怪的感觉。他很渴，头脑发热，无法思考。后来他明白自己迷路了，坐下来积蓄体力。他开始看他带着的书，图阿·福斯特伦的诗集，书名是《与马共度一夜之后》。她是个芬兰诗人，后来获得了北欧理事会文学奖。当时我们不知道，但现在知道了。很好的诗。突然之间埃格尔觉得这些诗就是马努埃岛的地图，于是他站起来开始跟着地图走。这肯定是行不通的。他只是越走越深罢了。但他还是深信诗就是地图。他已经神志不清了，但自己不知道。这是可怕的体验。诗有很多作用，但不能当地图。埃格尔现在知道了。

我给埃格尔递水并安慰他，说这是常有的事。埃格尔说他想回家，他受够了。除了疲劳之外，他脚上还起了许多小水疱，是他挠过的蚊子包。如果不治疗的话，会变得很可怕，但我给他涂了"百多邦"，让他试着睡一会儿。埃格尔说我没把他当回事，如果他把自己的脚锯下来，我们就不得不都听他的了，他说。他才不怕把脚锯下来。我们可别以为他会怕。没了脚，各种可能性都会应运而生，他说。他可以单脚跳，可以拄拐杖，可以装义肢，还可以学开残疾人车。这样是搞不垮他的。我们还不能回家，我说。他得摆脱这个念头，越早越好。不回家至少送我去医院，他坚持道。医院里有小卖部、厕所、冰箱，还有姑娘。姑娘，没错——她们身上有什么特别的地方，但埃格尔想不起来是什么了。她们到底有什么特别的？是不是膝盖？是不是柔软的大膝盖？埃格尔摸摸自己的膝盖，看看是不是真的，但他好像不是很信服。肯定是别的什么。我们已经有两周没见过姑娘了。这是很不正常的。只有战争时期才会发生这样的情况。他想进医院，去拉罗汤加。要是港务长汤姆再经过这里，埃格尔可以跟他走，我建议道。埃格尔点点头。他幻想着，自己躺在医院里，闪电般迅速展开一段浪漫爱情，与最可爱的护士——一道美丽的风景，每天一早带来新鲜的兰花花环，套在他的脖子上，问他缺点儿什么。没人在场的时候，他们就热吻，在光天化日之下做爱，而她的领导以为她是在给他的腿抹药膏。他们的关系被发现以后，她被调去另一个部门，但他们的关系通过气动管继续维持着。激情四射、亲密黏腻的情书装在小容器里穿过医院的管道系统。没完没了，上百封信，忠贞不渝，情真意切。最后她出现了，往他脸上摁了个枕头，像《飞越疯人院》里那样使劲儿压，或者他们齐心协力举起洗手台砸破外墙逃跑，像印第安人那样躲进丛林，在那里他们靠水果和对方幸福地生活着（这样的剧情就这两种结局）。

我懂埃格尔思乡心切。他想要过文明而普通的生活。身处荒岛，发现普通生活中的闪光点就变得很容易。这是最显而易见的人类机制。在家的时候，我们想去荒岛，到荒岛上了，我们又想家了。这是板上钉钉的事，这是条定律。相比之下，欧姆定律简直是小儿科。

我问埃格尔离开特隆赫姆之前他最想要的是什么。太阳和大海，他说。这里都有了，我说。埃格尔平静地点点头。他捡起一块石头，心不在焉地朝沙滩上爬着的一只寄居蟹扔过去。它那是活该，他说。

有时候把怒火发泄在比我们弱小的东西身上是有用的，但有时候没用。

我研究起熊掌来。显微镜下放不下，于是我刮了一点化石碎片下来放在玻璃托盘上。化石碎片无法透光，我只能看到几块黑斑。假设里面有什么基因信息，那自然也隐藏得太好了。自然就是这么狡猾，不让人像看书一样一目了然。得准备特殊器材，我的显微镜还不够特殊。我本来期待可以绘制出熊的基因双螺旋结构，画在日记本里，勤勤恳恳地涂上颜色，但我现在只有靠想象来满足自己了。我还挺有想象力的。虽然这上面看不到，但在我心里，基因双螺旋美丽而奇特。我可以轻而易举证明熊的基因成分来自南美洲。

虽然现在是正午，天很热，但气氛比平时活跃开放。云浮建议踢足球，但遭遇否决。跑来跑去太累了。我个人也不是很喜欢踢足球，虽然我总的来说还算擅长跑位。我们反而用蚊帐和其他东西支了个排球网，清理出一块场地，开始玩二对二。我和云浮一队，他总是对体育和比赛特别较真。他还喜欢制定规则，做决定，肯定是受家庭影响，输不起。埃格尔只能在旁边看着。他躺在丛林边缘恢复体力，这样也不错，他跟云浮一样，也是我们中输了会翻脸的人。

米一和图安坐在自己的干电池收音机旁，一边听库克群岛 24 小时圣歌电台一边看我们打球。我跟他们讲过发现化石的事，所以我估计他们看我的目光跟过去有所不同。现在我们已经研究了那么半天，打打球，娱乐一下，良心上也没什么过不去。我们喝着椰奶喘口气的时候，米一走过来问我们能不能借他一本书。他自己只带了一本书——一个当地牧师的布道集，他已经读了两遍，有点儿无聊。我给他看存放大多数书的箱子，几秒钟之内他就找出了《圣经密码》——一本马丁在法兰克福机场胡乱买的推理神作。没有在米一发现之前把它从箱子里拿走，我悔得肠子都青了。一位犹太数学家发现《圣经》中隐藏着密码，一切发生过的事和即将发生的事都以微妙的方式写在了书里。比如，让电脑每一百个字符抽取一个，或者每一千个，或者任意一个相等间隔的字符，嗖一声就出来一条预言，说某个政治家会遭遇枪杀，说战争会爆发，或者我们正大踏步朝我们所知的世界末日前进。同一位数学家当然也对托尔斯泰的《战争与和平》做了同样的实验，结果一条预言都没有发现。也就是说《圣经》藏有密码。这想法非常了不起，算是证明了上帝的存在 —— 如果有人需要证明的话，但对于读书不多的信徒来说，这是一本很可怕的书。既然现在米一已经找到了它，我又不能一把把书从他手里抢回来，然后说这不是给你看的书。所以作为弥补，我还给了他几期《竞技场》，我知道里面有几张裸照以及一篇助性的文章。总是要尝试平衡，凡事过犹不及。我知道米一和图安都会很欣赏《竞技场》里的那几个展开页。我听到过他们的点评。他们跟我们一样生猛，只是包装纸不同而已。

马丁和我分析了一下我们的供烟情况，结果让我很担忧。我们把现在手上的烟都加起来，除以预计还要在岛上停留的天数，得到的结果是我们每人每天分到的烟不超过三支，太少了。我们之前从来没有这么多时间可以抽烟，也从没有这么缺过烟。马丁提倡我们尽管抽，想抽多少抽多少，直到全部抽完，到那时候再闹腾也不迟，但我不觉得这是个好办法。我们会很焦躁、很不友好，会发生不愉快的事情。埃格尔有些烟草，但他一开始就讲清楚了，他是不会白给的。你们把烟带够了，他说。这话他说过好几次，心里很清楚会出现这样的情况。话说回来，埃格尔也比马丁和我更依赖烟草。这是实情。

而马丁说他看到过米一有整整一小箱新西兰进口的卷烟。我们借给他杂志和书，不能排除情况紧急下他会成为我们供应商的可能性。另外马丁还记得戒烟热线的号码，如果情况真的很糟糕的话，我们可以打电话过去咨询，他们可能知道长夜难熬的时候，哪些热带植物可以烘干了当替代烟品。

快到晚饭的时候，我看到除了阿汶，其他人都在沙滩上把头凑到一块儿。我不安起来，瞬间觉得我的威信受到了威胁。有人要搞事。一天前，我敢打赌小伙们太懒，不可能组织暴动，但现在我突然不这么肯定了。终于他们走到我面前，说我们得聊聊。他们想投票决定我们到底需不需要列一张工作表。谁收拾，谁打水，谁洗碗，都不是什么秘密。有人活儿干得多，有人活儿干得少。不管怎么说，我是反对列表的。我希望顺其自然。阿汶站在我这边，金原则上也同意，但他还是会投票支持列表。马丁、云浮和埃格尔坚决表示要列表。鲁尔弃权，因为他是厨师。埃格尔要列表是因为他知道自己的自制力有限。云浮说知道谁什么时候该干什么会轻松许多，这样良心上就可以一直保持良好的状态。马丁要列表是因为到目前为止他在寻思别人是不是干得比他少这件事上花了很多精力。我们表决了一下，多数人支持列表，只有阿汶和我投了反对票。我很不爽，但忍住没表现出来。

第十堆篝火

这是一次严肃的篝火会议。我们端着各自的周六小啤酒，空气中满是欲言又止的批评与责难。小伙们认为事实很清楚，探险的科学考察部分命若悬丝。他们觉得我的熊掌样本不足以作为论证的依据。我很可能是对的，他们说，但并不够。他们觉得下半辈子跟一块熊掌化石挂上钩一点儿都不诱人。他们想要点儿更具体的、能与伟大扯上关系的东西，就是所谓的硬通货。我们必须找点儿比化石更好的东西。他们声称我为他们预设了一场精彩纷呈的旅行，目标是让挪威一举登上世界地图。目前我们还差十万八千里。我们基本上就是在游手好闲。我们游泳，喝椰奶，看书，打排球。他们认为探险的问题出在领导那儿。他们缺乏一个强大的领导。这都是他们说的。

批评让我心碎而震惊。他们或许有理由认为我们回家的时候没人能取得英雄的业绩，至少现在看来是这样，到今天为止，但我觉得我们没有理由惊慌失措。我们还要在这儿待一阵子。游手好闲的是谁？反正不是我。首先不是我。我当然也有安静的时候，但我在科研前沿已经做了各种尝试。我尝试了。

我还在尝试。小伙们觉得自己老犯困还怪到我头上，我对此很反感，也很失望。在这儿谁都可以一往无前地挑战自己。我们中无论是谁取得重大突破性的发现，没人会比我更高兴。是谁做到的无所谓。我们要相互提升，整体提升。这一直是我的计划。我冷静亲切的嗓音让气氛平静了一些。开诚布公的谈话总是取得改变迈向成熟的第一步，我说。然后我又说了一遍我理解他们的观点，我们要为问题做点儿什么，但要是说我们惹了大麻烦，这我并不同意。另外，在正确的学术圈里，熊掌样本已经够惊天动地的了，我说。我们或许不能期待普通男女会理解这其中的价值，但在学术界这绝对是头奖，而且谁都知道历史是在这些学术圈里写成的。哪怕没能马上声名鹊起，我们也可以安心地坐等成名。我认为探险到目前为止非常成功，我说。这可能不是完完全全的实话，但作为领导有时候不得不为了集体利益歪曲一下事实。那些最佳时刻，我能感觉到海尔达尔的精神与我们同在，他回头看着我们并以掌声给我们鼓励。对我来说，到目前为止最强烈的接近海尔达尔的体验游是：坐快艇闯过珊瑚礁的航行、在潟湖中与海鳝的生死相遇、暴风雨，以及发现熊掌化石。这些事，海尔达尔本人也不一定会做得更好。其他时候我觉得我们更飘忽不定、孤立无援，无所事事、无能为力，我们没有取得重大发现的先决条件，我在野外课上取得的出色成绩在这里一筹莫展。那些是沉重的时刻。

"海尔达尔的精神，"金说，"听上去有些玄。你说说具体代表什么？"

讲清楚很难，我说，但其中包括坚不可摧的团结精神，对所从事的事业坚定不移的信念，对不寻常事物的好奇心和持之以恒的决心，还有全人类的友谊。

埃格尔说他觉得一天到晚好奇这好奇那有点儿恶心。他认为恰当的好奇是有限度的。世界是很奇妙、很多元、很这个、很那个，但大惊小怪一阵之后就该去找点儿别的事做。一辈子都大惊小怪那是有病。最后总要接受现实，然后宁可把精力放在更容易上手的事上。既然现在轮到他说话了，他建议我们还是把研究工作转到更人文的方向上来。他认为在我们并不知道要找的是什么的时候，在自然中盲目寻找就是在浪费时间和精力。这让我们显得很外行。后人会给我们差评。既然我们的专业背景都是人文，我们就应该接受这个结果，调整我们的实验研究来适应我们的专业知识。放弃硬核的科学发现的想法让我感到很遗憾。一离开定量的研究过程，我们就进了雷区。我更愿意往桌子上拍一堆数字和铁证，之后谁愿意来挑战尽管放马过来。但我知道埃格尔说得在理。我说好吧，那他是怎么想的，说具体点儿的话。

他也不知道。他要好好想想。

我说既然我们暂时没有什么更好的建议，那我们还是继续像之前一样，但最好能更抓紧一点儿。我提醒小伙们想想他们出发前交给我的雄心勃勃的项目说明，没做的事情还很多。

自我检讨在篝火周围展开。他们承诺要为集体争一口气，从明天开始。金来了劲儿，建议我们开始每天站立式晨会。很多公司都采用这种方法。这样开会很有成效，这是他在哪里读到的？他觉得我们应该做块会议记录板，尽可能地把想法都记下来。幸好建议因自身的不合理而被推翻了。信息量巨大的站立式会议，在36摄氏度高温下，在没有任何别的约会、没有任何电话打扰的寂静的珊瑚环礁上，太荒唐、太浮夸。这可能是太阳下的新鲜事，但如果同时还很愚蠢的话又有什么用？

阿汶放完水回到篝火旁，说有人在不远处的一棵棕榈树上刻了一行"屌屄同坐"。有几个小伙儿听了这话笑了，但我的内心感到悲伤而空虚。我的反应有点儿像女孩，我想：是不是我做错了什么？幸运的是我很快就摆脱了自责，开始更具体地思考未来。是谁干的？肇事者要揭露出来严惩。我一个一个检查他们的脸。从金到阿汶到马丁到鲁尔到埃格尔，再到云浮，然后回到鲁尔，再到埃格尔，我把目光停留在埃格尔脸上，但又往鲁尔那儿扫了一下。他出汗了，我看到他的嘴角轻微地抖动了一下，最后他忍不住爆发出一阵骇人的狂笑。他控制不住自己，他说。想忍但最后还是没忍住。他不能自已，被一股比他强大的力量操纵着。是谁？是上帝？完全不是。是情欲和冲动。他已经憋了好几个星期，压力山大。我们都没提这事。我们假装什么事都没有。完全难以自持。但其实把句子刻下来真的管用，之后他就平静了下来，一直到现在。

我决定把它视作男孩的恶作剧，不予追究了。心胸开阔的队长应该算是个好队长。我要给小伙们一点儿自由的空间，给他们一点儿可以蹦跶的高度。这样他们可能会回报更多。

云浮建议我们再看一部电影。他说我们应该放下分歧团结在电影里。他认为好的艺术有一种消除矛盾的美好潜力。我们踱步到椰子壳工厂坐下。埃格尔想看黑泽明执导的《乱》，而金想看埃里克·侯麦执导的《夏天的故事》，但云浮早就决定好了，播放的是贾木许执导的《天堂陌影》。它给人的印象就像一颗子弹一样深入。约翰·劳瑞饰演的威利居住在纽约，终日无所事事。侄女从布达佩斯来看他，他其实没心思照顾她，但她人生地不熟的，后来他们跟第三个人——一个小伙伴一起出发，去找住在克利夫兰的奶奶。三人停车眺望克利夫兰湖，湖面结冰，盖着厚厚的雪，他们相对无言，有点儿像我们在岛上这样，然后他们去了佛罗里达，赛马赢了钱，但由于误会，最后威利坐上了去欧洲的飞机，而侄女留下来得到了那笔钱。[1]

我们躺下打算睡觉的时候，阿汶为我唱了一首安眠曲。歌中唱到所有国家的所有孩子现在都躺下睡觉了。这可是个弥天大谎，所有孩子不是同时睡觉的。这完全是胡编乱造，就是为了骗孩子接受一天已经结束了。全世界根本不是同时天黑的，每天的每一秒都有孩子躺下或醒过来。

第十二天

积极的一天。趁早餐的时候，我就已经发布了一套计划，来改善团队凝聚力和进行科研合作。我很讨厌我们之间出现不友好的情况，我说，但昨天的谈话让我耳目一新，所以我想实行一套我称为"积极营地环境"的措施，简称"积营环"：每天开个小会，每个人都可以畅所欲言，事无巨细。说完以后，

1　作者讲述与电影情节有出入。——译者注

我就放小伙们搞研究去，正午每人要交一份情况报告。

马丁紧锣密鼓地炮制女孩周期表，埃格尔和鲁尔带着毫米纸去寻找早期居住的遗迹，云浮想研究一下侵蚀作用的过程，金画他的贝叶挂毯，而阿汶带了一大把石蕊试纸去测酸碱性。我自己去兜一圈找找阿汶的女性朋友从厄瓜多尔海岸扔的椰子，它可能已经快漂到了。

正午时分，我们聚到一起来了一圈"积营环"。小伙们比我期待的要腼腆许多。埃格尔和鲁尔连遗迹的影子都没看到，在丛林里转悠的时候还被蚊子咬了一身包。他们再也不想去了。但埃格尔说他观察到两只寄居蟹用嘴相互刺激对方（换句话叫 69 式）。他声称我们很可能正面对着科学上的突破口。口交纯粹是出于快感，与繁衍机制无关，他指出。到目前为止，大家都以为这是人类特有的行为。生物学上普遍认同的对动物行为由生存本能与繁衍后代的需要驱使的假说，换句话说已经土崩瓦解。整个进化论的根基都动摇了。如果埃格尔的观察是正确的，那就意味着探险取得了无可争议的成功，下半辈子就都是《国家地理》杂志跨页大图和电视综艺节目了。这个我们喜欢。

云浮走了一大圈，总结出来侵蚀作用在整个岛上都以很高的程度进行着，到处都在侵蚀。

阿汶在这里那里测了许多酸碱度，但他不记得表示酸性的是红还是蓝了。换句话说，他寸步不前。马丁和金看上去对自己的项目都挺满意。我们晚一点儿就能看到成果，他们说。我告诉他们我没有看到任何来自厄瓜多尔的椰子，尽管据说是鲜红色的应该很好认。

对埃格尔来说，这场研究总结会无疑是一个信号，让我们换个新的方向。他有一个建议。建议可以改变一切。总有些人批评满腹但从来不提任何建议，但埃格尔就有一个建议。这我们得听听。

我们是一座岛上的一小群男生，他说。这是实验社会形态和组织结构的完美设定。把自然科学交给自然吧，他说。我们还是来解决一点儿政治问题——那些大问题。

政治体制中的混乱取走的人命远超科学成果可以做出的补偿，要花力气的地方在这里。

这个新想法来自埃格尔。你可是从来不关心政治的呀，我说。没错，但他自有想法。这片岛上有非常好的条件可以在可控可知的理想状态下进行实验。"你的政治立场是什么？"云浮问。"我一般情况下认为自己算是个社会主义者。"埃格尔说，"但我更主张利益应该在国际范围内合理分配。我对挪威政治不感兴趣，我不参加投票。在挪威一切都分配得挺好的，不是吗？挪威工人们赚得够多的了，这是我的感觉，跟知识分子比起来。"

云浮认为埃格尔应该投票，不投票的话他的论据就没有说服力，他哪怕投弃权票也行。埃格尔觉得这么做有很大区别。马丁上一次选举投了弃权，他说，很有满足感，他很推荐。金觉得投弃权票差不多相当于选了自己。

调查了一圈后发现我们都属于左倾。但我们中没有一个人是真正积极参与政治活动的。我们觉得这么做没有用，我们懒得去做点儿什么证明一下是不是真的没有用。我们很少谈论政治，也没有什么大的建树。这就是我们。但现在我们有机会为此做点儿什么了。什么是最好的政治体制？让我们自己来试试。让我们认认真真、彻彻底底地实践一下所有的体制，就像角色扮演，然后总结得出结论。政府和人民一直试着在这么做，但从来没有达成一致。关于最好的政治体制有许多不同的意见。世界需要有人来理清一下思路，而且积累自己的经验也是我们该死的责任。

"积营环"很成功，产生了很多想法和建议。出发前我就是这么设想的。积极性和热情，这和我的预想惊人地一致。

终于来事了。

第十一堆篝火

我们谈了谈为什么我们都不怎么关心政治，并不是因为我们无情或者冷漠，完全不是。我们都是温柔热心充满爱的小伙子，只是看穿那些领导人的心思太容易。从上到下充斥着不可告人的动机和蠢行，毫无裨益，让人泄气。另外，我们小的时候一部分家长特别关心政治。那时候政治是件大事，遍地开花，除了政治没什么别的可聊，有些人还没站起来就坐在童车里被推去参加劳动节游行了。这很可能适得其反。

就好像我们出生在一个已经成形的世界上。不是我们的世界。我们已经没什么可建设的了。剩下的工作只有维护和修缮。我们生在了一套需要装修的旧房子里。这能有多带劲？不管我们怎么闹腾，也搞不出什么名堂来。对待唾手可得的东西和想了很久、存了很久的钱才买到的东西，态度是完全不一样的，这谁都知道。

青春期的时候，我们不再听那些向我们保证我们就是改革的原动力的音乐，比如《时代在变》[1]，我们听的那些歌都声称

1　鲍勃·迪伦的名曲。

凡事无用，举目皆悲，世风日下，我们唯一能做的就是无助地冷眼旁观（"我想找个工作，我找到了个工作，现在天知道我有多可怜"[1]）。我们听包豪斯乐队的《贝拉·卢戈西已死》和快乐小分队的《爱会把我们撕裂》，还有治疗乐队和史密斯乐队的，还有新秩序的。那些乐队的乐手大都歌颂绝望、困顿、失落和沮丧，甚至都没有力气结束自己的生命。快乐小分队有一个成员最后做到了，朋友圈里还有人在他忌日的时候去扫墓。那是个病态的时代。音乐映衬出社会的瓦解，并在我们中的生活不易的人身上产生共鸣——实际上有一大帮人看上去过得并不好，年轻人可能总是这样，我也不知道，但我们这代人中父母离异的现象非常普遍。他们肯定有自己的理由，但也造成了后果。于是就出现了这样的常态：不要期待爱情关系会终生不渝，人生在世悲伤多于美好，而据我所知，事实很可能就是这样。不管怎么说，这些事件合在一起让许多人经常觉得世界充满了悲伤。卧轨是解决不了问题的吧。

有些人无法摆脱这种阴魂不散的感受。人们变得内向，开始勾搭各种佛教或者撒旦教。金插嘴说他听说过一种加利福尼亚佛教，允许喝酒、做爱、抽烟，想做什么做什么，只要有意

1　史密斯乐队的名曲《天知道我有多可怜》的歌词。

识地做就行了。"电脑呢？"马丁问，"能不能用电脑？"肯定可以吧，金说。

第十三天

寡头主义。

大型政治实验开始了。我们将亲自实践各种体制，彻彻底底且毫不含糊。我们将毫不留情，开放而不带成见。这也是高级野外课。这关系到我们每一个人。

我们都觉得从最古老的，同时也是最常用的体制开始比较自然。在所有有组织的社会形态中，我们选中了寡头主义。它的主要特点是极少数的人管理一大群人，这一大群人没有任何实际的可能来反抗这种管理。少数人决定一切，听上去就不怎么好，但我们选择试一下，而不是跟随直觉选择跳过。

科学家都是这么思考的。

我们决定寡头的人数为两人，由抽签决定。大家都把自己的名字写到纸条上，然后把纸条放进我的棒球帽里。阿汶和鲁尔抽中了。这两个人来决定我们的一整天。

现在我们开始了。

阿汶决定的第一件事是金代替自己洗碗。金抗议，但不得不放弃。冷静，金，这是个实验。我们之后评估的时候再提意见，目前先照阿汶和鲁尔说的做。

他们是权力，我们是人民和生产资料。米一和图安也是生产资料，但我们不让他们知道。

阿汶和鲁尔舒舒服服地躺在各自的吊床上。鲁尔下令把水、食物和女人都送过来。这儿没有女人，你是知道的，云浮说。鲁尔火冒三丈，想要鞭打云浮，但被我们拦住了，说鲁尔要小心一点儿，改天可能是他成为生产资料。我们在寡头周围前呼后拥了好一阵，给他们抹芦荟胶，为他们打蚊子什么的。最后鲁尔终于发现其实没干什么实事，好像并没有创造任何价值。他下令我们出两个人去钓鱼，剩下的人为他建造一个陵墓，以备他死后存放遗体用。我们想花多长时间都行，花个五六十年也不着急。他说，但是一定要壮观。

埃格尔和我，还有马丁一边闷闷不乐地挖着沙子，一边嘟囔着要谋反。我们考虑要不要政变，但计划才刚刚准备启动，阿汶就跑过来对我们说他和鲁尔觉得自己躺的地方不安全。他们想升我们其中两个为士兵和护卫，站在他们的吊床旁边守卫他们，最好做好牺牲的准备。谁都不知道不满的群众会干出什么事来。就这样埃格尔和马丁成了士兵，突然之间我成了唯一的奴工。这我不喜欢，再也没人陪我一起谋反了。我不得不独自耕耘我的不满。我只是不停地挖呀挖。几百年里，成千上万的人干过这样的活儿。好一段无意义的历史，是造就了一些了不起的建筑，但也就不过如此了。

　　云浮和金打鱼归来，鲁尔指挥鱼要怎么烧，他和阿汶把最好的都吃了，士兵埃格尔和马丁吃次好的，我们其他人只分到一点儿汤汁和一点儿可怜的残渣。之后我们得到指令继续挖沙，实际上是饿着肚子挖。太阳几乎把我们晒晕。在这样的条件下，奴隶是撑不了多久的。在护卫的保驾下，寡头们来指点建筑工程，他们讥笑一番，说我们要放开思路，怎么说这也是遗迹。我说用干沙子不太容易造型，然而阿汶和鲁尔跟自己的护卫交换了一个眼神，埃格尔问我是不是想挨巴掌。

　　没过多久，马丁传令说金和我被选中去造一条木筏，到周围漂一漂，帮我们填点儿陆地出来。寡头们觉得岛上有点儿挤，他们要扩张，还要找女人，这样他们可以繁衍后代，延续子嗣。他们也考虑让奴隶和士兵们繁衍后代，这样我们就能形成一个模式社会，每个个体都知道自己的位置，阶级之间形成严密惬意的壁垒。云浮得到命令停工，去讲有趣的故事或做搞笑的小丑表演让寡头们娱乐。如果他演得不好玩就要被处决。

"我们不觉得有趣。"[1]

第十二堆篝火

总结的时候，我们都同意，今天透过野外课的眼睛看，我们学到了许多，也很刺激，但关于寡头主义作为管理形式到底有多成功，我们的看法出现了分歧。阿汶和鲁尔认为一切运作得非常好，而我们中的某些人对此非常质疑。埃格尔和马丁认为直到他们成为士兵之前都非常艰辛，但在那之后他们还挺受用。金、云浮和我认为这一整天都过得毫无意义，寡头主义是糟糕的管理形式。

讨论接近尾声的时候，鲁尔和阿汶与自己作为寡头的角色拉开了距离，现在以后见之明，他们终于愿意承认，这个体制可能只对顶层的人才最管用。总的来说，我们的结论是寡头主义没有任何未来，简直就是个垃圾体制。

第十四天

种族隔离。

1　维多利亚女王名言。

我们继续昨天未完成的工作，测试一个归根结底也算是寡头政治的管理形式，其实我们都不觉得可行，但我们成长的过程中一直听人说到它，所以我们不能置之不理。我们已经很熟悉《解放曼德拉》这首歌。我们为之起舞，为之亲吻。彼得·盖布瑞尔唱《比科》[1]。我们都点亮了手中的打火机，现在我们要搞清楚它到底是什么。

马丁和我作为少数白人，占用 87% 的自然资源，而其他人，包括米一和图安，扮演占绝大多数的黑人。我们把他们赶出营地，并通过立法规定我们有权随时查看他们的身份证明；天黑后不能在外逗留；选举权和教育就都不用谈了。黑人和白人之间不得发生性关系。他们必须驻扎在营地 100 米以外，如果要靠近必须是为我们干活儿。所有有组织的活动当然是严令禁止。一大早，我们就听说有人组织了一个名为"马努埃国家议会"的组织，光是传言就足以让我们严厉打击，我们把传说中的领导人埃格尔发配到潟湖中央的一块石头上，离海鳝不远。他被无期限放逐了。我们随时准备进行新的逮捕行动。执政者暴力随时发生。比如马丁刚踢了一脚云浮的腿。他活该，因为他想从井里打水。我画了张警示牌插在下面海滩上，上面

1　彼得·盖布瑞尔为纪念南非反种族隔离活动家史蒂夫·比科所作的《比科》。——编者注

有两个箭头：一个写着仅限欧洲人，另一个写着仅限黑人。马丁和我自然占据了海滩的最佳位置。黑人必须谨守营地以西满是石头的区域。反正他们也有别的事情要做，没空晒太阳。现在他们正在挖横穿整个岛的灌溉渠，我们还让他们挖的时候注意一下有没有钻石。晚上我们要检查他们身上所有的开口处，看他们有没有私藏宝石带回家，要是有的话就得处死。

他们很懒，所以我们觉得他们跟我们分开发展合情合理。再过30年，也就是等我们老了以后，我们会考虑释放埃格尔，并让他的政党合法化，说不定甚至可以同意自由选举以此获取各自的诺贝尔和平奖。但在那之前我们就冲冲浪，消磨消磨时光，别的什么都不想。

第十三堆篝火

我们围绕着篝火各抒己见。每个人都讲一讲自己是怎么想的，什么感觉。无力和无望是反复出现的词。好几个人表示这个实验已经开始消耗他们的精力，他们就想放松放松玩一玩，尽可能什么都不做。埃格尔认为我们应该有始有终。我们要记住这不是我们每天的蝇营狗苟，他说。未来会感谢我们。比如今天我们就发现种族隔离不是值得吃喝的体制。"之前我就知道。"马丁说。

"现在你更清楚。"我说。

我们认为这是个糟糕的世界，然后就早早睡了。

第十五天

君主专政。

这种管理制度的特点是极端地、原则上毫无限制地把权力都集中在一个人手中。这听上去不太合理，但我们必须遵循基本规则，在做出结论之前先试行一下。

君主专政有两种：一种叫君主专政，另一种叫开明专政。我们同意两种都试一下。我们决定午饭前实行君主专政，午饭后实行开明专政。但我们要先选一个君王。我让大家毛遂自荐，每个人都举起了手。这很不成熟，小伙子们，我说。但手还是都举着，没人愿意放弃，最后我们只能采取"手心手背"的方式。就这么来了好几轮才选出云浮做君王。他摩拳擦掌一阵，从他眼睛里闪的光我们就能看出来，他已经腐朽昏庸到了骨子里。

他做的第一件事是强迫我们抬着他转一圈，他称之为视察王土。我们抬着他到处转悠了一个小时，时不时帮他泡一泡脚，我们中的一个人还大费周章地为他剥了个椰子瓢。

之后云浮想坐在一个临时宝座上感受一下人民的拥戴。我们列队经过，高喊云浮最棒，云浮是老大。我们肚子饿了，开始抱怨没有面包。云浮油腻的嘴角扬起微笑说："何不吃蛋糕？"然后是杂耍事件。云浮命令我们在他眼前捉对厮杀，战死拉倒。阿汶和马丁先上。他们势均力敌，云浮看无聊了，决定算平手。之后他选了埃格尔和我。他觉得这样会更精彩，因为我个子大，埃格尔个子比较小。比如他的手腕，细得让人一见就笑。没错，我击倒埃格尔不费吹灰之力，然后云浮命令我结果了他，要是我不这么做，他就送我去喂海鳝。我左右为难，幸好钟声救了我们。午饭时间到，云浮作为邪恶君王的日子也到头了。

　　午饭外加游了个泳后，我们又来了一轮"手心手背"，金成了我们开明专政的君主。情况完全不同。开明专政可以追溯到启蒙时代，人们推崇理性作为衡量生活方方面面的标准。埃格尔说，启蒙哲学家们对未来都具有强烈的乐观主义精神，他们相信科学的潜力，而开明专政的君王应该是"国家公仆的先锋"，为人民的利益提供物质与文化的改革。

　　金很快就证明自己是个贤明的君主。他派我们去做研究和从事文学艺术工作，还命令我们必须把我们的研究成果对大众公开，我们这儿的大众也就是米一和图安。换句话说，他发起了一次文化改革，从现在开始，艺术和科学登上了至高的宝座。想法很好，我们相信他最终也会带来一些物质上的改革，但后来他让我们失望了，因为他唯一做的是（他倒是自己做的）让米一和图安去检查了一下快艇的外挂式发动机，另外还清洁了一下饮用水过滤器的滤芯，因为我们已经把雨水用完了，只能回去喝细菌污染过的井水。

我们度过了一段快乐的时光，满是面向未来的活动。阿汶规划了一条从岛的这一端到另一端的铁路线，埃格尔主笔金的传记（标题为《开明与仁爱》），云浮写了歌剧唱本，马丁谱了曲，鲁尔用棕榈树为金刻了个胸像，而我挖了挖土看看是不是会意外挖到松露。

下午金让我们全都坐船去另一座岛。到目前为止，我们还没去过那里。金觉得这会像电影里的那种小远足，人们四处奔跑寻开心，吃吃东西，跳跳波利尼西亚舞蹈什么的。这样的旅行非常符合启蒙时期的理念。我们探索知识，同时尽可能地过得舒服自在。我们中两个人手持棕榈叶为金遮阳，同时米一掌舵开船，其他人尽可能地观察潟湖和周围环境，以便之后撰写一本关于动植物的书，以及绘制一张能让我们自己和我们的后代受益匪浅的精准地图。另一座岛与我们的岛没有太大差别，但一切都要更小一点儿。面积小一点儿，树少一点儿，浮力小一点儿。说实话有点儿无聊。

在一棵灌木下，我找到了一些样本，我敢打赌是驼鹿的排泄物，但我没碰它们。我的熊掌化石已经很具争议性了，要是我再跑出来声称在漆黑的太平洋中央观察到了驼鹿的踪迹那还了得。我是个观察家和优秀的科学家，但有些时候我得保护自己不被自己的优秀伤害，阿汶说。幸好我有足够的自知之明来理解这句话。

我们休息的时候，金说在他眼里我们更像是他的兄弟和朋友而非他的臣下，马丁给他捏脚的时候我听到他们聊起了宫廷八卦。他们有说有笑，慢慢发展出了一丝君臣之间的情感色彩。很难断定他们是开玩笑的还是当真的，但愿是开玩笑的。

第十四堆篝火

围绕着篝火，我们承认君主专政和寡头政治与种族隔离一样无趣而无意义。连云浮都能看出来，尽管当时他还挺享受的。相反，开明还是有很多好处的，当然跟掌权的是谁、那人到底有多开明息息相关，但最佳条件下这的确是较明智的管理方式。它和我们开始这场实验前岛上的实际情况也没有太大差别。我自认为到目前为止我领导大家的手段还是稳健开明的，当然我没有自称为君王。探险队队长已经够受用了的了，我也没有更大的野心。

我躺下刚要睡着的时候，竟然被埃格尔和马丁关于语法的讨论吵醒了。我估计马丁只是无辜的旁听者，而埃格尔是争论的主力。他讲到了变格。挪威语有些方言中格仍然存在，他说。德语有四格，而芬兰语，你听好了，别慌，有十四格。芬兰语中名词和几乎所有其他词性的词在不同的时间、空间与其他维度中都要变形，毫无节制，甚至连人名都要变形。这门语言本来听上去就像是闹着玩的 —— 像小孩子随口乱说的胡话。因为格，一听人名就能知道那个在路上走的男人是离我们远去还是走向我们，他的性取向是什么，他大约多大年龄，还有他在哪儿过的圣诞。

芬兰人都是好人，埃格尔说，但芬兰语就是地狱。他建议马丁敬而远之。这是我睡着前听到的最后一句话。

第十六天

保守主义。

高中的时候，阿汶在政治观念史口试中取得了有史以来的最高分。主题是保守主义。所以他有资格领导这部分实验。

保守主义，他一副学究气地说，是以尊重传统为出发点，是以继承下来的信念与思想、习俗与礼节、法律与制度中所蕴含的智慧和知识为基础的。想法简单而美好，因为这一切都是既有的并存在已久的，所以肯定就是珍贵的、优良的。保守派非常注重这一价值基础。他们喜欢社会是基于宗教和其他牢固根基上的这类想法，并且希望保持现状。改革必须循序渐进地谨慎推行。保守派里少有屠人。他们怀疑一切新鲜事物。他们喜欢说："改变是为了保持。"社会应该平稳匀速地发展。他们希望有一个可以积极干预经济发展的强大国家，也就是说，他们不想要彻底的解放和自由，但国家永远不应该承担别人也能做好，甚至做得更好的指责，比如垃圾处理。在强调社会保障作为主要公共职能方面，保守主义与社会主义有点类似，但在财产所有权和个人倡议方面又更接近自由主义。个人自由高于一切，但真正的自由（也不知道是个什么东西）是以每个人的责任感和自律为前提的。为了防止权力滥用，保守主义提倡权力分散和去中心化。人类要想自由，权力必须分享。

说得好，阿汶，最好成绩。

那我们在岛上怎么创造一个保守主义的社会呢？

阿汶认为这很容易做到。你们来当国家，他说，指着鲁尔和金。他认为只要国家有两个人代表，权力就足够分散，比如，金住到岛的另一端去，也就是去中心化了。接下来由埃格尔代表市场力量，云浮代表教堂，我们其他人代表自由个体。然后我们让一切自己运转，没什么可做的。我们基本上只需要珍惜既有的事物并自觉自由且高尚即可。

角色分配好，金也搬到了岛的另一端之后，我们就地躺下休息。很舒服，但是有点儿无聊。我问鲁尔我们是不是应该组织一个象棋锦标赛，但他说考虑到我们之前从来没有这么做过，会不会太过分。我们不能二话不说就改变我们的习惯。这样的建议必须深思熟虑，他说。如果遵从所有的冲动，人就会迷失自我，社会就会变得陌生而不稳定。控制冲动是我们需要记下来的关键词。埃格尔认为我的初衷是好的，看上去好像可以有效刺激经济，观众会源源而来，可以卖T恤、热狗、气球和其他能想到的一切。但云浮说从教堂一方的眼里看来花时间下棋纯属浪费时间。说到底，象棋并不比打牌好多少。这是教堂一方的态度。但金会怎么说？你们觉得他会支持象棋锦标赛吗？去问他呗，鲁尔说。但他太远了，我抱怨道。阿汶解释说这就是权力分散的关键点，要想改变什么就得消耗时间和精力，哪能那么容易？想法就是这样的制度可以让大多数改革的建议都束之高阁，一切照旧。

"慢慢磨你"是保守主义的隐藏口号。

第十五堆篝火

我们吃完晚饭点上篝火很久以后，金姗姗而来。他饿坏了，还表示说这是他人生中最无聊的一天。他只是往石头上一坐，成了国家的去中心化地方分权。什么事都没有发生，他完完全全的一个人，一整天都在想姑娘，好多好多姑娘。

保守主义太无聊，我们无法认真面对，不是我们的菜。估计对基督青年会的人来说正好，反正他们会像他们父亲那样成为最高法院律师。

第十七天

共产主义。

（以下略）

第十六堆篝火

（以下略）

第十八天

资本主义和经济自由主义。

这可能不算是政治体制，埃格尔说，但如果实验想要达到目的，我们就应该也把它测试了。不管怎么说这也是世界经济的主要方式之一。而经济就是政治，不承认是荒唐的。

我们把所有的生产资料都写在了一张表上，然后抽签决定配额。阿汶分到了船和浮潜工具，金分到了渔网，云浮分到了炊具和井，鲁尔分到了工具和急救箱，马丁分到了帐篷和所有的防潮垫与睡袋，埃格尔分到了所有的椰子树，而我分到了电脑和卫星电话。

随之而来的是一场交换商品和服务的残酷战争。阿汶和金极具远见卓识，不久就合并了。这样他们就占据了所有可利用的潟湖资源。谁都有钓鱼的自由，但阿汶和金拥有最好的设备，很快就可以让竞争者甘拜下风。我们其他人还没来得及制订作战计划，他们已经打鱼归来，开始站在海滩上高价卖鱼了。埃格尔建议我们建立一个竞争管理机构来遏制企业垄断和不正当竞争，但这种思想我们其他人都不能接受。

我对自己只有电脑和卫星电话可以支配非常不满。这个体制归根结底是供需体制，只要没人需要打电话或处理数据，我就注定要破产倒闭。埃格尔则相反，他是椰子王，可以自由自在、无忧无虑地过日子。椰子是可再生的资源，埃格尔可以永远靠吃资产的利息过下去，就因为他运气好抽了个上上签。几个小时之内就已经见了分晓，最紧俏的货币是鱼、饮用水和椰子。马丁亏损严重。只要不下雨、不降温，他就没有收益。而且因为实验到晚上就结束了，他最后选择在饥饿难耐的时候把帐篷、睡袋、防潮垫都卖了，换了几条鱼。现在他想自由地靠自己的鱼资本生活一段时间。鱼吃完以后，他就不知道该怎么办了。他不得不马上找份工作。鲁尔也用自己的所有家当从云浮那儿换了 10 升水。突然之间，金、阿汶和云浮就占据了大部分生产资料。情节的展开有点儿不太走运。物价飞上了天。没人能阻止物价上涨。他们为什么不用自己的货物索取最高的费用呢？别人都是这样的，全世界都是。如果有人以比市场价低的价格出售商品就会被当成傻瓜。

我们这些没有渠道获得水、椰子和鱼的人一点儿机会都没有。我们只有指望慈善和施舍。有钱人过的生活，我们其他人只能做梦。然后我有了个主意：我建了一个色情网店。我以高昂的价格出租电脑和卫星电话，这样租用的人就能上网看色情图片了。对埃格尔来说，这可是太诱人了。他提出要用半个岛的椰子树换半小时的上网时间。我在这样的地方找到了一个绝妙的利基市场。饥渴的年轻男子们被困荒岛，有什么比提供色情服务更赚钱的呢？我为未来打下了坚实的经济基础。

将近傍晚的时候，阿汶、金、我和云浮选择合并。我们形成了一个超级大公司，提供从食品到娱乐的一条龙服务。埃格尔想跟我们保持距离，但在我们提出由他来担任色情网站总管一职的设想之后，他便以跳楼价把剩下的椰子树都卖给了我们。马丁和鲁尔是最大的输家。他们组建了一个失败者协会，但我们其他人才懒得理会他们。我们选择提供他们体面的工作，过个几年有机会升职，这样他们就闭嘴了。反正他们也构不成威胁。我们还不如对他们好一点儿。这里关系网本来就小，而且也很透明，我们知道怎么控制他们。

天黑了以后，岛上就只剩一家公司了，并即将发展成强大的跨国公司。公司对内部员工还不错，但对外人毫不留情。公司拥有一切决定，一切似乎所向披靡。

第十七堆篝火

就像我们之前经历过的体制一样，自由经济市场力量对社会顶层最有利。弱点在于你的未来主要依赖你抽中什么签。这么看来相当不公平。但另外，如果能想出独一无二的好点子，你总是有机会翻身登顶。但这样的点子也不是谁都能想到的。

这种体制的后果就是一个差异悬殊的社会。有人发财，就有人受穷。这就是规则。另外，该体制也为厚颜无耻、道德败坏敞开了大门。想要粉碎竞争者的欲望巨大，对某些人来说就像某种强迫症。阿汶和金承认这是他们的唯一动力，他们想看我们其他人身败名裂。埃格尔怎么也想不通自己怎么会为了看色情片而倾家荡产。他把一切都交给了半个小时的大腿、咪咪和屁股。他指责我在他身上创造了一种虚假的需求。虚假归虚假，我说，他还是有选择的。埃格尔说他其实没有选择。我提供的服务本身就是他人生的不安定要素。这是摧残。如果实验继续的话，他会把我告上法庭并要求收回椰树资产。他认为他会赢。他就做梦吧，我说。

我们连看两部电影来结束这个夜晚。金觉得这是世界上最美妙的事。先看一部电影，然后从里面出来，满脑子晕头转向一小会儿，还没来得及消化第一部直接再看一部。简直是人生巅峰。

云浮先用坚定的声音带我们穿越伍迪·艾伦导演的《汉娜姐妹》影片。很好看。我们现在对都市生活相当饥渴，这部片子给了我们很大的满足感。迈克尔·凯恩饰演的爱略特跟汉娜结了婚，却爱上了她的妹妹莉。伍迪·艾伦饰演的米基也和汉娜结过婚。另一个妹妹霍莉是个脑残。米基以为自己得了脑瘤。莉跟马克斯·冯·叙多夫饰演的弗雷德里克在一起。一个毫不妥协的艺术家，世界在他眼里一片黑暗，从他嘴里还说出了电影最经典的台词。云浮不可思议地把它还原了：要是基督回来在电视上看到这些家伙以他的名义吆五喝六，肯定狂吐不止。最后米基和霍莉走到了一起，她最后终于发现自己其实是剧作家而非演员。爱略特和汉娜继续厮守。莉抛弃弗雷德里克跟了一个大学里遇到的学生。

第二部电影遭遇到一些反对，但云浮决心已定。是弗里茨·朗导演的《大都会》，1927 年出品，是一部无声电影。云浮开始的时候遭遇到影院中的倒彩，但他觉得我们在这座岛上不能只播放当代电影，如果我们想要更广博地了解电影历史，就不能错过这颗针砭社会的明珠。其中工人们住在地下一座浩大的现代城市里，玛丽娅发起了一场暴动，但一个疯狂的发明家创造了一个玛丽娅的邪恶拷贝，然后故事就这么展开。电影太长了，我在相当短的时间内就睡着了。我是没药救了。

第十九天

社会主义。

社会主义有许多表现，埃格尔说，但原则上总是一种新的理论，源于对当前权力关系的不满和改变的渴望。共产主义是社会主义发展的必然结果，但这我们已经实验过了，我们知道结果。社会主义有多种形式，每一种形式又有无数的层次和变化，但每一种形式都致力于建立一个无阶级的社会，在这样的社会中，集体和人与人之间的关怀是至高无上的。我们还没有实验过的体制中最重要的方向是社会民主主义和无政府主义。

社会民主主义。

这是我们必须认真面对的体制。社会民主主义带领挪威走到了今天，建立了福利系统等现有的一切。我们以为我们了解它，但现在我们要看看它如何在小范围内运作。

阿汶是政权，通过选举方式掌权。作为社会民主主义者，逐渐引导社会接近社会主义，社会对他来说很重要。自从当选之后，阿汶接管了所有福利系统，他把生产资料国有化，并开始改革改善工人的生存条件。他施行了8小时工作制（远长于我们之前在马努埃岛上每天的工作时间），他还委派鲁尔做医生，并宣布所有医疗服务几乎免费。如果我们谁要是有了孩子，还能有一点儿产假。我们其余人都是国家的员工。经商要承担高额的赋税，所以我们没人选择另起炉灶。现在我们（云浮、金和马丁）宁可在业余时间经营业余俱乐部，而其他人（埃格尔和我）是没有追求的年轻人，目前还无所适从。每个人都等着挪威歌唱大赛，这是一年一度的大事。先是国内总决赛，后是国际大赛。大家猜测今年谁会得奖。阿汶非常重视教育，每个人都应该享有受教育的权利，他猎头到有青少年工作经验的马丁，来建立一个可以让学生受益的贷款机制。并不是所有人都来自可以供孩子接受大学教育的家庭。住房状况迅速改善，这是一劳永逸的事。埃格尔和我在学校感到很无聊，因为我们觉得进度太慢。我们缺乏动力，但另外一切又都很公平。没有人挨饿，也没有人特别受压迫，全体人民不是在上班就是在业余俱乐部。艺术家创作艺术、摇滚乐手搞摇滚都靠国家出钱。有点儿无聊，但是管用。

无政府主义。

我们躺在阴影里抽着最后的香烟，逍遥自在。我们相信毫无限制的独立是个人的权力，不管是经济上、社交上，还是政治上。除此之外都是暴政。没有人可以决定别人的任何事。没有国家。社会靠个人之间的自愿协作来运行。我们饿肚子的时候第一批问题就出现了：必须打水做饭，但没人愿意做。没人主动发起任何自愿协作，因此什么都做不了。埃格尔自封为领导，说没有责任感是不可能办成任何事的。责任下的自由，他说。但我们没有人认可他的权威。我们为什么要听他的？我们都是自由的，想干什么干什么。如果埃格尔觉得有责任，那他就做饭去好了。谁都不应该打扰别人，大家都应该和和气气，除此之外想干什么就干什么，埃格尔说。但如果这里有谁在打扰别人的话，那就是埃格尔。他就在那儿唠叨个没完。其他人谁都没有打扰。恰恰相反，我们只是舒舒服服地躺在那里，和和气气的。我们是和和气气的，埃格尔说，但什么事都不会发生。一事无成的社会有什么意思？国民生产总值骤降。埃格尔说我们不配拥有这种自由。我们是羊，没人逼就什么事都不做。建立一个利己利人的社会是很有满足感的，他说。工作最光荣。就是因为我们为自己工作，我们才会有充实的感觉。这话由埃格尔说出来很滑稽，不久前他还要求列工作表，因为他自知缺乏自律。你们得有人管，他说。他认为我们不配生活在这样的管理形式下。我们太轻而易举得到。如果我们是通过反抗来推翻统治权力机构然后施行无政府主义的，我们对它的珍惜程度可能不一样。像现在这样是毫无意义的。埃格尔不想再玩了。

实验到此结束。

第十八堆篝火

我们现在既累又沮丧，但如果我们想要从我们刚刚得到的经验中学到点儿什么，那我们就必须讨论一下。这一点我们从小就铭记在心。先做事，再讨论。体验，评估。总是体验，总是评估。永远是这样的先后顺序。这样准没错。

我们体验了七八种管理模式，应该已经训练有素，可以得出一些有理有据的结论了。阿汶说大多数体制都有自己积极的地方，但很难说清楚为什么行不通。理论和实践是有区别的，他说。如果世界就有一条理论，那么一切都会简单许多，但事实并非如此。这就是最恶心的地方。世界是时空中不断更新的存在，问题如此复杂，难以一言以蔽之，总有意想不到的地方。那些大权在握的人总有一些盲目和自大。这看起来是我们人类的共性。阿汶拒绝做出选择。他很年轻，是个客观的人。他认为总有一些体制适合一些人，另一些适合另一些人。总是取决于形势、环境，取决于秉承。秉承与环境，阿汶说。

金倾向于社会主义，不管什么形式。非专制的社会主义是最好的，他说。换句话说，不管是无政府主义还是社会民主主义都好。但也不完全是，金说。无政府主义太自以为是，社会民主主义又太见始知终。另外，金并不觉得大家都是平等的。有平等的条件那很好，但也得关注那些与众不同的人，不管是好是坏。比如，他就觉得如果自己在学校能受到更多关注的话就会好很多。现实中并非如此，他几近痛苦。现在他成了艺术家，很可能必须勒紧裤腰带做人。如果年轻的时候得到更好的扶持，他可能会有别的理想，成为更普通的人，接受正规教育，成家立业，到现在能拿一份稳定的收入。但他却注定要成为艺术家，成为体制的批判者。他必须画呀画。他毫无指望。

马丁认为开明专政是光明大道。他指的是真正的开明。统治者必须接受高等教育，博学多才，兴趣广泛。如果那个人还倾心于社会主义理论，并且大公无私的话，无论男女，马丁都想不出还有比这个更好的体制了。统治者由人民推选，没有任何特权可以传代。工作完成之后，统治者必须恢复平民身份，没有丰厚的酬金或贵重的汽车，没有巨额补贴，甚至可能连工作都不该有。这样就可以保证没有人为了个人利益参加选举。马丁认为这样社会就会运转得很好。大家只需找到一个超级善良的人，一个值得信任的、温柔的好人，然后大家可以请他或者她尽最大努力领导这个社会。以这种方式我们也能确保社会的不断变化。如果选了个非常喜欢电影的人，就会致力于电影业，拍很多电影，下次可能就会选出一个喜欢种地和民俗的，然后在这些方面致力几年。这样形式的开明专政能保证社会新鲜刺激且不稳定，但同时又很安全。

埃格尔最支持"谁都不应该打扰别人，大家都应该和和气气，除此之外想干什么就干什么"的原则。如果大家真的理解这条规则背后的深意，那就错不到哪儿去，他说。需要漂白的布很长，但埃格尔毫不怀疑这将是最佳选择。但是大家必须自己去理解，他才懒得操心。大家都是自食其果。能理解就能过好日子，理解不了也是自作自受，埃格尔才不管。

鲁尔说他喜欢做寡头。除此之外，这个项目对他来说没多大意思，他已经烦透了。他最感兴趣的还是为大家烹饪美食。真正的美食，不是普通地好，而是独一无二地好。如果他能做到这一点，他就满足了，剩下的就交给社会吧。鲁尔并不觉得这是他的责任。谁都不应该小看厨师。烹饪美食是很花时间的，需要花上一辈子。鲁尔很怀疑发展出一套政治体系需要同样长的时间。运气好的话，一个小时就能搞定。一顿饭可没那么容易张罗，美食得花好几年筹备。鲁尔已经找到了归宿。他的话讲完了。

云浮是共产主义者，坚定不移。他相信这是唯一正确的体制，并且不接受任何反驳。

"你怎么想，阿澜？"小伙们问我。大家都看着我，迫切地想知道我这个众人仰慕的队长能从这一切中总结出什么来。他们肯定以为我胸有成竹，就像在学校里大家前前后后讨论了良久，都以为老师胸有成竹一样，瞪着炯炯的眼睛看着老师，然后得到答案心满意足地离开。但这里不是学校，我也不是老师。从某种程度上讲，我们这是野外课的极限，但超越了野外课。只有一片漆黑，完完全全的漆黑。不好意思，我要让你们失望了，我说。我没有答案。我也不知道。有太多条件需要不停地纳入思考，有太多不同的依据。人与人是不同的。太多需要思考和关注的东西。总是可以说：是呀，这么说也对……但另外……所以我真的不知道。我选择再看看。无限期。有点屄，但又怎么样呢？我再看看。

第二十天

咖啡喝完了。对埃格尔、阿汶、马丁和鲁尔来说，这就像肚子上吃了一拳，他们没有想到会发生这种事。他们以为咖啡供给是无限的。这下他们傻眼了，埃格尔立马颤抖起来，泪流满面，一遍一遍地说自己受够了，他想回家。没有咖啡，一切希望都破灭了。

气氛非常恼人，外加比任何时候都催眠。小伙们觉得自己都尽力了。他们已经没什么可以出力的地方了。不只是埃格尔一个人想回家，大多数人都让我打电话给拉罗汤加的船运公

325

司，问问多久能等到船。我打了电话，得知还要等几天。埃格尔觉得太久等不了，我们必须在为时已晚之前离开这里，他说。为什么为时已晚？就是为时已晚，埃格尔说。反正总的来说就是为时已晚。

恼人的气候早就让夜晚变成了最不值得留恋的时光。阿汶和我睡在海滩上的帐篷里，然后移动到海滩下方更远的地方，躺在苫布下。我们每小时移动一次。满月、魔法和蚊子把我们一直逼到海边，然后起风了，因为海浪我们不得不又移上来几米。之后下起了大雨，我们只好跑回帐篷里，然后又太热，我们又钻出来躺到苫布下。

夜晚诡计多端地戏弄着我们，想要把我们累垮，当我们行将崩溃的时候它以疾风暴雨来安慰我们。最后我把炎热抛之脑后躺进帐篷做了一个梦，梦见一切都各就其位：我自己与周遭世界的关系、与宇宙的关系、与家庭以及许多社会中心职能部门的关系。一场宏伟而清明的梦。但就在这时候，帐篷的顶被风吹飞了，雨再次把我浇醒，美梦也无法让我解脱。现在我又继续生活在与从前同样混沌的灵薄地狱里。阿汶说我们应该把天气告上法庭，天气不应该是这样的。我们要读一读用小字写的那些条款，然后对簿公堂。他还说这是他这辈子最需要咖啡的早晨。其他所有早晨严格地说他都可以不喝咖啡硬撑，但今天不行。

为了弥补咖啡的缺失，鲁尔，这个狡猾的厨师，变出一瓶全新的巧克力酱来，于是早餐成了一小段充满爱的时光，尽管没有咖啡。但我们大多数人都深受这糟糕一夜的长期效应困扰。埃格尔建议我们打云浮一顿，因为他（也就是云浮）被蚊子咬了很多包。但没过多久，埃格尔就承认了，这是非常不友善的冲动，他收回。"不是啦，"他说，"我只是开玩笑。"

金说起他父亲吃卡芒贝尔奶酪的习惯。金的父亲最喜欢卡芒贝尔奶酪过期两周后的味道。我们听着金说话，但没有给出任何反应。"你们怎么不说话？"金问。

"又不是每句话都需要点评。"云浮说，"这是个很可爱的小故事，我听进去了，但没有什么好补充的。"

点点头或者笑一笑，哪怕哼哼一声也好，金说。

阿汶插嘴说他听过另外一个关于卡芒贝尔奶酪的故事，那个故事也遭受了同样的命运。他在法国当交换生的时候，有个同学说他寄宿家庭的父亲曾一顿早餐吃掉半块卡芒贝尔奶酪。这个故事也没人点评会不会是卡芒贝尔奶酪的问题？

总而言之，埃格尔很好奇应该给出哪种回答。

我说在沟通学理论中有这样的思想。一段陈述需要最低程度的回应才能形成沟通。只需要很小的一点儿信号，但如果缺乏了这些信号，沟通就不存在，只不过是一段陈述。说到金的小逸事，我并没有想到要与之产生关联。我当然可以说"我才不相信"，或者"嗯……整整两星期……"，甚至"哦耶，你父亲好怪"。但我都没想到。

金开始猜测存在一种机制，某种阴谋论。他现在回想起来记得好像是最近有好几次他一说话，大家就都想用沉默让他住嘴。大家都说金想多了。马丁说要是大家都说"嗯"那才显得突兀，他说金必须学着适应，有时候他说话，大家就是会没什么反应。金说现在我们要是说话，他也假装什么都没听见。埃格尔说我们是应该有点儿回应，让金自己说出来真不好意思。

无事可做，于是阿汶和我绕岛转转。我们需要暂停一下研究活动，给自己一点儿休息时间。走着走着我突然想到，这些树上的大果实充满了营养丰富的汁液，自然界恰恰把它们安排在了世界上这片热得要命又严重缺乏淡水的地区，真是太神奇了。这是自然界深思熟虑的结果。阿汶表示同意，说他都不可能安排得更好。

走走路真好。我们进入一个很舒服的节奏，任鳐鱼和螃蟹分散我们的注意力，还有那些被海浪收集起来留在沙滩上的好东西。有时候我们会交谈几句，但大多数时候我们只是静静地一直走，这时候思想就四处乱窜起来。我随思绪乱飘，不让自己沉迷其中。阿汶弯下腰捡起一块石头，它像极了从那家荷兰外卖连锁店 FEBO 买来的可乐饼，于是我们情不自禁地沉浸到了 FEBO 的美梦中。小时候，我俩都经常去荷兰。我们家有朋友住那儿。我们梦想着浇满蛋黄酱的薯条、量很足的可乐饼和肉饼，最好再来点儿好喝的汽水。阿汶说如果现在这里有一台 FEBO 贩卖机，他马上可以哭出来。我们继续聊下去发现我俩想到的是同一家 FEBO 连锁店。就是阿姆斯特丹莱瑟街上的那家，就在莱瑟广场边，离那家只卖电影戏剧读物的神奇小店不远，大家都以为那是步行街，其实不是。每当电车驶来，游客们就会四散逃窜，而本地人则心如止水般平静地摆一摆自行车龙头躲开。阿汶和我最后一次一起去那儿的时候，看到一个非常忧郁的穷小伙，弹着一把很小很小的吉他，几乎是把玩具吉他，连琴弦都没有，他只是用手指敲打着，摇着头，残存的自尊将将支撑着他站在那里，希冀路人施舍一两枚硬币而不流露出卑微。再往前走一点儿，就在几米远处，实际上站着两个酩酊大醉的男人，唱着歌，弹着玩具钢琴，就是史努比的那种玩具钢琴，显然他们并不完全知道自己身在何处，在干什么，只是站在那里以行人中只有百分之一的人能有几分理解的伤痛乞讨着，释放着满腔大都市颓废的绝望。但不管怎么说，阿汶和我想到的是同一家 FEBO。FEBO 连锁店不计其数，但我们想到的是同一家。兄弟之间有时就是这样。这样很好，我们一路拾遗，存入我们的记忆。我们环着一座岛散步，在世界的另一端，一座从没出现过什么快餐的无人岛。如果我们有个排水孔，这里的水一定会以与我们来的那个世界相反的方向涡旋着流淌。

回营地的路上，我一脚踩上了美洲狮在沉积岩上留下的脚印。就在我们眼前 ——一直到今天，我们可能无法确认那是美洲狮的脚印，但毫无疑问，脚印来自一头大型猫科动物。那天在另一座岛发现的驼鹿排泄物突然也亮了起来。看似形成了某种模式，拼图开始就位。印第安人先是带着他们的小熊涉冰跨洋，然后又带来了驼鹿和美洲狮。肯定是印加人和其他留在美洲大陆的部落一直想要用它们来挖心祭神，于是它们就逃了出来，到了这里。我眼前出现了它们向着一望无际的太平洋冰原出发的景象。美洲狮和驼鹿走啊走，希望尽快看到陆地，它们很紧张、很饥饿，还有些害怕。穿越冰原的路上，它们认识到齐心协力胜过各自为营，于是达成了互不侵犯协议，并结成恒久的友谊纽带。而在这里，在这个新世界，情况要温和许多。印第安人改掉了挖心的恶习，在驼鹿群和美洲狮群到达之前他们已经改吃鱼好久了。我们没有在岛上发现任何搏斗的痕迹，所以有理由相信人类和动物在这里和平友好地生活在一起。敌意和杀戮一定是陌生的词语。美洲狮们顺应当前的环境也开始吃鱼。谁都不吃谁，大家都是好朋友。天堂即景。直到虎克船长来把它们统统消灭。这是我的理论，信不信由你。

阿汶说虽然他不是这一领域的专家，但他觉得我的理论听上去坚实而美好。几年之内它肯定能在太平洋迁徙研究领域盛行。现在他觉得我们应该对研究成果表示满意，并用最后几天时间把钻进体内的平静锁定。心如止水，这样船来的时候我们就能平静地做好准备，看上去就像我们除了待在这儿什么别的事都没做一样。回家后，我们就可以去咖啡馆喝咖啡，然后被人表扬我们看上去好酷，或许还有我们棕色的皮肤，很酷、很棕色。

回到营地，我把小伙们都召集过来，说阿汶提了一条建议，我想付诸实施。我们的研究工作到此结束，我说，我们应该对我们的收获表示满意。如果足以让挪威登上地图的话，自然会顺理成章。现在开始我们要有积极的营地气氛，直到船来为止。我们要一起做事、一起享受，放松放松。

我这么说显得我是个聪明的队长，对可能出现的负面情绪来个先下手为强。我接受我们的士气正在下降这一事实。我自己也是——我自己的士气也大不如前。我很累，并觉得自己已经不能再为探险队承担压力和野心了。这就算完成了吧。归根结底，我其实根本不在乎太平洋上的人口是从哪里来的。这本来就不是我的问题，我想。这可是非常解脱的想法。

没过多久，我就在下面的海滩上找到了埃格尔。他坐在那儿，手拿一个很原始、很神奇的卡尺，是他自己用棕榈叶和各种乱七八糟的东西做的，他在沙子里画着一些奇怪的图形。"我在用构造法把这个角度三等分，"他说，"已经快画好了，所以你可不可以安静一点儿？我正在拯救这场摇摇欲坠的探险。很快你就会感谢我的。"

埃格尔胸中的野心就在我刚说完研究结束的时候点燃了。他觉得我们空手而归这个想法太让人伤心了，而他认为这么做行得通。这当然只是应急的办法，他说，但这个办法还不错。数学家们已经试验了几百年，还没有成功，其实埃格尔一直认为只要给他时间，他就一定能成功。客观地说，成功的机会可能不会很大，但回报率很高。对于数学家来说，这就相当于找到艾滋病疫苗。

那就最好了，我说。

第十九堆篝火

篝火点燃了，我们围着篝火坐下，有一搭没一搭地聊天。云浮给他的爸爸打了电话，今天是他爸爸的生日。他祝爸爸生日快乐，并得知特隆赫姆老家天寒地冻，积雪有一米厚。云浮挂断电话后，埃格尔问他有没有提咖啡的事。云浮摇摇头说咖啡的事只字未提。"那啤酒和女人呢？"埃格尔问。没有。也都没有。埃格尔认为这个电话打得毫无意义。

阿汶坐到我们身边。他刚从午休中醒来，对我们讲了他做的梦：他先是出现在一家工厂的厂区，之后又到了潟湖里被鲨鱼追杀，闹腾了好一阵后，他又回到了特隆赫姆，更准确一点儿是比沃森购物中心的公交车站，手里拎着"底价超市"的塑料袋，里面装着六罐"吕斯豪门"啤酒。他要去参加聚会，期待之情比天高。

马丁羡慕地说所有的梦都应该到此为止。

我们都沉默了，各自想着这时候要是能搭个公交车去参加聚会该多好。我们真的很需要一场有女孩的聚会，音乐震天，桂酒椒浆。马丁眼神彻底空洞。这他懂。他是行家。到聚会现场，状态渐酣。打开一罐啤酒环顾四周。找个沙发往女孩们身边一坐，说些让她们印象深刻的话，不管是什么。就坐在那儿一罐接一罐地喝啤酒，跟那些可能在国外念过书的人聊天，听他们讲讲那边的故事，该笑的时候笑。跟厨房边那个正与一个不怎么样的男生聊着天的女孩不断交换眼神，时机成熟之后，晃到她跟前，当那个无趣的男生看到火花在女孩眼中点燃的时候，自然会知趣地漠然撤退。之后就是数小时的热舞。一定要保证同一首歌反复不停地播放，这样你们在第一个夜晚就会觉得这就是你们的歌。酒喝完的时候其实还没完，因为总会有人住在附近，可以回家拿几瓶产地非法的烈性好酒来，然后嗖一声你们就都醉了，你就可以送她回家，然后躺倒在她身边。不一定要做爱，马丁说，只要想早晚会有的。实际上有时候最佳状况就是一起醒来并得知没有做爱，并没有陷进去，尽管醉成那样。有些新手在这样的聚会之后总会翻云覆雨。这几乎是可以原谅的。他们没有经验，还很嫩，不明白生活会如何奖励愿意等待的人。没有夜里那段尴尬的不明不白的性爱回忆的困扰，醒来之后可以坦然对视，或许还能在新的一天里一起做些有意思的事，并仍然保持对对方的尊重，可以设想如果这样的生活继续下去的话会有多美好。

聚会的戏剧性远胜于生活本身，马丁说，一场美好的聚会相当于把一生浓缩到一夜之间。所有的精神状态、情感、对话和事件都会发生，一应俱全。从最坚强的坚强到最温柔的温柔。这就是聚会神奇的精髓，意犹未尽。

这些话话音落定，我跟酒水负责人鲁尔和云浮交换过意见之后决定，我们剩下的酒可以畅饮。再过几天，我们就要回家了，已经没必要存货了。一场欢饮是我们应得的。瓶瓶罐罐摆上桌，几罐啤酒、半瓶干邑，还有整整 1 升的卡尔瓦多斯。所有儿时的把戏都用上了，我们一边喝酒一边"拿大顶"。马丁双膝跪地，一边过度换气一边猛灌自己分到的份额。

米一从《圣经密码》中抬起头看我们（或许他读到了《圣经》中藏着密码，预言千禧年间战乱不断，世界走向灭亡），毫无疑问，他肯定觉得我们是一道奇特的风景线。我估计他心里早就把我们贬作游手好闲之徒了。这我并不担心。现在已经一发不可收，我们已经把牌都摊在了桌上，我们才不在乎周遭世界把我们当作科学家、作家还是别的什么东西。我们就是一群来旅游的小伙子，我们不醉不归。

我们每个人都在这儿掉了好几公斤肉，对身体以及体内的好多细胞来说，这突如其来的酒精摄入就像晴天霹雳一般。没过多久，我们就开始在海滩上跌跌撞撞地转圈，唱起了《现场就是生活》和其他快乐而自私的 20 世纪 80 年代出产的劲歌金曲。

半夜里，马丁和我坐下来分一罐啤酒。其他人已经倒下了。聚会结束了，现在是海滩上的余兴节目。过不了多久，天就要亮了。深夜时光让我们愿意分享秘密，我们体会到某种总是在夜深时出现的亲密感。突然间谈论自己不再是件奇怪的事，说说刮胡子有多爽，还有早泄和青春期的梦遗。并且，在一天的这个时间，无法避免地谈到了女孩。我们想念她们，想念在街上看到她们，有她们围绕在我们身边。她们有些特别的地方，独特之处。我们发现，从很小的时候我俩就都对她们产生了某种怀疑、某种不确定。女孩们看上去总是那么卓越、独立，很难知道她们跟我们有什么关系，我们跟她们又有什么关系。对马丁来说，这种感觉在他学生时代一次咖啡馆里的经历中达到了顶峰。一个女孩走过来问他要不要今天的报纸，因为她已经看完并准备离开。马丁不认识她，他猜一定有什么蹊跷。他觉得她肯定有什么企图，于是把她摁倒在地，以控制局面，直到他觉得她平静了下来才放她走。

这件事是马丁与女生关系的分水岭。突然之间，他意识到自己完全不明白她们是谁，他被自己对她们的反应吓坏了。不能再这样下去，他开始阅读关于女孩的杂志和文学，并开始逼自己跟遇到的女孩说话。渐渐地，他放松了下来并认为他理解女孩甚至胜过了她们自己。10 年之后，这成了他的研究课题：聚会文化和泡妞，还有那个周期表。他终于可以把这一切拿出来和我分享了。他跑回帐篷把它拿了出来，自豪而庄重地展开那张大纸，即女孩周期表。

这是马丁的杰作，非常机密。

马丁相信如果运用得当，男女之间的关系会大幅改善，误会可以减少。这样一来，男人解决问题的第一反应将不再是想要换个新的女朋友。周期表有助于消除女孩的神秘感，以她们需要的方式理解她们。据马丁说这就是重点。很多男孩都以为自己了解女孩，但只要跟女孩们聊一聊，很快就会发现只有极少数的女孩觉得自己真正得到了理解。

你志向远大，我指出。是的，马丁说，这个系统就是那么好，实际上就是冲着巅峰去的。

我研读那些复杂的表格。与化学元素周期表的相似度令人震惊，马丁解释说他从元素周期表中汲取了许多灵感。在与女孩们交往多年之后，马丁认为他开始看清隐藏的内在联系。对没有训练过的眼睛来说，女孩们的那些不同的外貌、个性、习惯和怪癖看上去都是随机而混乱的，但实际上并非如此。一切是有规律可循的。

"男生不是这样吗？"我问。

肯定也是，马丁说。但他觉得这不是他的职责。因为他自己就是男生，所以他缺乏必需的距离。他连试都懒得试。

做个人类周期表不是更有实际意义？

并不是，马丁说，性别之间的差异巨大而显著，如果假装它们不存在的话，可以取得的成果很小。人类周期表太不具体，很难应用到生活中。现在这张表更精确，所有优秀的科学成果都应该这样，我们说到哪儿了？对了，他慢慢开始意识到女孩看似混乱的行为其实是有规律的，并不像人们所希望的那样随机而深不可测。一开始他仅满足于玩味这个想法、观察、记录和思考，但后来他的工作越来越系统化，经年累月，碎片渐渐各就各位。

化学基础元素分为金属和非金属两类。以同样的方式，马丁把女孩分成浪漫和不浪漫两类。其中一类并不在先天条件上比另一类更出色。这个系统完全不是某种质量检验系统。好坏优劣对科学研究来说完全没有意义。有意义的是"什么"和"为什么"。换句话说，该系统是建立在纯经验数据上的。问题的关键是个性，或者称之为原子。马丁选择保留原子这个名字。他认为这个名字很合适，因为个性也是不可分的内核。这和正负电荷有关。一个不浪漫的女孩也可以问一个浪漫的女孩借电子，以此达到中立的位置。这主要是视情况而定的。

在马丁的系统中，每个女孩都有一个非常明确的核电荷，由一个或多个个性组成。个性的多少由原子序数决定，或者像马丁那样，称之为女孩序数。女孩无法通过化学反应或普通的物理反应分解。这说明她们中大多数都是相对稳定的，但少数具有某些可以视作放射性的个性，这些女孩通过核裂变会变成与之前完全不同的人。女孩是根据女孩序数的顺序以及个性排列的，这实际上就使预测还没有遇到过的女孩成为可能。

马丁成功识别出了52种基本女孩类型。这当然不代表世界上只存在52种女孩，女孩有几十亿，每个都是不同且独一无二的。但所有的女孩都是排列组合出来的，可以称她们为52种基本类型的合金或同位素。化学基本元素也是这样的。一共也就一百来个，它们排列组合就形成了我们眼中的世界万物。女孩也是一样，自然中存在52种各自独立的女孩。但现在活着的女孩中很少有可以代表这52种其中之一的纯粹样板。几乎所有女孩都是这52种中两种或几种组合的结果。另外马丁相信，通过设置场景和创造特殊条件，有可能开发出更多基本女孩类型。还有一些只存在于纸上和幻想中，或者在最好的情况下出现百分之几秒。她们太善变，不管男人多想把握都难以做到。

马丁的周期表中左上角写着"爱娃"。马丁给女孩们都起了名字，这样比较好记。"爱娃"是最简单的女孩类型，她的女孩序数是1，只有一种个性，就是爱。特蕾莎修女可能就是这种类型，但除了她之外很难找到还有其他只有这唯一个性的女孩。大多数女孩都有一些"爱娃"，有些多一点儿，有些少一点儿。

我在她对面找到了"安娜"，女孩序数2。她属于一个群组，马丁把她们排在了左侧的竖列中，并称之为"稀有女孩"。她们主要都是没有颜色，很难与他人结合的女孩。"安娜"有部分"爱娃"的爱，但主要成分是思念。"安娜"可能幼年遭遇过忽视。

"安娜"下方是另一个稀有女孩，就是"丽萨"，女孩序数11，她有一整套极其矛盾的个性。比如她厌恶自己的身体，难以接受自己，但又希望别人爱她原本的样子，同时她又不知道自己是什么样的。她的想法游移，可能在几秒钟之内就会改变自己的态度。在餐厅里，她会在点餐之后又多次改变主意。她很擅长游泳。

"格如"在不浪漫组里，女孩序数18。她很聪明，首先是聪明，工作领域很可能是政治或传媒。她一辈子山盟海誓只一回，并且终生不渝。"格如"在很年轻的时候就已经担当重任，身居要职，并且可以把事业与家庭生活以别人无法企及的方式联结起来。她一生都在高速运转并有一段时间生活在国外。她整天都要去度假屋。

表格中央是"西蒙娜"。她是浪漫组中最常出现的女孩。"西蒙娜"正直实在，坚持己见。她不会轻易分心或上当，但在正确的条件下她会心甘情愿进入坚实的感情关系并维系一生。

"安茱莉亚"也是稀有女孩，相当于不浪漫的"西蒙娜"。她聪明能干，经常以领袖的身影出现，但只在极端高温的条件下才会投入感情，并且维持时间很短。

"塔尼亚"，女孩序数 13，漂亮美丽，但同时完全不拘小节，奔放浮夸。她就是那种所有男人都想要的女孩，做着所有男人都想让她做的事。马丁很怀疑生活中真的存在纯粹的"塔尼亚"。有些女孩是"塔尼亚"的惊鸿一瞥，但纯粹的她只会出现在虚构的色情行业里。

"玛丽"，女孩序数 25，是马丁最喜欢的类型。她既可爱又大方，还是学建筑的，据马丁所说就是男生愿意为之去死的类型。她在元素周期表中对应的元素是金。她闪耀而高贵，智慧而温暖，像猫一样充满神秘感。她有很多积极的个性，哪怕那些消极的归根结底也是好的。她就是马丁想要的女孩，但他害怕她是遥不可及的。我说她可能听上去遥不可及，但联系一下总没有什么坏处，他也没什么损失。是呀，大概我是应该这么做，马丁说。看上去有些惊讶，就好像他没想到可以这么做一样。

女孩的序数越大就越不稳定，也就越难收入囊中。"波蒂尔"，女孩序数50，就是其中一个。她总是不断投入感情关系，时而主动，时而被动，野心勃勃，但很懒惰，在任何温度下她都存在，但都不快乐。她极易燃，并对周围环境构成危险。

在这张纸的最下方，马丁做了一些小表格，展示这52种基本女孩类型是如何互相给予和接受其他个性的，最后又是怎么形成我们在街上看到的那个普通女孩的，马丁是这么叫她的，或者更准确地说是填满这个世界的所有女孩。

马丁完成这项工作非常令人震撼。说实话，我其实并不知道该说什么。他的周期表取得突破的那一天，一定会产生超出马丁想象的连锁反应。无论是男生还是女生都能松一口气。或许有朝一日，会有人为男生建立一个相应的体系。这样我们就有救了，问题就都解决了。希望我这辈子还能看到。

第二十一天

我被一枚落在离埃格尔的脑袋不到一米远的椰子惊醒。他的反应是坐起身，揉掉严重的睡意，点上一根烟。他说世界上危险太多，抽根烟根本不算什么。埃格尔怀念起冷的东西来，他怀念着所有冷的东西：他想念着我们现代化的家乡，那个冰冷的社会满是冰冷的房间、冰冷的空气、冰冷的人、冰冷的食物和饮料。但他并不想念牛奶。埃格尔已经把牛奶戒了，因为他觉得牛奶很危险，牛奶比抽烟还危险。他并不想念牛奶，或许只想念加在咖啡中的那一小点儿。对了，他想念的是这个：咖啡。

阿汶抽搐一下醒了过来，因为他听到了有人在谈论咖啡。他充满期待地瞪着埃格尔，但埃格尔摇摇头，说他只是提到了这个词，只是一个词。阿汶侧过身说既然是这样的情况，那他选择再睡一会儿。他在梦里快要接近什么目标了。他忙着呢。

我脱下睡觉时穿着给蚊子制造困难的 T 恤，光着棕色的膀子来到沙滩上。我蹚着海边的水，眯着眼看太阳的时候突然有了一种少有的感觉：我很健康。我觉得自己和一切可以与之和谐的东西都很和谐。我们的研究工作并没有像我期待的那样开疆辟土，但至少我觉得我与世界上的大部分事物都很和谐。这就足够了。我被自己的野外课成绩冲昏了头脑，以为自己是可以让挪威登上地图的精英，但或许我并不是。这也算是一种发现。可能我们并没有提出正确的问题。科学就是这么无情，不仅要找到好的答案，还要提出正确的问题。这场探险并没能为世界和人类的大型集体作业做出什么贡献，但至少我找到了一种平静，我觉得自己清明了。和谐。

马丁坐在岛屿转弯的尖角上，眺望着大海。刮着那一把大胡子，他无疑是我们中最强悍的一个。他看上去越来越深不可测，就像他接触到了我们永远不得而知的神秘力量。他在海面上看到了我们都看不见的东西，我们永远看不见的东西。如果说我感觉自己平静而清明，那马丁肯定是接近涅槃了。他就是一块磐石。与我当初在有轨电车上遇到的那个紧张兮兮、整天扫视四周看看有没有人跟踪的家伙判若两人。我谢谢他信任我，给我看了他的女孩周期表。小事一桩，他说。他准备好回家了，交掉自己的作业等待事情发生。他不再像以前那样害怕女孩，也不再害怕助学基金。他们可以继续压迫他，但他们无法带走他在这里找到的美好感觉。

回营地吃早饭的路上，我走到一棵棕榈树跟前，上面有人刻了"又渴又饥，独想戳逼"。肯定又是鲁尔干的好事，岛上并不是所有人都那么清明。

消化道里开始空虚起来，几乎难以慰藉。桌上摆着烧焦的米饭和毫无爱意的面包，另外还有橘子酱。在器具齐全的现代厨房里烤出一个毫无爱意的面包可能还能蒙混过关，但在这里不可能，一下子就露馅了。比如埃格尔，几秒钟就看了出来。"我碰都不想碰。"他说，站起身。橘子酱向来让人作呕，阿汶说，而埃格尔已经自信地朝海滩走去，胳肢窝里夹着卡尺，显然有事。云浮自然觉得橘子酱超级好吃，因为是他采购的。但阿汶坚持认为橘子酱就是疯子的发明，这种产品背后肯定有什么可怕的思想体系。他一想到这种果酱背后的力量就浑身发抖，忍不了。

吃完早饭，我晃悠到海滩上，去看看埃格尔和他的大型数学项目怎么样了。我看得出他很专注。他觉得自己方向是正确的，答案近在眼前，有时候几乎就要出现了，但总是在最后一刻，又失之交臂。马上就好，他说。

我坐下，把腿伸进潟湖，阿汶走过来在我身边坐下。我们离家好远，他说。直到现在他才想起来我们离家有多远。他一直知道我们在地球的另一端，但在某种程度上这只是一种说法，并不能表示究竟有多远。但现在，就在刚才，他一边洗着碗一边突然就意识到距离、公里数，我们与家乡之间隔着的所有海水和陆地。我们离家的距离远得有些荒唐，他说。这里不是我们的地盘，我们是从完全不同的地方来的，我们不能再自以为无论在世界上哪一个角落我们都能自得其乐。

我们来自一个寒冷的小国，那里几乎没有住多少人，那里的人曾常年从事农耕和捕鱼，安分守己，从不夸夸其谈。虽然那并不是我们，我们除了动嘴也没干什么别的，但那些原始产业还是在我们体内，阿汶说。我们摆脱不了它们。他期待着回家学习那些山川湖泊的名字，学习蓝莓是哪里种植的，以及所有相关的知识。这是一种解脱。然后他提醒我，我们祖父的一个兄弟在那个时代经历过的一件事。阿汶提起它是因为这样的小故事应该时时温习，并不一定因为它们很重要，更因为它来自我们的血脉。祖父和他的三兄弟都在特隆赫姆郊外的一片农场长大。有一次，其中一个兄弟——我记不清是哪一个了，去牧场接奶牛的时候发现牛群里混进了一头驼鹿。他想把驼鹿吓跑，但它很坚定，不肯走。它肯定非常喜欢与牛群做伴。它肯定觉得自己交到了朋友。奶牛们快到谷仓的时候，驼鹿还跟着，祖父的兄弟不得不把它放倒在地。他强行把驼鹿放倒在地。

就是这样。如果我们真的可以选择我们想要继承怎样的故事的话，阿汶会选择这样一个故事。他还说它也是我们的一部分——既是他的，也是我的。该有的我们都有，只是不那么明显，隐藏在我们身上，在表面之下。如果有这样的必要，我们很可能也能强行把一头驼鹿放倒在地，但很少会出现这样的必要性，因为我们几乎永远不可能去尝试。

阿汶有可能是对的，我很喜欢这个想法。我可能很想放倒只驼鹿，但我觉得自己并不很确定，感觉这超出了我的能力范围。

田园诗突然被埃格尔挫败的高声咒骂打破。阿汶和我抬起头，碰巧看到他把那把大卡尺扔进了森林里。最后的希望就此破灭。埃格尔说他才懒得管一个角度可以一分为二还是一分为三。实话实说，我也是。三等分的角度只配让人鄙视，埃格尔说，除了鄙视什么都不配。

这个悲伤的小插曲算是给棺材板上钉了钉，可以这么说吧，之后我们坐下来处理身上的蚊子包。最严重的已经用起了氢化可的松软膏，因为悠力素乳膏太尿了。虽然氢化可的松软膏的管子上写着不可乱用，会造成各种危险，但这都无所谓。在这里，我们过一天算一天。

我们涂药膏的时候，金以精妙而恶毒的方式模仿起海尔达尔来。他抓起一棵植物说这是远古的药材，当地的印第安人称之为"你狂吗"，我们白人有许多要向土著人学习的地方。金的语音语调非常到位，他整句话都保持着一个音调。海尔达尔一直这么做。保持就保持呗，总是同一个调调，只有天知道是为什么。

埃格尔说这对情绪有帮助。现在只有大剂量的嘲讽才能拯救我们，他说，他鼓励我们加大剂量。

我带上一把铲子去挖挖地。这不是海尔达尔说我们该干的吗？挖地，他说，回家之前不试试就傻了。如果我挖挖地，我就可以说至少我尝试了。这样我就不会被记者和其他整天念念叨叨问个没完的人困住了。我也不知道挖哪里好，于是还是去了海滩。以前人们肯定也都爱聚在海滩上，我想。他们肯定也喜欢游泳，焊自己的船，几百年间怎么都会丢点儿东西吧。说不定一把梳子或别的什么就能给我们当指针，找出他们是谁、是干什么的。我挖了几铲子，但什么都没找到，看上去好像毫无意义。但我铲掉了好多沙子，堆起了一小座沙丘，让人跃跃欲试，邀请你用它来发挥一下创造力。我才不等别人请第二次，短短的时间内，我建了一座城堡，外加一座政府大楼，接着开始造国家图书馆了。鲁尔晃了过来。他刚一页一页地认真阅读了一期《时尚》杂志，他找到了273张不同女孩的照片，他告诉我。大多数女孩都有一套，很难说清是什么。女孩不都这样吗？我们很少能用语言表达吸引我们的到底是什么，有点儿像食物。我们缺乏描述的语言，但不管怎么说吧，《时尚》让他做了一会儿梦，他与杂志一起度过了一段美好时光，但一抬头他还在这儿，跟以前一样，还是这座老岛。这是当头棒喝。他需要冷静冷静，但世界的这一部分没有任何东西是冷的，于是他转一圈来恢复平静。现在他过来了。玩沙子看上去很诱人，需要我帮手吗？当然了。两个人一起玩总是很开心。

很快我们就建起了一个复杂的设施系统，有运河，有港口，有酒店，有一个文化中心，连接着一个大型大学综合体。阿汶和云浮也来了。这是"积营环"加完美联邦的野外课。我们建造了一系列核心社会机构——银行、学校、法律部门。埃格尔也加入我们，建造了一个年终午休的连锁便利店。没有便利店算什么城市？想象一下岛上要是有一家规模像样的便利店，生活该有多不一样。我们可以穿梭在货架间，想买什么买什么。买点儿这个，买点儿那个，如果跟店主很熟的话，他可能还会扔点儿巧克力和香烟过来，不收钱还说不用客气。可能还有咖啡和挂着露珠的新鲜啤酒。埃格尔顽守着他的思念，似乎他自己都没有意识到。我们随他去弄。马丁过来转了一圈，建了个共济会。他总是对共济会和圣殿骑士有些着迷，他说。

他们有除了自己人没人能懂的密码。"苹果树紫色"就是这样的密码。马丁在电视上看到过。一个老人坐在那里说了句"苹果树紫色","苹果树"和"紫色"之间留了点儿间隙,然后他沉默了几秒钟,又说:"但这是什么意思呢?"最后金过来造了道路、自行车道,还用小贝壳和自然经年累月免费塑造的小石雕建造了装饰性的公园。我们建造了一座城市,一座设施齐全的完整城市。这是我们建设的。

我们这些没有建设过挪威的人。

第二十堆篝火

马丁把他的周期表给大家看。他们仔细研究并提出问题,然后讨论情感关系中的道德、期望和忠诚问题。马丁认为恋爱被高估了,爱情没有被高估,但恋爱被高估了。人们太注重恋爱,忽视了之后发生的事,马丁说。金和埃格尔不同意。恋爱就是一切,他们说。恋爱就应该是一切。它本身就是一种资源,就是所谓的自在之物。金不相信日久生情,比如包办婚姻。事情不是这样起作用的。对于这样的事情他不需要理性对待,要么发生,要么不发生;要么有感觉,要么没有。这跟她是谁、她从哪里来没有关系。就是感觉到了。只要感觉到就是应该争取的。这是真相,除此之外都是编造的。"她还生活在过去的关系中怎么办？"云浮问，"她结婚了怎么办？"恋爱才不管这些，金说。"换句话说，它就像一种病？"云浮问。可以这么说，金说。

马丁说找一个结了婚的女孩，或生过孩子的女孩太简单了，从某种程度上说基础工作都已经完成了。这叫坐享其成。这是不行的，应该从头开始，自食其力。

云浮认为金的态度是虚构情节过量的典型症状。我们在虚构作品中经历了那么多浪漫的理想化的关于爱情的想象，这可能会为我们制造困难，云浮说。我们的期望值与前人完全不同。比如，他相信他的父母有非常具体的、可及的期望值，但我们什么都想要：我们既想要自我实现，又想要彻底的爱情。我们显然是要碰几次壁的。我们知道，如果我们真想要自我实现的话是可能做到的。哪怕是知道这一点，从某种程度上就已经和恶魔达成了协议，云浮说。或许我们什么都能实现，但这并不表明我们会更幸福。"幸福"这种词应该被取缔，埃格尔说。这种描述毫无根据。金表示同意。"我从来没有期待过和同一个女孩共度余生。"金说，"我生长的环境中这并不是常态。我选择活在当下。如果当下是美好的，我别无所求。""根据我们自己的家庭状况把生活一概而论的倾向是怪异而狭隘的。"埃格尔说。他说金因为自己的父母离异了这件事而得出感情无法天长地久这种结论是错误的。这只能说明他的爸爸妈妈彼此不合适，埃格尔说。完美的关系还是很可能存在的。他更喜欢设想这种可能性是存在的。

规则必须改变，马丁说，能在同一个工作岗位上坚持四五年就应该给我们颁"金钟奖"和国王荣誉奖牌。金婚的标准也应该缩减到 10 年。系统必须顺应社会的变迁。

我们听着马丁发言。他的周期表发挥了作用，让我们心生敬畏之情。还有他的胡子，留这样胡子的人说话有人听。

"那个抽事后烟的女孩在哪儿？"鲁尔的目光在表格中 52 个基本女孩类型上扫了一圈。好几个都可能是她，马丁说。比如，她可以是这个和这个还有这个的组合。他一边指给埃格尔看，一边点头。"那个你说什么她都笑，还喜欢蹭你胳膊肘的呢？"金问。"还有那个个子很小但骑一辆超大老爷自行车，坚持各过各的，尽管你们已经在一起快两年了？还有那些裸体大姐姐？"云浮问。大家都在问。那个你一喝醉就变得很漂亮的？管你叫她的金人儿的？那个只想做爱不想温存的？那个一直说想要孩子的？那个喜欢爵士乐的？马丁说她们都在上面。但这些问题不精确，无法公平地验证这个表格的作用。我们必须考虑大方向。我们问的这些都不是个性。这些都是独立的事件，或者大家都可以做的事，或者在特定条件都能成为的样子。我们必须摆脱这些琐碎的细节，试着认识女孩的真面目。我们必须把她们都扒光，试着认清女孩背后的女孩，如果我们明白的话，必须为此付出努力，但回报也是巨大的。

"什么回报？"埃格尔问。"我唯一能说的就是，回报是巨大的。"马丁说。"是上床吗？"鲁尔问。"当然可以是上床。"马丁说。"但也可以是很多别的事。可能性很多。我觉得你们还不够成熟，暂时不跟你们讲这些。"他说，"好好思考思考，等我们哪天不在一座荒岛上了，哪天女孩们看上去近一点儿，不再像现在那么遥不可及的时候，我们再来谈。"

"我觉得应该是上床。"鲁尔说。他在嘴里品了品"上床"这个词。

云浮建议我们去椰子壳工厂看看伯格曼导演的《婚姻生活》作为谈论的总结，但我们拒绝了。太悲伤。

第二十二天

各种审视一整夜之后，我起床了。我几乎习惯了夜晚不再是一场连贯的睡眠，而是许多个不安小睡的碎片。我小睡一会儿，醒过来审视审视，再小睡一会儿。比如今晚吧，我审视了风，审视了月亮，审视了海浪，审视了蚊子，审视了我自己的乡愁和对生命的恐惧，还审视了别的夜游神和被打扰时的不耐烦的爆发。起床前，我审视的最后一件事是彩虹。我醒过来，注意到如果我完全醒着的话，彩虹该有多浓烈、多美丽，然后转个身又睡了。我还一直在审视阿汶。他就睡在我旁边，留着大胡子，穿着一件卫生衣，看上去就像一个 20 世纪 30 年代的无业游民，可能正在找工作，或者以为自己在找工作，每个周日去滑雪，饭盒里带一块猪油，去砍柴。

小伙们围在我身边睡觉。我们睡觉的时候很好看，可能是我们最好看的时候。

埃格尔躺在这儿，头发像毛刷，一只手捂着额头，真滑稽，半个睡袋敞开着。

阿汶，我已经说过了，无业游民，还是趴着睡的，手安详地垫在脑袋下，背上长着浓密的毛。我也不知道他这是从哪儿遗传来的，我就没有。

云浮光着膀子，一只手放在胸口，另一只手插在沙子里。

鲁尔侧着睡，穿一件条纹黄衬衣，看上去还要睡很久。

马丁背对着我。他也光着上身，我能看到他上臂的文身，就是那种社会人类学学到很高程度的人想要文的文身，熟悉各种部落的图案并且开始对它们产生好感，于是自然而然想要在自己的身上也刻上一些。

金仰躺着，看上去就像个孩子。太阳马上就要晒到他了，就是几分钟的问题。

我到沙滩上晃一圈，检阅一下我们的城市。景象很惨淡，已经被风蚀得支离破碎，东倒西歪。满月和超高潮汐，加上不作美的风向，摧枯拉朽。金融区、行政中心、剧院、住宅区、机场、店铺、大学，都没了。众所周知，一切文明迟早都会灰飞烟灭，但这也太快了吧，人们还来不及疏散。那些骄傲的技术人员和科学家都宣称这里很安全。共济会和圣殿骑士的建筑是唯一幸存下来的。它们建在离海岸线最远的地方。马丁不愿心存侥幸。这样的人总能撑下来。他们有优越的地位并互相协助。自然力量与野外课程对这样出色的小伙来说代表了什么？苹果树紫色。这是最粗野的侵蚀，毫不留情，一切终将如此。这是一个警示。

米一和图安用一个空油桶做了早餐。他们把鱼和面包果在一层石头上放过夜，就是一道菜。一天以一条鱼开始是最暴力的方式，我受不了，早上我更依赖谷物为基础的食品。在某种程度上，每天早上我都像个孩子，天真而脆弱，然后在一天中不断坚强起来，到晚上我就可以吃鱼、喝酒、爆粗口了。另外面包果也很难吃。这是不言而喻的。如果好吃的话，在欧洲早就进了饭店或者高级食品店里。但我从来没见过这种水果的影子，还有名字。面包果糟糕透了，与面包的类比牵强而难以理解。面包要好吃一千倍。水果我也喜欢，但是面包果？散发着植物在进化过程中长残了的臭味。

我们吃饭的时候，云浮说他看过一本关于宇宙的书，说到澳大利亚的土著人观察的是星星之间的空隙，而不是星星本身，他们认为这很重要。埃格尔从盘子背后伸出脸来，对等待点评的云浮点点头，表示感兴趣，但没有给出点评。被逼之下，埃格尔承认他其实没有听云浮在说什么，但还是选择点头，因为这样显得很自然。"我们前几天不是才讨论过交流和回应的事吗？"埃格尔说，"我不想让云浮落入和金一样的尴尬境地。"另外，他对云浮说："既然我们现在已经开始交谈了，你是叫云浮还是曲浮来着？我突然不是那么确定了。你到底叫什么？"

这是一种复杂的心理反应。我读到过会发生这种情况，海尔达尔在一次采访中说起过。他称之为探险热。当人们紧密地生活在一起，并在一个荒芜的环境中共处一段相当长的时间后，精神状态就会发生一些改变。用海尔达尔的话来说就是："这是我为期最长的一次探险中的经历，我同行过的人中最友好、最善良的男人（迄今为止他仍是这样）突然变得不可理喻，他变得既气愤又暴躁。"

在同一段采访中，海尔达尔还说，一个训练有素的队长必须时刻注意这种危险。我就是这种队长。我一下子就注意到了。

"你到底叫什么？"埃格尔不依不饶地问。云浮沉住气没有回答。"是曲浮吗？"埃格尔问，声音中带着挑衅。这是对埃格尔内心的深入了解。算了，鲁尔说，别这样。但埃格尔不罢休。"我很抱歉。"他说，"很容易搞糊涂。你们得承认这两个名字就是很像，像得都有点儿吓人了。"

我很高兴我们很快就要回家了。如果再这样继续下去，我们都会得探险热。跟海尔达尔以及他的手下相比，我们的探险时间并不算长，但对我们来说已经够长了。我们习惯了另一种生活。另外，研究工作也完全搁浅了，我们进行不下去了。我们完了，咖啡也喝完了，连一根烟都不剩了。马丁和我已经蹭米一的卷烟好几天了。米一慷慨大度，看上去一点儿都不介意。作为答谢，马丁把《圣经密码》送给了他。我送了他点儿玻璃珠子——没那回事，我开玩笑的，实际上我送了他一个飞盘。

我们一直在等船。我们打羽毛球、玩地掷球和骰子游戏，然后不停眺望海面等待船的出现。船是个好东西，它们在人类和地点之间建造桥梁：有时候在荒芜的地方之间，有时候在不那么荒芜的地方之间，还有些时候在完全不荒芜的地方之间。这可不是件小差事。大家都在说轮子，说它有多棒。轮子是不错，圆圆的，挺好看的，但它比不上船。船出发时那么轻柔，并且行驶在一种人类无法或缺的元素上，缺了就得死。而轮子只是让我们在陆地上跑得更快一点儿。但船会沉，这是它的弱点。轮子总能浮起来。你可以表示反对。但船一沉，人们就喜欢抱着长得很像轮子的圈圈，红白相间的那种。此时，得把船当作一种对命运的嘲讽。另外，船还总让人等，比如我们的船，就在让我们等。埃格尔已经到了崩溃点，他说我应该打电话给拉罗汤加的船运人员把他们臭骂一顿。我们可以造一条木筏，埃格尔说，然后自行前往文明世界。我们不能这么做，我跟他解释了为什么。首先，埃格尔得了探险热，已经无法接受现实。他的内心一直处于现在的状态和理想状态之间的斗争中，因此无法理性思考。其次，我们不知道怎么造木筏。最后，这样做很危险。木筏不适合我们这样的人。船啊，大巴啊，汽车啊，自行车啊，都行，但是木筏不行。我们离木筏越远越好。

木筏是海尔达尔那样的人用的，还有暑假去水上乐园的孩子们。

阿汶躺在自己的吊床上严重怀念文明世界。他不一定想家，但想念文明世界，想念机械，想念车水马龙、人声鼎沸，还有夜晚在我们父母家看电视。有很多电视频道，他很会利用它们。他自称没有滥用它们，而是利用它们。这两者之间区别很大。对阿汶来说，美好的电视之夜就是在三四个频道之间跳转，最好更多个频道，总是会有精彩的节目出现。最完美的就是一个频道放着一部电影，音乐频道放着好看的音乐视频，欧洲体育转播着一场网球赛，而有线电视新闻频道只有热点，然后在它们之间跳跃。关键是在正确的时刻换台，这样就能避免看到一些没用的东西。比如，最伟大的瞬间出现在从有些电视新闻跳到音乐频道的那一瞬间刚好看到最喜欢的音乐视频的片头，但躲过了主持人的介绍。这样的切换体验每次都让人难忘。他想到了一年前去看望一个到伦敦上学的小伙伴时的美好时光。他们出门喝了杯啤酒，然后坐夜班车回家。他们坐在最后排，居高临下，公交车靠站时他们看到一个家伙奔跑着赶车，刚好没赶上。当看到他显然赶不上了的时候，阿汶和他的小伙伴对这个可怜人竖了竖中指。他们并没有什么可以反对这个人的，但有时候对别人竖竖中指就是很爽，哪怕那个人没做错什么。这是年轻人的快乐和莽撞，完全没有恶意。文明世界就是这么复杂，可以毫无芥蒂地容纳这样的事件。阿汶怀念这样的复杂。他对它的理解远胜于荒岛。

金是最不想回家的那个。他在这里很享受，可以在这里再待上一阵儿。家里有民事服务的注册信等着他。金没法直视自己将花掉生命中的十四个月还是多长时间来义务从事民事工作。这是个扯淡的制度。他以为只要他能躲到 2000 年大年夜，他就自由了。他说到时候他们的电脑系统会崩溃，也就是说不能早一秒。这样他就不会成为人员编号×××，而能继续以前的生活。借助现代贝叶地毯，该有的都会有。那样更吸引人。但在那之前他宁可待在这里，坐看浪花无休止地单调地滚滚而来。

埃格尔插嘴说世上没有两朵同样的浪花，金说他才不怕这种冷嘲热讽。但你得承认它们都很像，埃格尔说，浪花都有共同点。是的，没错，金说。

"那我们什么时候能看看你的地毯？"埃格尔问。

“完成的时候。”金说。

“什么时候完成？”

金说到时候就知道了。时代一直在改变，地毯的草稿也是。在某种程度上，地毯要表现世间万物，所以完美的地毯与世界的比例应该是1：1，但这当然是不可能的。这让过程变得很艰难。那他怎么取舍？这就是困扰着金的问题。在世界大局一览无余之前，他不会开始正式的刺绣工作。什么时候会一览无余？没人知道，金说。但他有的是时间，他有一生的时间。如果他完成不了，总会有人接班，总会有别人。这就是世界的美好之处。

云浮对自己的剧本创作很不满意。他计划至少在这里写出一个电影剧本，但他都还没开始动笔。他有过的那些主意已经无法让他满意。他太懒了，他说，大多数时间都躺掉了。他以为只要有时间思考，创造力就会源源不断，但这并没有发生。但今天早上醒来看到鲁尔往嘴里塞进一片口烟的时候，他其实有了个小主意。口烟在挪威那么贵，但在瑞典很便宜。他想写个剧本：一个抿口烟的人拖着一个雪橇翻山越岭滑雪去瑞典，用雪橇装满口烟拉回挪威，穿过暴风雪和各种险情。他被警察盯上了，在高山上东躲西藏，还不得不躲进山下小镇的一户寡妇家的谷仓里，寡妇正巧有个女儿，于是这里就有戏了。绝对的，我说，戏码足了。一个逃避警察的年轻男子和一个失去父亲的女孩。有戏，有戏，肯定有戏。

第二十一堆篝火

第一次埃格尔主动要求去为篝火拾柴。他要点个尽可能大的篝火，这样如果船碰巧在夜晚经过的话，我们就更容易引起船员们的注意。我们可不想他们就这么开过了，埃格尔说，篝火越烧越旺。

我们其他人坐在那里看着埃格尔孜孜不倦地拾柴投火。

"这是一段奇怪的时光，"马丁说，"有点儿像漫长的野餐。我过得很开心，但我不知道能得到些什么。比如，我以为我们会全力以赴地搞研究。我在大学里搞了好多年，这样总能成点儿事。但我们在这儿一败涂地。这里是天堂的样板。"他接着说："20 世纪 70 年代，人们会把大幅棕榈岛照片贴在房门上。这儿就是这样的岛，就像是一切的巅峰，但其实并不是。这里很美，但让人又热又累。三个礼拜就够让人难受得想家了，但不够留下深刻印象。要想让人留下深刻印象，还得至少乘以十。这是一天经验法则。我觉得现在我可以开始在我那张人生心愿清单上打叉叉了，我可以把荒岛叉掉。完成了。这样很好。这样我就可以给更大的梦想腾出地方来。总是有可以梦想的事。换梦的过程总是很令人失望，但很快就会过去。我之前也换过，已经不再害怕了。我总是会设想，如果换作是我的父亲，他会怎么做。想到在这里，肯定连他都会丢盔卸甲，让我很欣慰。"

金说他曾希望我们能再耕耘一下我们的荒岛体验。但我们却像在家一样看待对方，他这么认为。他觉得自己许多年都没有这么平静、这么豁然了，但同时又有点儿事玩。我们交谈的时间太少，我们玩闹的时间太多。这很不好，有点儿无聊。

我抗议说金完全有耕耘的自由，怪到我们身上不公平。我们是小伙儿，我们就爱玩闹。这不是什么新鲜事。如果他不喜欢这样，应该早说。

云浮说这比他想象的要单调平淡，但同时又很珍贵，他也说不清楚是怎么回事。他感觉这次旅行会在以后继续成长，至少他是这么希望的。他还觉得我们应该把研究工作当回事。我们谁也不会因此登上历史教科书。这可能也无所谓。反正我们也不知道在书里做什么，一直都是很清楚的。整个项目太不实际。话都说了。另外，他还以为并希望他能有机会总结自己的人生，思考很多问题，理解很多我们出发前他不理解的东西，这几乎是顺理成章的事，甚至是难以避免的。但并非如此，一切并没有发生。这让他有些失望。

我为项目辩解说，我同意我们的目标有些远大，但我并不认为我们不切实际，目标就是要远大。失败就失败，失败是游戏的一部分，每天都有人破产。如果无法接受失败，也就无法接受成功。另外最后一句话还没说。谁都知道，我们看似微不足道的发现，很可能是开疆辟土的。比如，我们的政治实验，可以开发一下卖给公司做夏日团建。他们最喜欢这种东西，眼睛都不眨就会买。

鲁尔很满意，他过得很开心。虽然现在他真的很难受，但之前他一直很开心，因为他做了几顿好吃的饭菜，还实验了热带食物配料。他并没有其他野心。他还做到了禁欲，基本做到了。他对自己没有更高的要求。但晚上很糟糕。有时候唯一自然的选择就是以胎儿的姿势躺在水边号啕。鲁尔说得对。下过雨，遭过大群蚊子。在学校里，我们学过要尊重自然，但在这儿几乎不可能，因为到处都是炎热、潮湿和蚊子，无可比拟。

阿汶惊讶的是这里的生活有很大一部分都和太阳、水，以及应该躺在哪儿看书有关。这些事占据的时间和精力多得令人难以置信。他对睡眠实验表示遗憾，还有使用石蕊试纸所表现出的无能，但除此之外他还是觉得自己参与了一件大事。跟我一样，他也相信我们能取得连我们自己都不会相信，但会慢慢显现的成果。会有大事发生，他说，我们只看到了一个开头。

埃格尔终于坐下来之后，说他同意所有人的说法，不管我们说了什么。

第二十三天

现在一切都结束了。我们还剩几块维比克斯，不然就只有椰子和鱼了 —— 如果还有人愿意去搞的话。维比克斯包装里是新西兰铁人三项的比赛时间表。我在这里的时候，错过了大部分铁人三项比赛，从来没错过那么多比赛。但我们都无所谓。有所谓的是船还没有来。现在应该已经来了。

埃格尔居然揣着最后一卷草纸游了个泳。这下他是彻底阴暗了，他再也看不到任何意义，只是坐在那里等着船，小声跟劳拉·克劳馥拉家常。他思念着有她而没有一只蚊子的那个虚拟世界，在那里咖啡和香烟享之不尽。

在排球场上，鲁尔和我一次又一次输给阿汶和云浮，非常丢人，让我不禁思考为什么胜利比失败爽得多。失败总是与悲惨的事联系在一起，孤独、毁灭和伤病，诸如此类。但胜利却几乎只跟好处有关。如果可以选择的话，大家肯定都选胜利。

　　傍晚，我戴着遮阳帽躺在潟湖里，躺了很久。直到现在，我才得以真正放松下来。有一小段时间，我做到了心无杂念，毫无杂念。我躺在蓝蓝绿绿的潟湖里什么都不想，特别清新。之后我当然又思考了起来，但知道我有那么一刻停止思考，感觉还挺好的。当我再次开始思考的时候我想的是，对周围世界来说，我们看上去一定就像一群游手好闲的人，但我们其实不是。很难解释为什么，但我就是知道。可能看上去我们并没有把这次大型的团队协作和我们自己当回事，就好像我们只是做到哪儿算哪儿，但其实我们并不是这样，只是在没有受过训练的人的眼里看上去是这样。不是我们，是这个世界。

　　有时候我在想，如果所有人类同时听到同一段优美的音乐会怎样。音乐从所有的音响中流淌出来，或者就这样直接飘在空气中。我小时候很害怕爆发核战争，当时想了很多。那时候，我非常喜欢鲍勃·马利，我想只要大家都来听一听他的好歌，世界就会变得更好。政治家、将军、经济学家、普通人，甚至里根都应该来听听他的歌。当歌曲的高潮来临时，他们情不自禁开始跟着音乐摇摆身体并微笑着互相指点着，就像被音乐感染的人常做的那样。那样我们就有救了，我想。那时候我很小，现在我明白这不是真的。我想当时我也明白。但是我还是会继续这样的想法。如今我经常想到的是巴赫的 F 小调钢琴或大键琴协奏曲或交响乐。这是世界上最美好的音乐，除此之外，比起鲍勃·马利的歌，价值观更中立，有一统世界的潜力。如果大家都能花时间来听，同时——必须是同时——因为我想象当我们明白所有人都是一个更大的整体中的一部分时，会有美妙的事情发生。反正我很难想象这有什么坏处。这值得一试。这就是我的潟湖思考。

船来了，是埃格尔先喊起来的。船，他喊道，船。
就在我们的防蚊药水用完，开始为还要在这个岛上待一晚上而感到恐惧的时候，它就来了。一切都巧妙地连贯着。船滑行着靠近潟湖，缓慢，作为船来说，有些高贵，然后抛锚。米一和图安喊，现在要玩命加紧了，因为天马上就要黑了，天一黑我们就出不了珊瑚礁的开口了。我们以惊人的速度收拾打包。我们借那套房子里的一切统统抬回去，很快第一批人已经背着包和装备出发了。米一和图安坐快艇回来，再走一批。阿汶、金和我殿后。借助最后十块老虎蒂姆火棒，阿汶点燃了所有垃圾，然后跳上快艇。天几乎全黑了，强冲珊瑚礁的出口是非常鲁莽的，但我们还是这么做了。这就是做男生的好处。男人做事可以很快，不用过脑子。

第二十二到三十二堆篝火

我靠在船舷上望着马努埃岛，唯一能看到的就是成千上万的棕榈树在星空下勾出的轮廓，还有篝火，一堆巨大的篝火，其实抵得上十堆。我们已经远离岛屿，但远远地我还能望见篝火。我还精确地知道接下来的几天会发生什么事。我知道是因为当我写下这些话的时候，我已经全都经历过了。一切都结束了，我继续过我的日子，任时间流逝。

后来发生的事就是我们将到达拉罗汤加，一边等着喷气客机，一边酒池肉林几天，没过多久，我们就能再次回归文明世界了，我们将好奇为什么会那么想念它。我们还会在卡弗瑞的老婆英格丽（她当然是个德国人）那里惹上点儿小麻烦，因为她认为我们弄脏了浴室，而我们认为我们没有。

之后我们上飞机返程，在洛杉矶转机时，阿汶会点评说西南航空在选择自己飞机机身颜色的时候犯了严重的错误。它们飞起来肯定和别的飞机一样好，但颜色却少得不走运——只有脏兮兮的棕色和橙色。这是对整个航空事业的嘲弄。阿汶对这种事情的评论特别犀利。他可不好骗。航空公司以为可以蒙混过关，但来了个阿汶，好日子就到头了。

我会在飞机上做些思考，我总是这样。比如我们飞越大西洋的时候，我有了以下想法：

飞机上的想法 4

想法一：我想去滑雪。

想法二：不会有任何交响乐团前来迎接我们。

想法三：估计不会有人再提探险的事（很可能是件好事）。

想法四：要往前看。这年头还想骑马就是走回头路了。

想法五：我们没有为任何人争光，康提基博物馆将后悔资助我们。

想法六：海尔达尔是个好人，地球人都知道。我们也是好人，以我们自己的方式，地球人知不知道可能并不重要，最重要的是我们自己知道。

想法七：除了我谁都知道结果会怎样……救救我！[1]

最后一个想法后来证明是波波狗的想法。我没有要沾光的意思。或许一开始我都不是用瑞典语思考的，但想法是一致的。很久以后，我听到这首歌的时候才明白过来。思考别人原

1　瑞典著名独立摇滚波波狗的歌词。

创的内容是完全有可能的。大家整天都在这么做，我也是。

　　在特隆赫姆机场，爸爸来接阿汶和我。他会问探险怎么样，我会很不情愿提这茬儿，爸爸还会暗示我们的期望值或许太高了，看我们不回答，他会重复几句他以前说过的话，也就是很担心我们太好高骛远。对整个人生，他担心我们会失望，他会这么说。而我们会承认那么一点儿，但同时我们想花点儿时间尝试狡辩，尽管回城的三英里开了半个小时，但到家之前我们还是没能狡辩出个所以然来，因此在某种程度上这成了不争的事实。爸爸要我们全盘承认，至少现在得承认。

　　刚到家的前几天，我会在城里到处转悠，会会朋友，拥抱文明，不管怎么说这都是属于我的。我还会证明《沙皇的信使》当年是周六播放的，我就知道，借着"我是正确的"这股高兴劲儿，我会夸张到去吃一顿麦当劳。但正当我坐在那里咀嚼着那些毫无意义的食物的时候，我会看到宣传麦当劳叔叔的海报，我一直都很讨厌他。我会念一念海报上的文字，上面写着："麦当劳小丑叔叔是所有小朋友的好朋友，尽管他不是寻常的小丑。他会讲笑话，会变戏法，和他聊天真愉快。"和他聊天真愉快，我才不信呢，我从来没听见他说过一个字，但我会想，一个鼓励孩子和这样的人聊天的社会是最可悲的，真的是我能想到的最可悲的事。

　　然后我会回家想办法睡一觉，但因为身体内的时差，感觉日常节奏就像只是个影子，就好像再也无法恢复正常一样。短暂的几小时睡眠之后，我会醒过来，并且异常清醒。深更半夜，我除了去公园转一圈想不出任何别的解决方法，去伊拉公园，就在我家隔壁。公园里雪下得很大，落在已经覆盖所有游乐设施和喷泉的积雪上。正当我裹着围巾、顶着绒帽踱步转悠的时候，住在附近的马丁也来了，他也睡不着。我们站了一会儿，互相用我们的小手电照了照对方。我们的手已经习惯了握手电，一时半会儿是改不了了。马丁会问："你还好吗？"我会说我睡不着，但也无所谓，看到雪这么冷的东西真美好，然后我会问他同样的问题，他也会回答"我很好"。然后埃格尔会钻出来，还有阿汶、金。我们大家住得都很近。我们互相照着手电。最后云浮和鲁尔也来了。我们会站在那儿握着手电，还有小刀。这个公园很像一座岛，四面八方都是马路，还有十字路口，过马路之前要先朝左看，再朝右看，再朝左看。世界是一个视力低下的老妇人，需要有人牵着她的手引路。我们睡不着，出门寻找离自己最近的岛，同一座岛。归根结底，每个人都是一座岛。反正可以这么想。我们会有一搭没一搭地聊天，并同意再看看。我们再看看，我们会这么说，我们会一直这么说。

　　就在我们回家之前，埃格尔开口说他很抱歉，在岛上的最后几天他有点儿暴躁，现在既然我们聚到一起了，他想告诉我们他很喜欢我们，喜欢我们每一个人。每一个人，他会字正腔圆地说出这句话，面带几近诡异的微笑，以此来制造距离。因为这段距离，光芒并不清晰，但确实透了出来。或许我们可以称之为嘲讽，但至少不是轻率的嘲讽，与大多数嘲讽不同。他的话很细腻，并且不意味着话语的反义。他以某种方式说出了他喜欢我们，但他也表明这句话有歧义的可能性。没有表现在字面上的意思，没人知道从何而来。这句话的潜台词远多于寻常。这让我微笑并感到温暖，并且一点儿都不担心它到底是什么意思。我很放心地相信未来的社会学家、心理学家、文学家等专家们能扎实地把这些信息统统归类整理。我们只需要心平气和。百年后，自然有人会知道这一切。到时候，他们就会知道我们是谁了。

H. M. Kongens Kabinettssekretariat

Dèt Kgl. Slott, Oslo
21. januar 1998

Vår ref.:
98/00095   A: 412

Erlend Loe

H.M. Kongen har pålagt meg å erkjenne mottakelsen av Deres
brev av 12. januar og å takke for informasjon og den medsendte
prosjektbeskrivelse angående Deres planlagte ekspedisjon til
Polynesia.

Jeg har videre fått i oppdrag å ønske lykke til med Deres
interessante prosjekt.

Med hilsen

K. Brakstad
Assisterende
kabinettssekretær

哈拉尔国王内阁秘书

皇宫，奥斯陆
1998 年 1 月 21 日
编号：
98/00095 A: 412

阿澜·卢

哈拉尔国王让我致信向您确认，您于 1 月 12 日寄出的信函已经收到，感谢您在信中告知关于前往波利尼西亚探险的计划。

我还得到指示，顺祝您这个有趣的项目好运。

颂安
K. 布拉克斯塔
内阁秘书助理

探险俱乐部 1947 年（照片：康提基博物馆，挪威奥斯陆）

探险俱乐部 1997 年

THE EXPLORERS CLUB
46 EAST 70TH STREET
NEW YORK, NY 10021
(212) 628-8383   DATE 12-12   19 **97**   **1223**

RECEIVED FROM   Erland Loe.

AMOUNT One Hundred dollars even $ 100.00
                                                      DOLLARS

FOR Photographing Thor Heyerdahl's globe

PREVIOUS BALANCE   ☐ CASH   *Your Receipt - Thank You*
THIS PAYMENT   ☐ CHECK
BALANCE DUE   ☐ M.O.   BY

发票（与托尔·海尔达尔地球仪合影 100 美元）

O-fag	Arbeider meget godt. Positiv holdning og selvstendig i probl. løsn. Aktiv og interessert
O-fag	Svært god innsats og arbeids- resultater. Aktiv og interessert skriftlig og muntlig

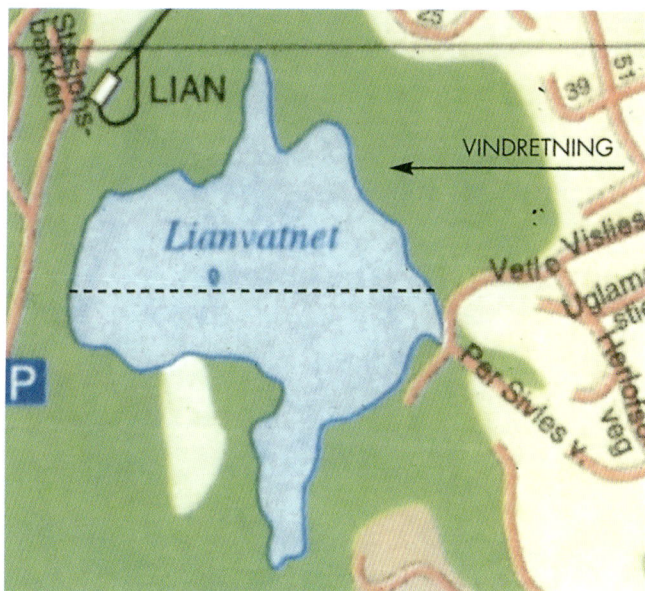

风载着我穿过冰面。冰川迁徙理论是一个事实

野外课	阅读学习非常出色。态度积极，独立解决问题。 有活力，有兴趣。

1981 年野外课评语

野外课	非常努力，成绩优秀。无论书面还是口头上都非常积极 投入。

1982 年野外课评语

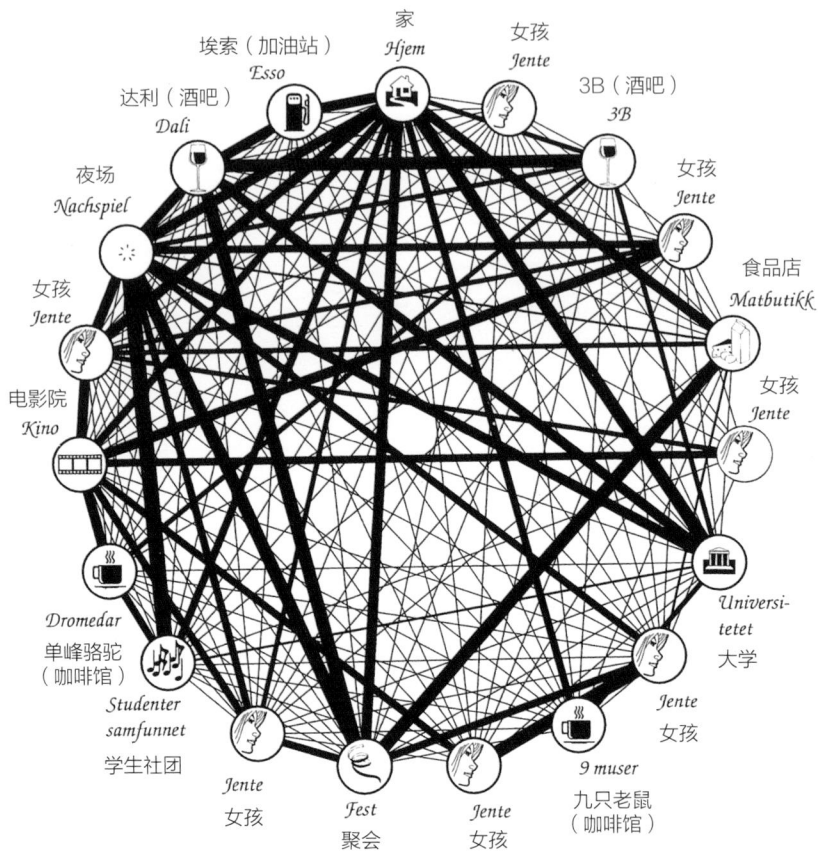

埃索（加油站）
Esso

家
Hjem

女孩
Jente

3B（酒吧）
3B

达利（酒吧）
Dali

女孩
Jente

夜场
Nachspiel

食品店
Matbutikk

女孩
Jente

女孩
Jente

电影院
Kino

大学
Universi-tetet

Dromedar
单峰骆驼
（咖啡馆）

女孩
Jente

Studenter samfunnet
学生社团

九只老鼠
（咖啡馆）
9 muser

Jente
女孩

Fest
聚会

Jente
女孩

马丁去年在特隆赫姆的运动轨迹

埃格尔展示他对自然其实并不陌生

阿汶，出发前夜

到达拉罗汤加

我靠把香蕉雕刻成物件来消磨时光

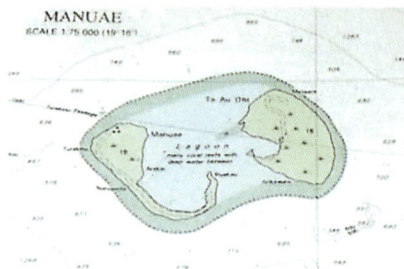

马努埃岛

云浮　　　　　　　　　　　　　金

热浪将我们击垮

马丁

海洋生物

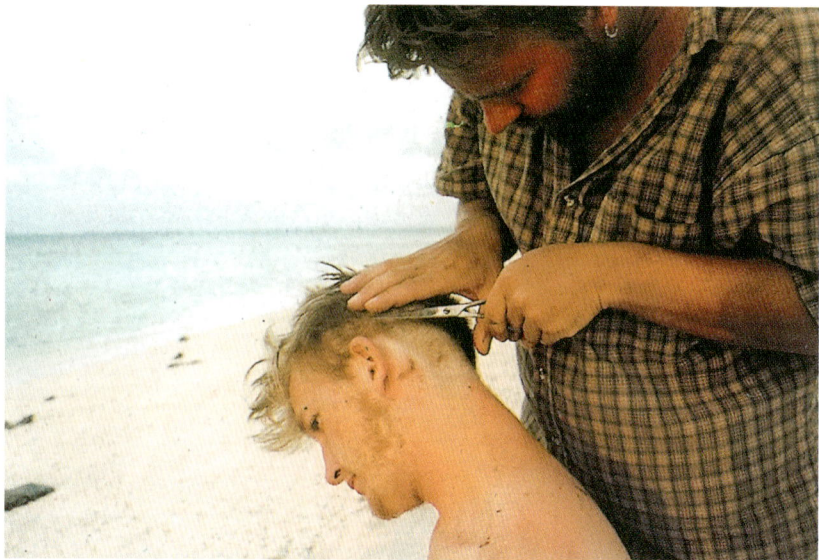

理发 / 男子情谊

"我往椰子里加了青柠，然后一饮而尽。"

黑心白猎人

埃格尔建排球场

营地生活

雨，REAL 户外食品和旅行象棋

物证 1: 熊掌化石

物证 2: 一公一母寄居蟹

金在拍摄

深不可测的马丁

阿汶无法到达 K 点

图安和米一在清洗牡蛎

夜晚

又回家了

Jentenes periodiske system

	1	2	3	4	5	6	7	8	9
1	1 **E**								2 **An**
2	3 **Ni**	4 **La**	5 **Le**	6 **Co**	7 **Sa**	8 **H**	9 **Cl**	10 **Do**	11 **Li**
3	12 **Fr**	13 **Ta**	14 **S**	15 **Pe**	16 **Ol**	17 **To**	18 **Gr**	19 **Is**	20 **A**
4	21 **Er**	22 **Di**	30 **Be**	31 **Ag**	32 **G**	33 **Je**	34 **Ro**	35 **Ri**	36 **St**
5	37 **Vi**	38 **Ce**	46 **Va**	47 **Tr**	48 **Ka**	49 **Ul**	50 **Bo**	51 **We**	52 **Br**

4	23 **Al**	24 **El**	25 **Ma**	26 **Si**	27 **So**	28 **Mo**	29 **Gw**
5	39 **He**	40 **Su**	41 **Aa**	42 **Bo**	43 **Ib**	44 **M**	45 **Ha**

Tegnforklaring:

- 🟥 ultraromantiske
- 🟨 litt romantiske
- 🟧 jenter på nippet til å være fiktive
- ⬜ ikke-romantiske
- 🟩 edeljenter
- 🟨 andre romantiske
- 🟦 gladjenter

女孩周期表

	1	2	3	4	5	6	7	8	9
1	1 E								2 An
2	3 Ni	4 La	5 Le	6 Co	7 Sa	8 H	9 Cl	10 Do	11 Li
3	12 Fr	13 Ta	14 S	15 Pe	16 Ol	17 To	18 Gr	19 Is	20 A
4	21 Er	22 Di	30 Be	31 Ag	32 G	33 Je	34 Ro	35 Ri	36 St
5	37 Vi	38 Ce	46 Va	47 Tr	48 Ka	49 Ul	50 Bo	51 We	52 Br

4	23 Al	24 El	25 Ma	26 Si	27 So	28 Mo	29 Gw
5	39 He	40 Su	41 Aa	42 Bo	43 Ib	44 M	45 Ha

图例：
- 超级浪漫
- 少许浪漫
- 几近虚幻的女孩
- 不浪漫
- 稀有女孩
- 其他浪漫
- 快乐女孩